일은 삶이다

－ 20년 만에 최고은행이 된
하나은행 사람들 이야기 －

초판 1쇄 발행 ┃ 2017년 8월 15일
초판 2쇄 발행 ┃ 2017년 9월 15일

지은이 ┃ 임영호
펴낸이 ┃ 최대석
펴낸곳 ┃ 행복우물
마케팅 ┃ 최우수

편 집 ┃ 엠피케어(umbobb@daum.net)

등록번호 ┃ 제307-2007-14호
등록일 ┃ 2006년 10월 27일

주 소 ┃ 경기도 가평군 가평읍 경반안로 115
전 화 ┃ 031)581-0491
팩 스 ┃ 031)581-0492
이메일 ┃ danielcds@naver.com

ISBN 978-89-93525-46-5(03810)
정 가 14,500원

일은 삶이다

– 20년 만에 최고은행이 된
하나은행 사람들 이야기 –

임영호 지음

행복우물

엄격한 도덕률로 스스로를 다스리다

백년 기업을 꿈꾸다

어리석은 사람은 경험으로 깨닫고 지혜로운 사람은 역사에서 배운다

몇 차례 사법고시에 실패하고 군에 입대 후 만기제대한 1985년 여름, 나는 여러 주변 여건을 심사숙고 끝에 고시공부를 포기하고 직장을 찾아나섰다. 생각하지 않았던 취직을 하려다 보니 불안한 마음에 채용공고가 나온 회사마다 응모했다. 다행히 좋은 결과를 얻긴 했으나 월급이 생각만큼 많지 않았다. 경제적인 문제 해결이 급했던 나는 학교 행정실장께 '돈 제일 많이 주는 회사 추천서가 들어오면 꼭 연락해 주세요.' 라고 부탁한 후 결과를 기다렸다. 그러던 어느 날 행정실장으로부터 연락이 왔다.

"단자회사에서 추천서 요청이 왔는데 가 볼 거야?"

"예? 단자회사요? 처음 듣는데 무얼 하는 회사지요?"

"응. 어음을 할인해서 기업체에 단기자금을 빌려주는 회사인데 월급이 한국에서 최고 수준이야."

"월급을 많이 주는 금융회사라니 당연히 가야지요. 고맙습니다."

이렇게 해서 나와 하나은행의 전신인 한국투자금융과의 첫 만남이 이루어졌다.

필기고사를 본 후 면접을 보게 되었는데, 다른 응시자들은 빨리 끝났는데 나는 조금 길었다. 면접을 마치고 나오니 주변에 있던 응시자들이 '왜 그렇게 오래 걸렸느냐? 무엇을 물어보더냐?'라고 물어보는데 나는 웃기만 하고 면접비를 받은 후 대구 집으로 내려가기 위해 서울역으로 향했다. 면접을 망쳤으니 합격될 턱이 없다고 생각했기 때문이었다.

면접장에는 임원들과 총무부장이 앉아 있었는데, 사장님이 첫 번째 질문을 던졌다.

"미스터 임은 왜 이 회사를 지원하게 되었나?"

"이 회사는 늦게 출근하고 빨리 퇴근한다고 해서 지원했습니다."

"그러면 남는 시간에는 무엇을 할 생각인가?"

"제가 대학원에서 소년범죄에 대해서 공부했는데 업무 후에는 그 공부를 계속해서 이 나라의 청소년 문제 해결에 도움이 되고 싶습니다."

"아니? 눈을 뜨나 감으나 집에 있으나 회사에 있으나 항상 회사일을 생각하고 업무공부를 해도 모자랄 판에 그런 생각으로 어떻게 회사를 다니나?" 면접관들의 표정에서 못마땅하다는 걸 느낄 수 있었으나 나는 개의치 않고 이야기를 계속했다.

"저는 회사에 출근해서 퇴근할 때까지는 조금도 다른 생각을 하지 않고 오로지 회사 일에만 집중하고 열심히 할 것입니다. 그래서 남들보다 뛰어난 성과를 낼 것입니다. 그렇지만 퇴근 시 회사 문을 열고 나설 때, 찬 바람이 제 몸을 때리는 순간 회사 일은 잊어버리고 제가 하고 싶은 일을 하려고 합니다."

조금 이야기가 길어질 것 같자 두 번째 질문이 왔다.

"미스터 임은 크라이슬러자동차의 아이아코카 회장을 어떻게 생각하나?"

나는 잘 알지도 못하면서 바로 대답했다.

"그런 경영이라면 저도 하겠습니다. 경영이 어려울 때에는 사람을 줄이고, 환경이 좋아지면 다시 사람을 늘리고 확대경영하는 것은 특별히 평가받을 일은 아니라고 생각합니다. 경영이 아무리 어렵더라도 이제까지 회사발전을 위해 애써 온 직원들을 최대한 껴안고 가면서 다시 회사를 부흥시킬 수 있어야만 존경받는 경영자라고 생각합니다."

당시 사장은 직원들에게 아이아코카 회장의 책을 사주면서 그의 경영철학을 자주 이야기했다고 하는 사실을 나중에 입사하고 나서야 알았다. 어쨌든 나는 부정적인 분위기를 확실히 느꼈고, 그래서 당연히 떨어졌다고 생각하고 서울역으로 향했던 것이다.

기차를 타기 전에 공중전화로 인사부 강 대리에게 감사 전화를 했더니 "임영호 씨, 집에 연락해도 안 되더니 다행이네. 합격했으니 내일 신체검사 받고 내려가세요." 라고 하는게 아닌가! 임원들이 고민 끝에 합격시킨 것이다. 아마 내가 마음에 썩 들지는 않았지만, 회사에 법대 출신이 필요했기 때문에 뽑았던 것이 아닌가 생각된다.

어찌되었든 나의 직업관은 확고했으므로 회사가 끝나면 빨리 집으로 와서 이런 저런 책도 보고 회사업무와는 다른 일을 하기 시작했다.

그런데 1년이 채 지나지 않아 노동조합의 창립멤버가 되고

조합사무실을 지키는 사무국장이 되면서 밤낮없이 회사에 머무는 생활이 계속되었다. 은행전환 때는 출범행사를 맡아 이틀 동안 집에도 가지 않고 홍보팀 소파에 누워 자면서 행사 준비를 했고, 이후에도 휴일과 주말에 각종 행사를 주관하면서 다른 일을 생각할 정신적 여유를 가질 수 없는 생활이 계속되었다. 신기한 것은 그렇게 바쁜데도 하나도 힘들지 않았고 별로 불만을 가지지도 않았다는 것이다.

한참 세월이 지난 어느 날, 회사 일에 빠져 있는 나 자신을 발견하고는 실소했다. 내가 입사 면접 때 그렇게 당당하게 이야기했던 퇴근 후의 나의 삶은 도대체 어디로 간 것일까? 무엇이 나를 이렇게 변하게 만들었을까? 그러나 답을 찾을 수는 없었다. 그저 그날그날을 열심히 살았을 뿐이었다. 주위의 좋아하고 존경하는 선배들이 일하고 살아가는 모습을 보면서, 그분들과 일과 삶을 이야기하면서, 책을 읽으면서, 좋은 강연을 들으면서, 다양한 문화적 체험을 하면서, 보고 듣고 느낀 모든 것들이 자연스럽게 나의 삶에 영향을 준 것이 아닐까?

그 결과 나의 이성이 명하기 전에 감성이 자연스럽게 발현되어 행동으로 이어진 것이 아닐까 라는 생각만 해 볼 따름이었다. 마치 '다릴 앙카'가 그의 책에서 강조한 것처럼.

"가슴 뛰는 일을 하는 사람은 노력으로 그 일을 하지 않습니다. 그에게는 인위적인 노력이 필요 없습니다. 가슴이 뛰기 때문에, 그는 주위에서 요구하지 않아도 스스로 밤을 세워 그 일을 할 것입니다. 이것은 억지로 노력하는 것과는 차원이 다른 일입니다."

하나은행은 1971년 창립된 한국투자금융주식회사가 1991년 은행으로 전환한 회사이다. '자주, 자율, 진취'라는 창업정신과 '사람존중, 고객우선, 시장선도, 성과중심, 정직(Integrity)'이라는 핵심가치를 바탕으로 발전을 거듭하여, 22번째의 후발은행에서 불과 20년 만에 국내 1, 2위를 다투는 대형은행으로 성장하였다. 그동안 한 번도 적자를 기록하지 않았고 배당도 거른 적이 없는 국내 유일의 금융기관으로서 시장의 기대와 신뢰를 한 몸에 받아 왔다.

여기에는 경영진의 경영능력과 헌신적인 노력, 주주와 투자자와 고객의 지원, 시의 적절한 인수합병 등 다양한 성공요인들이 있었을 것이다. 그러나 이에 못지 않게 구성원들이 '좋은 은행 하나'를 만들기 위해 무엇을 생각하고 어떻게 일해 왔는가 하는 것이 그 성공의 충분조건이 아니었을까 생각한다. 이 책에서는 바로 이런 이야기를 써 보려고 한다. 외형적으로 거창한 경영전략이나 경영적 판단, 구조적 변화 등 경영의 입장에서 이야기해야 할 부분은 다른 분들의 몫이라고 생각하고, 단지 내가 직접 눈으로 보고 듣고 느낀 일들을 중심으로 오늘의 하나은행이 있기까지 알려지지 않은 이야기를 담담하게 펼쳐 보려고 한다.

예일대 법대학장을 지냈던 고홍주 씨가 한국에 왔을 때의 인터뷰 기사가 생각난다. 기자가 "미국의 힘이 어디에서 나온다고 생각하느냐?"라고 묻자 그는 확신에 찬 어조로 이렇게 대답했다.

"딸이 경영대학원에 가고 싶다고 해서 어느 학교가 딸에게 맞는 학교인지를 알아 보기 위해 미국의 많은 경영대학원을 찾아가서 교수들을 만났다. 그 과정에서 미국의 힘이 국방, 외교, 돈이 아니라 역사교육에서 비롯됐다는 점을 느끼게 되었다. 미국의 모든 학교에서는 역사를 필수 과목으로 가르친다. 역사를 배운다는 것은 과거로 회귀하자거나 과거에는 이랬는데 지금은 이게 뭐냐 라는 이야기를 하자는 것이 아니다. 예전에 우리의 조상들이 이 훌륭한 나라를 건설하기 위해 무엇을 생각하고 어떻게 살아왔는지를 앎으로써, 앞으로 우리가 비슷한 일을 마주하게 되었을 때 슬기롭게 해결할 수 있는

12 | 일은 삶이다
20년 만에 최고은행이 된 하나은행 사람들 이야기

중요한 팁(Insight)을 얻게 되는 것이다."

나는 기업도 마찬가지라고 생각한다. 초창기 선배들이 살아온 이야기를 하는 것이 '우리는 모든 것을 포기하고 정말 열심히 일했는데 너희들은 왜 그러냐? 회사 이름을 부끄럽게 하지 마라.' 이런 이야기를 하려는 것이 아니다. 다만 앞으로 비슷한 어려운 일을 겪거나 새로운 변화를 도모할 때, 실수 없이 원하는 목표를 달성하는데 유용한 참고자료가 되었으면 하는 간절한 바램을 표현하는 것이다.

이 책은 사실관계의 기술이라기 보다는 곁에 있는 사람에게 이야기하듯 정리한 것이다. 그러다 보니 사실관계에 조금 오류가 있을 수도 있는데, 혹시 이 책으로 인해 마음이 불편한 분이 계신다면 미리 용서를 구한다.

아직도 나는 뉴스에 하나은행이 나오면 가슴이 떨리고, 누가 하나은행을 나쁘게 이야기하면 참지 못 하고 금방 흥분해 버리는 바보이다. 내가 선배들이 이루어 놓은 하나은행이라는 좋은 회사를 만나고 더 좋은 회사를 만들기 위해 애를 써왔듯이, 앞으로도 하나가족들이 100년 이상 번영하는 세계적인 위대한 회사의 주인이 되어 주기를 간절히 바란다. 하나은

행은 내 마음속에서 '세계 최고의 은행'으로 영원히 살아 숨
쉬고 있을 것이므로.

사람이
근본이다

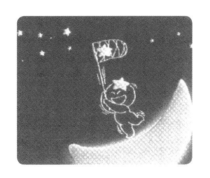

일로써 만났지만
사람으로 오래도록

    은행업을 시작하면서 하나은행은 '사람을 중시하는 은행'을 경영이념의 맨 앞줄에 놓았다. 하나은행의 존재가치는 사회의 구성원으로서 이 사회로부터 우리에게 요구되는 역할을 충실히 수행할 수 있을 때만 인정되며, 우리와 관계하는 모든 이해당사자들이 보다 나은 삶을 살아갈 수 있도록 도와주는 삶의 동행자로서의 역할을 해야 한다는 '은행시민주의(Bank Citizenship)'를 강조하였다.

    이를 위해 직원들의 일하는 문화도 단순히 '일하는 것'을 넘어서 '나의 삶을 살아가는 것'이라고 생각하자고 늘 이야기하였다. 그런 근무환경을 만들기 위해서 개인의 창의성과 자주성을 존중하는 새로운 제도를 채택하고, '신나는 직장, 일하기 좋은 직장 만들기 프로그램', 가족을 포함해서 모든 구성원들이 서로 존중하고 배려하는 다양한 '하나되기 감성프로그램' 등을 기획하고 실행하였다.

이런 노력들을 통해 일로써 만나는 모든 분들이 나와 함께 삶을 살아가는 소중한 분들이라고 생각하고, 항상 성실하게 응대하며 내가 그분들을 위해서 무엇을 도와드릴 수 있을 것인가를 생각하는 것이 일상화되었다.

홍보팀장 시절, 8층의 홍보팀 방은 손님들로 항상 시끌벅적했다. 찾아오는 손님들은 주로 언론사 기자들과 광고 협찬을 부탁하러 오는 광고담당자들이었는데, 나는 특별한 일이 없는 한 항상 그들을 반갑게 맞이해주고 차 한 잔을 대접하곤 하였다.

어느 날 정말 부지런하게 우리 방을 출입하는 한 잡지사의 이사와 점심을 먹으러 나가면서, 새로 우리 팀에 전입한 직원에게 별 생각 없이 인사 겸 같이 가자고 했다. 그런데 그 직원이 정색을 하고는 못 간다고 하는 것이 아닌가?

"저는 직무와 관련된 업체 사람들과는 식사하러 가지 않겠습니다. 그것이 금융인의 도덕률에 맞는 것이라고 생각하니다."

"괜찮아. 나하고 같이 가는 것이니 문제가 없어. 밥값은 돌아가면서 내거든."

"그래도 안 가겠습니다."

식사를 마치고 와서 그 직원과 이야기를 나누었다.

"기본적으로는 당신의 생각이 옳다. 그러나 내가 그분과 같이 점심을 먹는다고 해서 반드시 광고를 해 주는 것은 아니다. 아직까지 한 번도 해 주지 않았어. 하지만 그분은 우리 사무실에 자주 들르면서도 광고를 해 주지 않는 것에 대해서 크게 불평을 하지 않아. 자기는 하나은행에 오면 인간대접을 받는 것 같아서 너무 좋다고 하거든. '다른 곳에 가면 쳐다보지도 않거나 실컷 기다리게 하다가 미안한 듯이 담당 직원을 만나 보고 가라고 하면서 대화도 안 해 주는데, 하나은행은 늘 반갑게 맞아주고 차 한 잔 하면서 이러저러한 이야기도 나눠서 너무 좋다. 광고 안 주어도 그것만으로도 너무 고맙다.' 고 해.

식사하는 것도 업무 시간 중에는 바쁘니 밥을 먹으면서 그들의 사정을 들어주고, 우리 회사 예산 사정도 이야기하는 거야. 그렇게 서로의 사정을 이해하면서 좋은 관계를 맺어가는 것이지, 그들에게 무엇을 받는다 라는 생각으로 하는 것은 아니야. 그들이 돌아가서 업무보고를 할 때도 우리를 만나서 밥도 먹고 자세한 회사 사정도 들었다고 하면 얼마나 좋은 평가를 받을까?

비록 광고, 홍보라는 일로써 그분들을 만나지만 결국은 사람과 사람으로서 오래도록 좋은 관계를 맺어가는 것이 우리가 생각하는 바람직한 삶의 모습이 아닐까 싶은데 잘 생각해 보기 바란다.” 지금까지도 당시의 광고담당자들과는 문자로 전화로 안부를 주고 받으며 가끔 점심을 하곤 하는데 그때마다 담당하고 있을 때 광고를 많이 해 줄 걸 하는 아쉬움을 느낀다.

보통 잡지사나 이벤트 업체에서 광고를 부탁하러 오면 대개의 홍보담당자들은 갑-을 관계로 생각하고 쳐다보지도 않는 경우가 많다. 하지만 우리는 갑-을 관계나 단순한 비즈니스적인 관계가 아니라 인간관계로 보려고 했고, 일의 성과는 좋은 인간관계에서 비롯되는 당연한 결과물이라고 생각했다.

광고를 얻기 위해 발이 닳도록 찾아오는 열정을 보이는 분들에게는 우리같이 돈을 많이 벌고 있는 회사라면 한두 번 광고를 실어 주어야 하지 않을까? 그래야 그분들이 사는 맛이 나지 않을까? 정말 열심히 일하는 사람들에게 기회가 주어지고 함께 성장하는 멋진 모습을 보고 싶었던 것이다.

어느 날 윗분의 추천으로 모 대학의 여자 교수님을 뵙게 되었다. 그분은 자신의 코칭 프로그램을 열정적으로 설명하셨고, 나도 열심히 메모하고 질문을 하였으며, 잘 검토 후 연락 드리겠노라고 하고 헤어졌다. 그런데 사정상 못 하게 되어 대단히 죄송하다는 내용의 메일을 드렸는데 따뜻한 마음이 담긴 답장이 왔다.

"…… 제가 소개를 받아서 회사를 방문하면 담당자들이 일단 위에서 내려온 청탁이라고 생각하고 거부감을 보이며 적당하게 이야기를 듣다가 '연락 드리겠다.' 하면서 헤어지는 것이 보통이었습니다. 그런데 실장님께서는 친절하게 자리를 안내하시고, 앉자마자 노트와 연필을 꺼내서 제 얘기를 열심히 메모하셨습니다. 특히 제 이야기 중간중간에 고개를 끄덕이시고 웃음을 보이셔서 제가 얼마나 힘을 얻었는지 모릅니다. 저는 그것만으로도 너무 고마웠으니 안 하시는 것에 대해서 미안해 하실 필요가 없습니다. 하나은행의 무궁한 발전을 빕니다."

'삶의 대부분은 일을 통해서 이루어지는데, 그 속에서 만나는 사람들 한 분 한 분이 얼마나 소중한가? 좋은 관계를 잘 만들어 가다 보면 일도 잘되고 좋은 인연도 오래도록 이어질 것이다. 우리가 일을 하면서 여러 사람을 만나게 되는데 처음에는 일로써 만났지만 인간으로 오래도록 좋은 관계를 맺어가자. 그러다 보면 일의 성과도 자연스럽게 만들어지게 될 것이고, 그런 일들이 우리의 삶을 기름지게 만들어줄 것이다.'

이것이 우리가 열심히 일하는 이유였다. 지점의 직원들도 '내가 이곳에 오지 않았으면 어떻게 이런 좋은 분들을 뵐 수 있었을까? 기쁘다. 열심히 잘해 드려야지.'라는 말을 입에 달고 살았다.

이나모리 가즈오 회장이 자신의 책 '왜 일하느냐?'에서 '지금 당신이 일하는 것은 스스로를 단련하고, 마음을 갈고 닦으며, 삶의 중요한 가치를 발견하기 위한 가장 중요한 행위라는 것을 명심하라'라고 했던 것을 우리는 자연스럽게 실천하고 있었던 것이다.

2008년 연말에 한국프로토콜스쿨 원장님으로부터 연하장을 받았다. 단순히 연하카드려니 생각했는데 뜯어 보니 정이 담뿍 담긴 연하편지였다. 원장님은 글로벌 비즈니스에 있어서의 매너와 에티켓, 스타일 부분을 개척해 온 선구자이셨고, 바쁘신 중에도 우리의 간절한 요청에 못 이겨 하나은행의 매너와 에티켓, 스타일 부분의 책을 써 주시고 이를 강의를 통해 생활화시켜 주신 고마운 분이다. 문득 생각이 나서 찾아보니 원본이 그대로 있었다. 하나은행과 나와 그분을 오랜 인연으로 맺어 준 편지라서 전문을 적어 본다.

임영호 부행장님

한 해를 보낼 때마다 마음속에 떠 오릅니다.
매뉴얼 책자에 제 이름을 넣어 주셔서 연수원에 갈 때마다 너무나 떳떳하게(?) 강의하고 있습니다.

매뉴얼 북 제작 미팅이 하나은행 본사에서 있던 날이었습니다.
머피의 법칙이라고 하필이면 그날 따라 내부순환로가 막혀서 피가 마르는 기분으로 차 안에 있었습니다.
마침내 이지현 팀장과 전화를 했습니다. 늦을 것 같은데 그것도 예측할 수 없이 늦을 것 같은데 부행장님 도착하시면 전화 좀 달라고 부탁해 놓았습니다.

약속시간이 20분이 지나도 전화가 오질 않았습니다. 부행장님께서 바쁘신가 보다 라고 그나마 다행이라고 숨을 조금 돌렸습니다.

드디어 본사에 도착해서 일찍 와 있는 분들에게 죄송한 마음으로 허둥지둥 뛰어 들어 갔습니다. 이지현 팀장이 저를 맞아 주며

"부행장님께서 기다리고 계십니다. 전화하면 더 초조해진다고 전

화하지 말라고 하셨습니다."

살면서 이런 감동적인 반전(?)이 그다지 많지 않습니다.
상대방을 배려한다는 것이 얼마나 구체적이어야 하며 얼마나 인
간적이어야 하는지 교훈을 주는 경험이었습니다.

부행장님
새해에도 하나은행에 큰 획을 그으시는 업적을 이루시고
많이 많이 행복하시길 바랍니다.

최고라는 명예와
자부심으로

1992년 초 이제는 은행의 영업시스템이 어느 정도 안정을 찾았으니 다양한 매체를 통해 적극적으로 우리를 알려야겠다는 생각으로 광고매체들을 살펴보다가 우연히 ≪바둑세계≫라는 잡지를 보게 되었다. 내가 워낙 바둑을 좋아해서 한국기원에서 나오는 ≪월간 바둑≫은 늘 사서 보았던 터라 이런 잡지도 있었나 하고 살펴보게 되었는데, 이 잡지는 당시 세계최고의 기사로 이름을 날리고 있던 조치훈 기성의 형님이 회장으로 있는 '조치훈후원회'에서 발간하고 있었다.

바둑 팬들이 늘어나고 있는 추세이고 스포츠로서의 바둑이 이야기되고 있던 시절이라 광고하면 좋겠다는 생각으로 광고 면을 살펴보았다. ≪바둑세계≫는 조상연 회장이 개인적으로 친분이 있던 호텔과 항공사 두곳과 바둑용품 관련 회사들이 주로 광고를 하고 있었다. 이 잡지를 통해 돈을 모아서 조치훈 기성을 후원하겠다는 것인데 ≪월간 바둑≫에 비해 광고가 적은 것이 아쉬워서 광고를 해야겠다고 생각하고 직원에게 관계자를 만나서 이야기해 보라고 했다.

그런데 갑자기 조 회장으로부터 만나자는 전화가 왔다. 조회장은 이제까지 이렇게 광고를 하겠다고 먼저 연락해 온 회사는 없었는데 깜짝 놀랐다면서 고마워했다. 이후 하나은행에서는 꾸준하게 매 분기에 한 번씩 광고를 했고 이를 통해 바둑 팬들에게 하나은행을 알리고 조치훈 기성을 후원하는 이중의 효과를 기대했다. 광고게재 외에도 '조치훈배 어린이 바둑대회'를 후원하고 본점 강당에서 대회를 개최하기도 하였다.

당시 일본의 프로바둑 기전은 많았으나 그중에서 전통과 규모 면에서 메이저 기전은 '본인방', '명인', '기성'을 꼽고 있었고, 이 3대 기전에서 모두 우승하는 것을 '대삼관' 이라고 하는데 그때까지 '대삼관'을 동시에 거머쥔 바둑기사는 조 기성이 유일했다. 그러나 조 기성은 라이벌 고바야시 고이치 9

단과의 기성전 타이틀전 도중 불의의 교통사고로 타이틀을 잃었으며, 1992년 고바야시 9단이 대삼관을 향한 마지막 보루인 본인방 타이틀 도전자로 결정되어 조 본인방과의 역사적 대결을 앞두고 있었다.

대국 전 조 기성이 일시 귀국했을 때 나는 조 회장의 주선으로 조 기성, 매니저 격인 조치훈후원회 사무국장과 롯데백화점 식당가에서 점심을 하게 되었다. 그때 조 회장께서 "하나은행을 도와주었으면 하는데 어떤 방법이 있을까요?" 하고 묻길래 나는 조치훈 기성을 명예영업점장으로 모셨으면 좋겠다는 의견을 조심스레 말씀드렸다.

"하나은행이 후발은행으로 출발해서 아직 규모는 작지만 질적인 면에서는 최고의 은행이라고 자부하고 있습니다. 우리가 각 영업점 별로 지역 유지들을 모시고 '명예영업점장' 초청행사를 하고 있는데 우리의 얼굴이라고 할 수 있는 본점 영업부는 아직 하지 않았습니다. 최고의 은행이 되고자 하는 꿈을 가지고 있으니 최고의 분을 모시기 위해서 일부러 비워 두었습니다. 조 기성은 세계 최고의 기사이니 이번 본인방전에서 이기면 명예영업점장으로 모셨으면 합니다."

그랬더니 뜻밖에도 "그렇게 하자"고 흔쾌히 동의하셨다. 그 때 후원회 사무국장이 "그러면 은행에서 개런티를 얼마나 주실 수 있습니까? 일본에서는 백화점 등에서 사인회를 1시간만 해도 많이 받습니다." 하면서 조건을 물었다.

이런 일을 처음 해보는 나는 전혀 예상치 못한 이야기에 깜짝 놀랐다. '그렇게 많은 돈을?' 우리 홍보예산을 고려하면 도저히 초청이 불가하고, 초청을 취소하자니 너무 아쉽고 해서 고민을 하다가 결론을 내렸다.

"우리는 조 기성이 한국인으로서 일본을 제패하고 세계 최고의 기사가 되었으니, 최고의 기사를 하나은행에 모시고 싶어서 이야기했었는데 부담이 커서 도저히 모시기가 어렵겠습니다. 이 이야기는 없었던 것으로 하겠습니다."

그러자 옆에서 조용히 듣고 있던 조 기성이 "형, 나 돈 많이 벌었잖아요. 우리 명예 대 명예로 합시다. 돈 받지 말아요."라고 결론을 내리면서 이야기가 마무리되었다.

드디어 본인방 도전기가 시작되었다. 네 판을 이겨야 하는 도전기에서 조 기성이 초반에 세 판을 내리 졌다. 많은 사람들이 안타까워했고 나도 꼭 이기기를 마음속으로 빌고 또 빌었다. 많은 한국인들의 기원 때문인지 다음 세 판을 내리 이겨서 종합전적은 이제 3 : 3이 되었고, 마지막 판만이 남게 되었다.

수요일에 시작된 일곱 번째 판은 목요일 밤 12시가 다 되어서야 끝날 정도로 치열한 접전이었다. 조 기성의 승리. 대역전극이었다. 그리고 얼마 뒤 조 회장으로부터 전화가 왔다. 축하연 자리에서 걸려온 전화였다.

　"이겼습니다! 내일 치훈이하고 한국 들어가는데 행사 준비하세요. 치훈이에게도 이야기했어요."

　나는 축하드린다는 말도 못 하고 나도 모르게 "고맙습니다."라고 대답해 버렸다.

　다음날 조 기성은 공항에서부터 대대적인 환영을 받으며 귀국하였고, 바로 다음날 아침 하나은행 본점 영업부 명예영업점장에 취임하였다.

　아침 9시에 명예영업점장 취임행사를 하고 11시까지 객장에 앉아서 고객들에게 통장도 전달하고 사인도 해 주었다. 그리고 점심시간에 본점 로비에서 김수영 당시 6단과 함께 마지막 판을 복기 해설하는 행사를 가졌다. 이 일은 언론뿐 아니라 경쟁기관인 다른 은행 홍보팀에도 센세이션을 불러 일으켰다. 어떻게 대회가 끝난 이틀 뒤에 이런 일이 가능했느냐? 도대체 조치훈 기성과 무슨 관계냐? 돈은 얼마나 주고 모셨느냐? 등의 질문이 홍보팀으로 쇄도했다.

　"얼마 정도 주면 됩니까?"

"따로 개런티는 드리지 않았습니다. 다만 은행에 오시는 귀한 분께 드리는 크리스털 화병을 감사선물로 드렸습니다."

우리는 여기서 입을 다물었다. 설명해도 잘 이해가 안 될 것이기 때문에.

우리는 사회구성원들이 보다 나은 삶을 사는데 도움을 주고자 하는 것이 우리 비즈니스의 궁극적인 목표가 되어야 한다고 생각했고, 그런 의미에서 바둑계의 발전을 위해 작은 기여를 했으면 하는 순수한 생각에서 광고를 했던 것이 이런 일을 만들게 되었던 것이다.

또한 이런 생각이 '조치훈 기성 같은 세계적인 인물이 왜 지점 수가 10여 개밖에 안 되는 작은 은행에 와서 명예 지점장을 하느냐?'에 대한 답일 것이다. 이후 조 기성은 한국에 들어올 때마다 은행장과 점심식사를 하였고, 하나은행이 일본에 진출하게 되면 지점장의 손을 잡고 좋은 거래처를 소개해 주겠노라고 약속하는 등 오랫동안 좋은 관계를 유지하였다.

이런 일들의 바탕에는 '더불어 함께 성장한다'라는 생각이 자리잡고 있었다. 우리의 광고와 홍보를 도와주었던 디자인하우스와 광고대행사 웰콤이 업계의 최고 회사로 성장하였고, 하나은행 30년사를 제작했던 사서전문회사는 우리 책 발간 후 업계 1위 회사가 되어 돈을 많이 벌어서 소원이던 사옥을 매입하였다. 명예영업점장을 하였던 조치훈 기성, 가수와 탤런트 들이 승승장구했다. 구의동 영업점장 시절 영업점에 오신 손님들께 애교부리듯이 물었던 기억이 난다.

"저희가 일 처리가 빠른 것도 아니고 금리가 특별히 높은 것도 아닌데, 가까운 다른 은행 지점을 두고 왜 먼 길을 걸어서 신호등을 건너 저희 영업점에 오세요?"

"하나은행은 느낌이 참 신선해요. 사람 냄새가 나요. 사람들이 영업적이지 않고 인간적이어서 좋아요."

'고객'이 아니라
'손님'

출범 이래 지금까지 꾸준히 마케팅과 광고에 쓰이고 있는 '손님의 기쁨 그 하나를 위하여' 라는 슬로건은 하나은행 출범 당시 '꼭 하나은행을 찾아주세요' 라는 직원들의 간절한 마음을 담아 사용했던 슬로건이다.

일반적으로 기업들이 사용하는 마케팅슬로건은 시류에 따라 바뀌는 경우가 많다. 그러나 이 슬로건은 25년이 지난 지금까지 사용되고 있을 뿐 아니라 광고업계에서도 고객만족과 관련하여 그 이상의 말을 찾아내기 어려우니 하나은행이 그 말을 쓰지 않을 때만 기다린다고 할 정도로 서비스기관의 고객에 대한 마음을 잘 나타내고 있는 영원한 화두로 자리매김

하고 있다.

우리는 금융이 손님들의 삶의 질을 향상시키는데 기여하여야 한다고 생각했다. 이를 위해 '모두가 자신이 하는 일의 주인이 되어야 하고, 금융심부름뿐 아니라 손님의 풍요로운 삶을 심부름할 수 있어야 하며, 또 그런 일들을 잘 할 수 있는 자질을 갖추고 스스로도 멋진 삶을 유지하도록 노력하여야 한다.' 라는 점을 강조하였다.

보통 회사가 출범할 때에는 광고대행사나 컨설팅 회사를 경험이 많고 능력 있는 사람이 많은 대형회사 중에서 선정하게 된다. 그렇게 하는 것이 실패 위험이 적고 혹시 잘못되었을 경우에도 담당자로서는 책임으로부터 벗어나는 길이기 때문이다. 그러나 우리는 기존의 관례를 깨고 은행이나 금융기관 광고를 한 번도 제작해 본 경험이 없는 회사 중에서 선정하기로 하였다. 아무래도 금융권 광고 경험이 있는 회사는 기존의 논리와 방식에 얽매일 가능성이 커서 창의적인 아이디어가 나오기 어렵지 않을까 라는 생각에서 그렇게 한 것이다.

당시 선정된 광고대행사 '웰컴'은 우리의 기대대로 아무것도 그려지지 않은 백지상태에서 새로운 아이디어를 도출해

냈으며, 그 결과 '손님의 기쁨 그 하나를 위하여'가 탄생하게 되었다.

'고객'이라는 말을 당연히 높임말로 쓰고 있었고 더 나아가 '고객님'이라고 쓰자는 회사들이 있었던 때에, '손님'이라는 용어를 처음 사용하는 것에 대해 내부에서부터 논쟁이 많았다. 20여 개의 다양한 금융기관에서 스카우트되어 온 쟁쟁한 창업멤버들인지라 반대의 논리도 다양했다. '손님이란 말은 가벼운 말이라 금융기관이 가져야 할 진지함과 정중함이 느껴지지 않는다. 술집이나 음식점에 가면 손님 오셨다 손님 받아라 하지 않느냐'라고 하는 직원도 있었다.

사전적 의미로 보면 '고객'은 단골로 오는 손님이고 '손님'은 다른 곳에서 찾아온 사람이라는 '손'의 높임말이다. 우리들은 '우리 집에 찾아온 분들을 손님이라고 하지 않느냐? 하나은행이 추구하는 것이 지역하나은행주의, 즉 지점들이 그들이 위치한 지역주민들과 하나가 되어 같이 호흡하고 생활하는 이웃이 되자. 그래서 그들이 보다 나은 삶을 사는데 필요한 일들을 해 드림으로써 꼭 필요한 동반자가 되자. 지점에 찾아온 분들을 이웃에 사는 분들이 오셨다고 생각하고 정성을 다해 모시고 진정으로 대하도록 노력하자고 하지 않았느냐? 그리고 하나은행의 이름이 순우리말이니 고객보다는 손님이 그런 면에서도 훨씬 가깝게 다가갈 수 있을 것이다.' 라고 설득하였고 이후 공식적으로 '손님'이라는 용어를 사용하기 시작하였다.

말이 곧 생각이 되고 행동이 된다. '고객과 우리는 더불어 살아가는 사회의 구성원이고 우리가 사회로부터 요구되는 역할을 제대로 수행할 때만 존재가치가 인정된다.' 라는 '지역 하나은행주의'가 곧 '고객'을 넘어선 '손님'의 확장개념이다. '손님'을 내세우는 지속적인 대내외 커뮤니케이션, 그리고 이웃처럼 다정한 은행, 잠깐 와서 쉴 수 있는 은행이라는 컨셉의 광고 전략이 지금의 친근한 이미지의 은행을 만들었고, 이는 하나은행 영업의 중심이 되어 왔다.

은행 초기에 하나은행이 젊고 신선한 생각으로 남들이 하지 않는 창의적인 활동을 한다고 소문이 나자 서울대학교 경영대학의 이유재 교수로부터 학생들에게 하나은행의 고객만족사례를 이야기해 달라는 제안이 왔다. 열심히 하는 만큼 성과가 나던 시절이라 일하는 재미로 가득했던 나는 흔쾌히 요청에 응하였다. 강의가 끝난 후 한 학생이 질문했다. "하나은행의 고객 만족경영을 한마디로 이야기 하면 무엇입니까?"

나는 지체하지 않고 대답했다.

"일부 회사들이 고객만족을 넘어서서 고객흥분, 고객졸도라는 표현까지 하고 있지만 우리는 그런 미사여구는 잘 모릅니다. 굳이 말하자면,

하나은행의 고객만족은 곧 '고객파괴'라고 이야기할 수 있겠습니다. 고객은 항상 옳고 우리는 틀렸다. 고객과 우리의 관계는 상하관계이니 무조건 잘 모셔야 한다 라고 하는 일반적인 생각에 대해서 우리는 관점을 달리 합니다.

지점에 오는 고객은 이웃에 사는 소중한 분이 우리 집에 온 것처럼 친근하고 정중하게 모셔야 한다. 즉, 하나은행의 고객은 우리 집을 찾아오신 손님이요 이웃의 귀한 분인 것이다. 따라서 우리 머리 속에서 상하관계, 마주보는 관계로서의 고객이라는 관념을 버리고 같은 방향을 보고 가는 삶의 동행자요 이웃이라는 개념으로 바꾸자 하는 것이 하나은행의 고객만족경영의 의지입니다. 한마디로 하나은행의 고객은 '이웃'입니다."

그러자 또 질문이 들어왔다.

"하나은행의 마케팅을 한마디로 표현하면 무엇입니까?"

"우리는 손님들에게 예금을 해 달라고 하지 않고 거래를 해 주십시오 라고 부탁합니다. 장사가 되든 안 되든 간에 예금을 받는 것이 아니라 거래를 하자는 것이지요. 거래는 제로섬 게임이 아닙니다. 양자가 다 좋을 때 이루어지는 것이니까요. 그리고 하나은행은 법률이나 사회상규에 어긋나는 일이 아니라면 손님께 도움이 되고 돈이 되는 일은 무엇이든 합니다."

다음 학기가 시작되기 전 이 교수로부터 다시 강의요청이 왔다. 나는 지난번에도 했는데 또 나가서 이야기 하려니 너무 자랑하는 듯해서 부끄럽다고 정중하게 거절의사를 표시했다가 이 교수의 한마디에 깜짝 놀라 다음 학기 강의도 할 수밖에 없었다.

"제가 임의로 부탁하는 것이 아니고, 강의를 들었던 학생들이 그 강의를 다시 듣고 싶어 해서 요청한 것입니다. 즉, 서비스에 대한 재구매 요청입니다."

이 교수는 고객만족경영의 목적을 단 한마디로 촌철살인했던 것이다.

후발은행이었던 하나은행의 '손님의 기쁨 그 하나를 위하여'가 외부적으로 센세이션을 불러 일으켰던 데는 숨겨진 이야기가 있다.

1992년 봄 당시 불모지였던 한국의 고객만족경영을 위해 애쓰고 있던 한국 텔레마케팅 연구소의 김영한 소장이 나를 찾아왔다. '고객만족'과 관련한 동영상을 찍고 싶은데 하나은행이 잘하고 있는 것 같으니 제일 먼저 찍었으면 한다는 이야기였다. 무엇이든 홍보거리만 있으면 적극적으로 나섰던 우리에게는 불감청(不敢請)이언정 고소원(固所願)이었다.

우리가 흔쾌히 응하자 김 소장이 고마워하면서 사정을 실토했다.

"사실 다른 선발은행들에게 먼저 접촉하였는데 모두가 특별하게 보여줄 것이 없다며 거절했어요. 그런데 하나은행은 한마디에 승낙을 하니 놀랍고 기뻤습니다."

김 소장은 일간신문에서 '돈을 배달해 드립니다.' 라는 제목으로 박스기사로 취급되었던 서울대입구지점의 뱅크카트를 제일 먼저 찍기로 했다.

'움직이는 은행' 이라고 불려졌던 이 마케팅활동은 남녀직원 2인이 한조가 되어 아침저녁으로 전동수레를 끌고 봉천동 전통시장을 오르내리며 자리를 비우기 어려운 시장상인들의 은행업무를 봐주는 것이다. 즉 앉아서 손님을 기다리는 것이 아니라 적극적으로 손님이 있는 곳으로 달려가는 것이다. 뱅크카트가 하나은행 광고음악을 틀며 나타나면 많은 상인들이 달려와서 그날 장사해서 번 현금을 맡기거나, 통장과 전표를 내밀고 돈을 찾아가기도 한다. 상인들 입장에서는 현금을 보유하게 되는 위험과 일손을 놓고 은행에 가야 하는 불편함을 해소할 수 있는 1석2조의 서비스였다.

마침 그날은 전날 내린 비로 인해 길이 질척했다. 운동화로 갈아 신은 직원들이 뱅크카트를 끌고 시장에 나타나자 순식간에 많은 상인들이 모여들었다. 땀을 뻘뻘 흘리면서도 밝은 모습으로 업무를 처리하는 여직원을 보고 김 소장이 물었다.

"하나은행에 들어올 때는 멋진 유니폼과 구두를 신고 책상에 앉아서 우아하게 업무를 보는 줄 알았을 텐데 이렇게 운동화를 신고 카트를 끌고 나와 동전을 바꾸어주니 부끄럽지 않아요?"

"아니요. 손님이 기뻐하니 저도 기뻐요."

이 한마디가 우리와 김 소장의 가슴을 때렸다. 누가 시키지도 이야기해 주지도 않았는데 갓 대학을 졸업한 직원의 입에서 어떻게 저런 말이 나올 수가 있을까? 이후 김 소장은 강의

때마다 이 이야기를 하면서 하나은행의 고객만족경영을 칭찬하였고, 결정적으로 그해 여름 제주도에서 있었던 중소기업연합회 주최 하계최고경영자과정에서 이 테이프가 상영되면서 전국적으로 알려지는 계기가 되었다. 또한 이 일은 같은 해 12월, 김 소장이 집필한 고객만족 관련 서적인 ≪고객만족경영≫ 이란 책에도 소개되었다. 그 덕택에 나도 많은 회사로부터 고객만족 강의를 해 달라는 요청을 받고 바쁘게 뛰어다녔다. 하나은행 홍보팀장으로서 이보다 좋은 일은 없었다.

돈으로는 살 수 없는 손님의 마음:
구의동 하나은행 이야기

1998년 가을, 나는 7년 반의 홍보팀장직을 마치고 구의동 지점의 지점장으로 부임하게 되었다. 법적으로는 지점이지만 우리는 지역하나은행주의에 따라 '구의동 하나은행' 이라고 부르고 지점장은 '구의동 하나은행장' 이라고 불렀다.

주위에서는 은행영업 경험이 전혀 없는 내가 현장에서 어렵지 않을까 라는 걱정도 많이 했지만 홍보업무를 하면서 보고 듣고 느낀 대로 '손님의 기쁨 그 하나를 위하여' 열심히 한다면 잘못될 일이 없다 라는 자신감을 가지고 새벽에 제일 먼저 첫 출근을 하였다. 문을 열고 들어가기 전에 나는 문을 붙들고 간절히 기도했다. 특별히 믿는 종교는 없었으나 그냥 마음으로 외쳤다. '부디 우리 지점 직원들이 행복하고 즐겁게 잘 지낼 수 있도록 도와주세요. 저도 열심히 하겠습니다.' 라고. 특별한 생각 없이 본능적으로 했던 이 기도는 내가 지점장을 그만둘 때까지 계속되었는데 한참이 지난 어느 날 한 여직원이 나에게 물었다.

"아침에 들어오실 때 문앞에서 뭐하세요?"

"응, 우리 지점과 직원들 모두 잘되게 해 달라고 비는 거야."

"저도 해야겠네요."

나와 직원들과의 마음이 통하는 순간이었다.

어느 날 새벽에 일어나니 눈이 엄청나게 와 있었다. 나는 세수도 제대로 하지 않고 집에 있는 빗자루를 챙겨 들고 지점으로 향했다. 밝을 때에는 모두가 나와서 눈을 치우니 덜하겠지만 어두운 새벽에 혹시 손님들이 우리 지점 옆을 지나다가 넘어지지 않을까? 걱정이 되어서였다. 지점 주변을 쓸다 보니 탄력이 붙어서 한참 떨어진 사거리까지 나가서 눈을 쓸었다. 멀리서 오시는 손님들도 다쳐서는 안 되니까.

마침 그 시간에 사거리에서 신호를 기다리고 있던 아파트 부녀회장님이 차 속에서 나를 본 모양이었다. 그분은 지역 내에서 여론을 주도적으로 이끌어 가던 옳고 그름이 분명하신

분이었는데, 어느 날 지점에 와서 많은 사람들에게 이 이야기를 꼭 해야겠다고 하셨다고 한다.

이후 우리 직원들은 말을 안 해도 눈이 오면 아침 일찍 어두울 때 출근하여 눈을 치우기 시작하였고, 우리 지점 주변뿐 아니라 주민들이 다치지 않도록 동네 저 멀리까지 정리하곤 하였다.

나는 사는 집은 서초동이지만 출근해서 퇴근할 때까지는 지점이 곧 우리 집이고 구의동과 광장동 주민은 나와 한동네에 사는 이웃이라고 생각하고 살기로 했다. 매일 2호선 지하철을 내려 지점으로 오는 동안 마주치는 사람들과 밝게 인사를 하고 주변의 가게들을 기웃거리며 장사가 잘되는지를 물어보고 다녔다.

그러다 보니 그분들이 지점에 오셨을 때 자연스럽게 안부를 물을 수 있게 되었고 대화도 훨씬 부드러워져서 상담도 쉽게 이루어졌다. 직원들도 노인분들 놀러 가거나 등산갈 때 새벽 일찍 나와서 따뜻한 차 드리기, 동네 배드민턴대회 참가하기, 바자회 때 잔돈 교환업무 출장 가기, 매달 반상회에 참석해서 금융안내 및 필요로 하는 사항 듣기 등 진짜 한동네사람들인 것처럼 함께 호흡하고 생활하였다.

주민들과 처음 인사할 때부터 나는 이 지역을 위해서 무엇을 하면 좋을까를 생각했다. 다른 곳과 달리 중산층 이상의 부유한 주민들이 사는 주택가이므로 일반적인 금융서비스보다는 전문적인 금융서비스와 문화적 접근이 필요할 것이라고 생각하고, 아이디어가 떠오르는 즉시 실행에 옮기기 시작했다. 우선 매 분기별로 시의 적절한 테마를 골라 주민대상 교양강좌를 열었다.

또한 계절별로 그 계절에 맞는 클래식 음악을 선별하여 CD를 제작하여 배포하였으며, 손님의 성향에 맞게 적절한 베스트셀러를 구입하여 전달하였다. 일부 손님들께는 "제가 술도 잘 못 마시고 골프도 칠 줄 모르니 잘할 수 있는 다른 것으로 보답하겠습니다."라고 말씀드렸다. 그분들이 지점에 오시면 내 방에서 직접 다양한 차를 끓여 드리면서, 어제 신문과 인터넷에서 화제가 되었던 중요한 내용의 복사본을 가지고 대화를 나누었다.

부임 후 첫 번째 문화행사로 '제1회 광진구민수영대회'를 개최하였다. 어느 날 지점 옆에 있는 구의 스포츠센터 사장님과 대화하던 중, 내가 쉬는 날 구민수영대회를 여는 것이 어떠냐고 제안하였는데, 스포츠센터는 자체 홍보가 되어서 좋고 우리는 주민들에게 신상품이나 카드 신규 가입 등 영업을 할 수 있어서 좋으니 그렇게 하자고 서로 합의하였다. 사장님은 물값만 내고 마음대로 쓰라는 통 큰 배려를 해 주었다.

주변에 포스터가 붙고 홍보가 시작되자 호응이 있을까 걱정했던 것과는 달리 신청자가 쇄도하였고 오히려 참가자를 조정해야 할 정도였다. 그래서 종목을 원래보다 더 세분하여 많은 상을 주는 것으로 계획을 변경하였다. 상품은 내가 본점에 들어가서 임원부속실, 고객지원부, 사무지원부를 돌아다니며 창고를 뒤져서 숨겨 놓은 고객용 선물이나 배포하고 남은 선물, 판촉물 등을 다 쓸어 와서 사용했으므로 돈 한 푼 안 들이고 푸짐하게 시상할 수 있었다.

메달은 조금 여유 있게 제작하라는 스포츠센터 사장님의 조언이 있어서 좀 많이 만들었는데 아니나 다를까 대회가 끝나고 나서 상당수의 탈락하신 분들이 내 방으로 와서 '자식들에게 자랑하고 싶은데 상품은 안 주어도 되니 메달만 줄 수 없겠느냐?'고 부탁을 하셔서 가능한 한 메달을 다 드렸더니 너무 좋아하며 돌아가셨다. 이후 그분들이 우리 지점의 귀한 손님이 되었음은 물론이다.

대회 당일 아침 광진구청장이 참석해서 '아마도 은행 지점이 주최하는 구민수영대회는 국내 최초이지 싶다. 어떻게 이런 생각을 하였는지 구민들의 건강을 위해서 애써 준 구의동 지점에 감사 드린다.'는 내용의 축사까지 해 주어서 행사가 더욱 빛났다. 노년부, 중장년부, 청년부, 어린이부로 나뉘어 진행된 이 대회에는 180여 명의 주민들이 참여하였으며, 응원하러 나온 가족들까지 시끌벅적하게 대성황을 이루었다.

두 번째 행사는 노인분들의 건강을 위한 건강강좌로, 당시 이름을 날리던 신재용 한의사를 초빙하여 지점 옆 예식장에서 개최하였고, 세 번째 행사는 대입수험생을 둔 학부모를 위한 입시안내 강좌로 중곡동에 있는 화동학원장님과 ≪공부가 쉬웠어요≫의 저자 장승수 씨를 초빙하여 지점 주변에 있는 포스코 아파트 지하 강당을 빌려서 개최하였다. 이런 식으로 매 분기별로 시의 적절한 주제를 잡아서 문화행사를 지속적으로 개최해서 주민들과 하나가 되기 위해 노력하였다.

행사 때마다 2만 장 정도의 홍보 전단을 만들어 접어서 봉투에 넣고 그것을 아파트 가가호호마다 전달하는 일은 보통 일이 아니었다. 다른 은행 지점의 반 정도밖에 안 되는 인원으로 2~3배가 넘는 실적을 올리다 보니 일도 바쁜데 이런 일까지 해서 직원들이 많이 힘든 것도 사실이었다. 그래서 지점장인 나도 업무가 끝나면 직원들과 함께 둘러 앉아 홍보 전

단지를 접고 넣는 일을 계속하였다.

그런 나를 물끄러미 지켜보던 한 남자 행원이 문득 내게 물었다.

"지점장님은 이런 일들을 왜 하세요? 힘들지 않으세요?"

나는 무심하게 대답했다.

"재미있잖아."

주변의 직원들이 웃으면서 박수를 쳤다.

은행원들이 명절 때만 되면 선물항목을 정하고 비용을 마련하는데 어려움을 겪어 왔던 것은 영업을 해 봤던 회사원들은 다 아는 이야기이다.

나는 본점에서 홍보팀장을 하다가 나와 보니 지점 경비도 많지 않은데 때만 되면 갈비, 굴비 등 비슷한 종류의 비싼 선물을 하는 것이 영 어색했다. 처음에는 관례라고 해서 그런 선물을 들고 손님을 찾아갔는데 막상 방문해 보면 다양한 금융기관에서 온 비슷한 고가의 선물들이 집안에 쌓여 있었다. '뭔가 다른 좋은 방법이 없을까'를 고민하다가 몇 가지 다른 시도를 해 보기로 했다. 우선 더운 여름에 손님들께 드리는 과일바구니나 수박 등 소위 '서중문안' 선물을 바꾸어 보기로 하고 일요일 아침 일찍 직원들과 지점 손님인 박영재 사장이 잘 아는 안성의 포도밭을 찾아갔다.

포도밭에 가서 청포도와 거봉을 직접 따서 우리가 접은 박스에 정성스레 담기 시작했다. 당연히 작거나 질이 안 좋은 것은 빼버리니 모든 포도가 다 상품(上品)이 되었다. 모든 일을 우리가 직접 하다 보니 3킬로그램짜리 1박스가 만 원이면 충분했다. 담아 온 포도박스는 월요일 아침 일찍 전 직원들이 손님들의 댁으로 전달했다.

반응은 즉시 왔다. '이렇게 좋은 포도를 어디서 샀느냐?' 고. 구구절절 직원들은 손님들과 이 이야기로 대화의 꽃을 피웠다. 힘을 얻은 우리는 추석선물도 그렇게 해 보기로 했다. 역시 손님의 소개를 받아 가평에 있는 버섯을 재배하는 농부를 찾아가서 이렇게 부탁드렸다.

"이번 추석에 선물을 하려고 하니 표고버섯 1킬로그램짜리 150개를 만들어 주십시오. 그리고 추석 일주일 전에 우리가 와서 따고 포장해 갈 테니 날짜를 맞추어 알려 주시면 고맙겠습니다."

농부는 그날 나무등걸을 세우고 우리 지점 손님들만을 위해 종균을 심었고 마침내 추석을 일주일 앞둔 어느 날 농부로부터 채취해 가라는 연락이 왔다. 그날부터 책임자였던 신 대리와 나는 매일 아침 일찍 가평으로 달려가서 버섯을 따고 좋은 것만 골라서 우리가 접은 박스에 담아 왔고, 지점에 도착하자마자 직원들은 그것을 들고 손님 댁으로 달려나갔다.

이슬이 송글송글 맺힌 크고 싱싱한 버섯을 전해 받은 손님들의 반응은 너무 좋았다. 예금이 많든 적든 원가 만 원짜리 버섯선물을 똑같이 전달하자고 했을 때, 직원들이 반신반의하였고 'VIP 손님들에게는 그러면 안 된다.' 라는 의견도 강했다. 사실 나도 지점장 생활이 초보인지라 걱정이 되기도 했다. 고민 끝에 내가 손님들께 편지를 쓰고 편지와 함께 버섯을 전달하는 것으로 하였다.

" …… 가평에 있는 한 농군에게 우리 지점의 손님들만을 위해 버섯을 재배해 달라고 부탁하였습니다. 이제 다 자란 버섯을 우리 직원들이 새벽에 가서 따서 좋은 것만 골라서 담았으니 맛있게 드시면 선물이 작아서 부끄러운 마음을 감출 수 있겠습니다 …… 이렇게 하고 남은 경비로는 11월에 우리 지역의 소년소녀 가장들을 위해 사랑의 김치를 담가 주려고 합니다. 그때 모실 테니 꼭 오셔서 김장을 담가 주셨으면 고맙겠습니다."

11월의 '구의동 하나은행 주최 사랑의 김장 담그기' 행사는 많은 VIP손님들이 참석한 가운데 성황리에 진행되었고 그날 담근 김치는 하나도 남김없이 광진구의 150여 명의 소년 소녀 가장들에게 전달되었다. 한 봉지씩 가져가고 싶어 하는 일부 손님들에게 가장 연세가 많은 사모님께서 점잖게 나무라셨다.

　"가지고 있는 것을 다 주어도 모자랄 텐데 쯧쯧. 오늘 담은 것 하나도 빼지 말고 다 보내 주세요."

　그 말에 직원들의 발걸음이 바빠지기 시작했다.

당신 생각은
뭐예요?

1996년 3월, 문화공보부에서는 경제발전의 토대로서 기업문화의 창달이 중요하다는 판단을 하고 그 중요성을 알릴 목적으로 '한국의 기업문화대상과 한국의 경영인상' 제도를 만들고 공모를 시작하였다.

당연히 하나은행과 은행장이 수상해야 한다고 생각해서 은행장께 보고를 드린 다음 필요한 공적서를 작성하였다. 공적서를 보여 드리자 은행장은 "내가 내 추천서를 어찌 읽겠나? 내가 한 분께 부탁을 드려 볼 테니 가서 보여드리고 와라."라면서 예전에 전국경제인연합회 부회장을 지내셨던 김입삼 어른(이하 '선생')을 소개해 주셨다.

며칠 후 연세대학교 어학당 앞에 있는 그리 크지 않은 파란색 대문의 단독가옥의 문을 조심스럽게 두드렸다, 그러자 흰머리의 선생께서 맨발로 달려나와 은행장의 전화를 받았노라 하시면서 거실로 안내하였는데, 조그만 탁자 하나와 소파 하나만 덩그러니 있는 아주 소박한 거실이었다. 당연히 나는 바닥에 앉았는데 선생은 차를 손수 준비해 와서 자꾸 나를 보고 소파에 앉으라고 하는 것이었다.

　"어른께서 앉으셔야지요."

　"아니지요. 나를 찾아온 손님이니 당신이 앉아야 하는 거요."

　하도 진지하게 이야기하시니 내가 어색하게 소파에 앉고, 선생은 바닥에 앉아서 내가 가져온 공적서를 검토하기 시작했다. 정말 지혜롭게 많은 것을 지적하고 당신의 의견을 이야기하셨는데, 열심히 받아적고 있는 나를 바라보던 선생께서 물으셨다.

　"왜 열심히 적기만 하지요?"

　"예, 말씀하시는 부분을 잊어버리지 않도록 기록하는 겁니다."

　"아니. 나는 내 생각을 말할 따름인데 무조건 예, 예 하고 적기만 하지 말고 내 생각에 대해서 당신은 어떻게 생각하는 지 서로 주고 받으며 토론을 해서 최선의 것을 찾아야 하는 것 아니오? 내 생각이 반드시 옳은 것은 아닐 테니까 말이오."

순간 뒤통수를 세게 얻어 맞은 듯 부끄러움에 얼굴이 붉어지고 잠시 할 말을 잊었지만, 이후 조심스럽게 내 의견을 이야기해 가면서 진지하게 2시간 정도의 검토를 마쳤다.

감사의 인사를 드리고 대문을 나서서 대로변에서 택시를 잡으려고 서 있다가 혹시 하고 돌아보니, 그분은 대문 앞에서 나를 보고 계시다가 내가 택시를 타자 문을 닫고 들어가셨다. 회사로 돌아와서 은행장께 보고를 드리니 내용은 보지 않고 "그분을 뵈니 어떻더냐?" 하고 물으셨다.

"우선 그분이 맨발로 뛰어나오고, 소파 위에 저를 앉히고 바닥에 쪼그리고 앉아서 이야기하며 제가 떠날 때까지 지켜보고 계시는 등 찾아온 손님에 대해 정성을 다해 모시려고 하는 자세가 존경스러웠습니다. 둘째로 나이의 고하, 경험의 다과를 불문하고 일을 하는데 있어서 서로 배우는 자세로 자신의 생각을 분명히 이야기하고 더불어 상대방의 이야기를 경청함으로써 최선의 결과를 얻어내는 것을 배웠습니다."

"그래. 잘 보았다. 사실은 그분이 내가 예전에 전경련에 과장으로 근무할 때 상사로 모셨던 분이었는데 내가 그분께 배운 것이 많다. 무릇 일은 그렇게 하는 것이다."

은행장은 제1회 대한민국 기업문화대상을 받았고 이로 인해 하나은행의 기업문화가 높이 평가받고 주목받는 계기가 되었다.

은행에서는 직원들이 입사하면 입사 초기부터 직원들에게 자기 의견을 갖도록 가르쳤다. 직원일 때는 잘하다가도 윗 직급으로 올라가면 못하는 이유는 의사결정과 관련한 연습 부족에서 기인한다고 판단한 때문이었다. 그런 탓에 당시에는 회의나 결재 때에 보고가 끝나고 나면 '그래서 당신의 생각은 뭐지?' 라고 묻는 일이 유행하였다.

통상 기업에서 어떤 일을 할 때 주변환경을 관찰, 분석하고 기대효과를 이야기한 후 실행안으로 1안, 2안, 3안을 제시하고는 '어떻게 할까요?' 하고 묻는 방식이 일반적이었던 터라, '그래서 어떻게 하자는 것인지 결론을 이야기해 보라.' 라는 질문은 직원들에게는 상당히 곤혹스러운 일이었다.

이런 방식에 단련이 되다 보니 임직원들은 자기가 하고자 하는 일의 목적을 분명히 이해한 후, 추진방법에 대한 자신의 판단을 이야기하고, 이에 대한 윗사람의 동의를 얻으면 책임감을 가지고 끝까지 마무리하는 '일에 대한 주인의식'을 가지게 되었다.

이와 관련하여 내가 겪은 아슬아슬했던 이야기가 있다. 소위 '위하(威嚇) 사건'이다. '위하'란 말은 형법 총론 앞 부분에 나오는 일본식 법률용어로서 '힘으로 어르고 협박하다.'라는 뜻을 가지고 있다.

신입 시절 기업금융부 기획팀에서 근무할 때였는데, 기업금융부에서는 매주 1번씩 기업으로부터 담보로 받은 수표, 어음 등 중요증서의 숫자를 확인하는 인벤토리(Inventory) 조사를 하고 있었다. 그때마다 직원들이 꼭두새벽에 나와서 금고 문을 열고 모든 중요증서, 백지수표, 백지어음, 지급보증서, 백지보충서 등을 꺼내어 숫자를 확인하고 다시 집어넣었는데, 단순반복 업무였지만 시간이 많이 걸리는 일이었다.

묵묵히 일하다가 옆 자리의 선배에게 물었다. "이런 거 왜 받나요?"

"아! 임영호 씨, 법대 나와서 그것도 몰라요? 우리는 기업에 돈을 빌려줄 때 담보물을 잡지 않고 신용으로 빌려주지만, 실질적인 담보조로 그 기업 대표자 명의로 발행된 백지수표와 백지어음 및 백지보충서를 받아서 보관하고 있어요. 그래서 기업이 돈을 갚지 못할 때는 그것을 은행에 교환을 돌려 돈을 청구하지요. 그때 그 기업이 교환으로 돌아온 어음이나 수표대금을 막지 못하면 부도가 나고요. 대표자는 어음수표법 위반으로 구속되고 중형을 받게 되는 겁니다. 만기에 돈을 갚게끔 강제하는 점 때문에 우리가 백지수표나 백지어음을 받아서 보관하는 것이지요."

"아! 위하적 효과가 있다는 거군요."

"뭐라고요? 위…뭐요?"

그날의 대화는 이렇게 끝났다. 하지만 '갚을 돈이 없는데 백지수표를 돌려 봐야 무슨 소용인가?' 라는 생각이 들었다. 오히려 사전에 그 회사의 영업상황을 수시로 점검하여 미리 대출을 줄이든지, 아니면 적시에 지원을 잘해서 영업을 잘 하도록 하는 것이 효과적이지 않나? 일이 터지고 난 다음에 어음이나 수표를 교환에 돌리면 돈도 못 받으면서 기업 대표들의 인신을 구속하게 되니 오히려 회사는 재기가 더 어렵게 되는 것 아닌가? 라는 생각이 들었다.

그래서 변호사 하는 친구들을 만나서 이 문제를 검토하기 시작하였고, 그 결과를 20여 페이지로 요약하여 당시 기업금융본부장이었던 김 상무께 문서로 드렸다. 김 상무는 이 자료를 복사해서 월요일 아침 책임자 이상이 참석하는 주간회의 때 참석자들에게 나누어 주고 토론에 붙였다. 회의가 시작되고 얼마 되지 않아 나보고 들어오라는 지시가 떨어졌다. 긴장하며 들어간 나에게 김 상무는 "임영호 씨, 이 한문이 뭐예요?" 하면서 자료 맨 첫 장에 쓰여진 문장을 가리켰다. '우리가 백지수표나 백지어음을 받는 것은 위하(威嚇)적 효과는 있으나 실질적인 회수효과는 기대하기 어려우므로 기업들로부터 이 증서들은 받지 않는 것이 좋겠다.' 라는 결론의 문장이었다.

내가 한문으로 써 놓자 '이 한문을 어떻게 읽느냐?' '뜻이 뭐냐?'고 갑론을박이 있었던 것이다. 법대 출신 선배들이 '위혁' 이라고 강력하게 주장하자 김 상무는 "아닐 거야. 일본식 법률용어 같은데" 라면서 나를 들어오라고 한 것이다.

내가 "이것은 위하라고 읽으며, 형법총론 앞 부분에 나오는 용어입니다." 라고 대답해서 "그것 봐, 아니잖아" 라는 수군거림이 있었는데 이 대답이 두고두고 선배들의 가슴을 때렸던 모양이었다. 특히 법대를 졸업한 나이든 선배들은 상당히 입장이 난처했던 모양이었다.

나중에 술자리에서 선배들로부터 "어려운 용어를 쓸 필요는 없었다. 그리고 작성한 문서를 바로 위 책임자에게 먼저 보여 주었으면 좋지 않았을까?" 라는 이야기를 들었으나, "입사 때부터 우리가 하는 일을 살펴보고 바꾸어야 할 일이 있으면 언제든지 와서 이야기하라고 해서 그렇게 한 것일 뿐입니다."라고 항변하고 벌주를 얻어 마셨다.

내 보고서 때문은 아니었지만 얼마 후 회사에서는 법무팀의 검토를 거쳐 금융기관 중 처음으로 담보로 잡았던 어음과 수표 등을 거래 기업체에 되돌려 줌으로써 실질적인 신용대출의 장을 열었다고 평가받게 되었다. 기업의 입장에서는 수표나 어음을 발행할 때마다 이사회결의를 해야 하고 서류를 다시 갖추어야 하는 번거로운 일이었던 터라 당연히 환영의 박수를 보냈다.

하나은행 직원들과 접촉해 본 외부인들과 합병을 통해 또는 다른 금융기관에서 스카우트 되어 한 가족이 된 직원들로부터 가끔 이런 이야기를 듣곤 했다.

"하나은행은 행원이건 대리건 밥을 먹을 때나 술을 마실 때 마치 자기가 경영자인 것처럼 회사정책을 비판하고 분개한다. 자기 회사도 아닌데 맡은 일이나 열심히 하면 되지 왜 남의 일에 그렇게 신경을 쓰나? 회사 일 말고 재미있는 이야기나 하지?"

하지만 그들도 조금 지나면 같은 행동을 보인다.

모두가 내 회사라고 생각하고 일을 하니 해야 될 일이나 개선되어야 할 일들이 보이면 내 일이건 남의 일이건 그냥 보고 넘어가는 것은 체질적으로 수용이 안 되었다. 어떻게든 이야기하고 고치지 않으면 안 되었다. 언제든 누구에게든 자신의 생각을 분명히 이야기하고 최선을 다해 결과를 만들어 가는 것, 그런 행동들을 자연스럽게 받아들이고 격려하는 문화적 행태가 시스템으로는 파악할 수 없는 하나은행의 강점이 되어 왔다.

은행을 위해서 일하지 말고
너 자신을 위해서 일하라

1993년 모 일간신문에는 한국의 은행산업의 미래를 이야기하면서 당시 은행가에 새 바람을 일으키며 화제의 중심이 되었던 하나은행과 S 은행을 비교 분석한 기획기사가 게재되었다. '은행의 두 라이벌, S 은행과 H 은행'이라는 제목의 상당히 의미 있는 분석 기사였다.

기자는 'S 은행은 경영의 방향과 목표의식이 뚜렷하고, 경영 쪽에서 목표가 정해지면 모든 직원들이 일사불란하게 행하는 강력한 시스템과 추진력을 갖췄다. 기존 시중은행에 비해 자신들이 우월하다는 자부심도 강하다. 이에 반해 H 은행은 조직적인 면보다는 개인의 역량에 의지하는 부분이 강하다. 그러다 보니 남들이 예상치 못한 창의적인 생각과 새로운 시도를 많이 하고 있으며 짧은 기간에 좋은 성과를 거두고 있다. 그러나 조직이나 각종 시스템이 덜 정비되고 어설픈 면이 있어 불안한 면이 있다고들 이야기한다. 직원들을 만나 보면 이 사람 저 사람 다양한 이야기를 해서 종잡을 수가 없다고 한다.' 면서 이렇게 결론을 맺었다.

'단기적으로는 분명히 S 은행이 승자가 될 것이다. 그러나 장기적으로 보면 사람의 창의성을 중시하는 H 은행이 강점을 가질 수 있을 것으로 보인다. 당분간은 잘 정비된 시스템과 동일한 목표로 똘똘 뭉친 조직이 유력하겠지만, 장차 예상되는 변화의 시대에는 H 은행같이 사람이 중심이 되는 유기적이고 창의적인 조직이 더욱 강한 조직이 될 것이다.'

결과적으로 보면 후발은행으로 출발했던 하나은행은 IMF 경제위기를 겪으면서 오히려 위기를 기회로 삼아 충청은행 인수, 서울은행 인수합병을 하는 등 놀라운 발전을 거듭하면서 단숨에 선두은행 반열에 올라섰다. 이후 외환은행을 인수합병함으로써 당시 자기자본 기준으로 국내 1위 은행이 되었으니 그 신문의 예측은 적중한 셈이 되었다.

　학자들은 기업문화의 모습을 다양하게 분류하지만, 현장의 실무자들은 통상 크게 두 가지로 나누어 이야기한다.

　첫째는 개인중심의 기업문화이고 둘째는 조직중심의 기업문화이다.

　'개인중심의 기업문화'는 구성원 스스로가 자신의 발전을 위해 무엇을 해야 할 것인가를 생각하고, 이의 달성을 위해 열심히 노력하고, 조직은 개개인의 이러한 노력을 지원해서 원하는 최대의 성과를 얻도록 하는 형태이다. 즉, 구성원의 발전을 통해 회사발전을 도모하는 기업문화로 각 구성원의 성과의 합이 조직의 성과가 된다. 회사와 경영진의 역할은 각 구성원들의 노력이 조화롭게 잘 어울려서 원하는 최선의 성과를 가져올 수 있는 환경을 만들어 주고, 장애가 되는 갈등이나 문제점들을 잘 조정해 주는 조정자(Coordinator)가 되는 것이다. 이 경우 열심히 일한 것에 대한 보상도 '회사의 발전과 자신의 내면적 만족'이라는 의미에서 회사와 구성원이 서로 Win-Win하게 되므로 물 흐르듯이 이루어진다.

　이에 반해 '조직중심의 기업문화'는 경영 쪽에서 회사가 가고자 하는 방향과 목표를 정하고 이를 구성원들에게 알리고 이해시켜서 구성원들로 하여금 회사의 목표를 충실히 수행하도록 하는 형태이다. 회사의 방침을 잘 따라오는 사람은 성공하고 그렇지 못하는 사람은 도태될 것이다. 조직의 발전이 곧 나의 발전이므로 개개인의 목표보다는 조직의 목표가 우선하게 된다. 그러므로 구성원들은 회사에 대하여 회사의 목표를 위해 자신이 희생한 것에 대한 외형적 성과 보상을 요구하게 되고, 보상이 부족하게 될 경우 조직과 구성원들 간에 갈등이 발생할 가능성이 높다.

　하나은행은 출범 때부터 '사람 중심의 경영'을 경영목표의 하나로 정하고, 이후 모든 직원들에게 신입 때부터 '은행을 위하여 일하지 말고 너 자신을 위해서 일하라.' 라고 이야기해 왔다.

　'각 구성원들이 스스로 무엇이 되고자 하는지 목표를 분명히 정하고 그렇게 되기 위해 열심히 노력하라. 회사는 그렇게 되고자 하는 사람들을 적극 지원할 것이다. 그렇게 하다 보면 어느 순간 자신의 목표가 달성될 뿐 아니라 회사의 발전도 함께 하게 된다.'

　라는 점을 강조하였다. 하나은행은 각 영역의 전문가들이 자기의 분야에서 목표한 것들을 꼭 이루어내겠다는 의지로 만들어진 회사였고 이러한 정신이 창업 때부터 이어져 내려왔다. 그래서 구성원들에게 '자기의 분야에서 전문가가 되기 위해 최선의 노력을 하라. 자기의 일을 통해서 성공의 기쁨을 느끼게 되면 그보다 더 보람된 일이 어디 있겠느냐?' 라고 끊임없이 대화하면서, 어떤 식으로든 성공한다는 사례를 보여주고자 노력해 왔다. 이런 방식은 개인에게 강요하는 것이 아니라 스스로 일의 주체가 될 수 있도록 성취동기를 이끌어내는 것이다. '일의 주인정신'을 중요시한 것이다.

이에 덧붙여 우리는 '너 자신을 위해서 일하라 한다고 해서 회사업무를 소홀히 해도 좋다는 의미는 아니다. 스스로 어떤 삶을 사는 것이 사회적으로, 문화적으로 성숙된 삶을 살아가는 것인지를 생각하고 그렇게 살기 위해 노력하면 그것이 곧 기업의 목표에 충실한 것이 되고 사회발전에도 도움이 될 것이다. 즉 나 자신의 바람직한 삶에 충실하다 보면 그것이 회사와 사회에 도움이 되고 따라서 회사에서는 나에게 그 성과에 대한 보상을 주게 될 것이다. 그래서 나는 바람직한 삶을 살기 위해 더욱 노력하게 된다.' 라는 일과 삶의 선순환 고리를 강조하였다.

2003년 미국에서 개최된 세계 인사담당자들의 모임인 ASTD 컨퍼런스에서 할리데이비슨의 티어링크 회장의 강연을 바로 눈앞에서 들을 기회가 있었다. 할리데이비슨이 일본의 혼다 오토바이에 밀려 시장점유율이 형편없이 떨어지자 위기를 느낀 이사회는 43살의 호주 출신 티어링크를 회장으로 선임하고 부활을 맡겼다. 그는 취임 몇 년 만에 시장점유율을 최고 수준으로 끌어 올리며 옛 명성을 되살리는 데 성공하였다. 그러자 각계각층에서 강연 요청이 쇄도하였고 ASTD에서도 주요 연사로 초청한 것이다. 그의 강의는 시작부터 범상치 않았다. 드라이아이스 연기와 강한 비트의 배경음악 속에서 검은색 가죽바지와 자켓을 입은 티어링크가 할리데이비슨 오토바이를 타고 무대에 오른 것이다.

많은 이야기를 했지만 몇 가지만 기억해 보면, 만나는 사람마다 성공의 비결이 뭐냐고 묻는데 그럴 때마다 "캥거루!" 라고 대답한다는 것이다. '캥거루'는 호주 원주민 말로 '나는 모른다' 라는 뜻이라고 한다. 그는 그냥 직원들과 많은 시간을 갖고 대화하였으며, 대화의 중심은 '너는 무엇이 되고자 하느냐' 에 덧붙여 '어떻게 그렇게 될 것인가(how to be)'를 묻고 다녔을 뿐이라는 것이다.

청중의 질문이 들어왔다.

"많은 직원들이 동기부여가 안 된다고 불평하는데 방법이 없다. 당신의 답은 무엇인가요?"

"동기부여(Motivation)는 회사가 줄 수도 없고 키울 수도 없는 것이라고 생각합니다. 다만 직원들의 마음속에 존재할 뿐이며, 어떻게 그들이 스스로 그것을 꺼내느냐 하는 문제입니다. 나는 대화를 통해 그들이 그것을 찾아내는 일을 도와주었을 따름입니다."

GE의 잭 웰치 회장도 직원들과 대화할 때 '당신은 무엇이 되고자 하느냐, 그렇게 되기 위해 당신은 지금 무엇을 하고 있느냐, 회사가 무엇을 도와주면 될까?' 라는 삼단논법 식의 물음을 던졌다고 한다. 근래에 가장 존경받는 경영인 중한 분인 이나모리 가즈오 교세라 회장도 직원들을 만날 때마다 '왜 사느냐' '왜 일하느냐'에 대해 끊임없이 묻고 답하였던 것이 성공의 비결이었다고 하는 이야기가 많은 책을 통해 익히 알려져 있다.

하나은행도 기회가 될 때마다 직원들에게 "너는 누구냐?" 라고 물었다.

"저는 삼성역 하나은행 대리입니다."

다시 물었다.

"아니. 너는 누구냐?"

"네. 저는 자산관리전문가(PB)입니다."

"그래서 지금 무엇을 공부하고 있지?"

"AFPK 자격증 공부를 하고 있습니다."

"자산관리 전문가가 되려면 국제적으로 공인 받은 CFP나 CFA 자격증까지 따는 것이 좋을 것 같은데 회사가 어떻게 도와주면 될까?"

이런 물음들을 통해서 직원들이 스스로 목표를 분명히 하고 그 분야의 전문가가 되기 위해 최선의 노력을 하면서 더 필요한 부분을 적극적으로 회사에 요구해서 얻어가도록 했다.

누군가 '하나은행의 성공요인(Success Factor)이 무엇인가?' 라고 묻는다면, '권리 위에 잠자는 자는 보호하지 않는다.' 라고 하는 법률 격언처럼 항상 자기가 중심이 되어 목표를 정하고 노력해서 원하는 결과를 성취하는 '기업가정신(Entrepreneurship)' 을 '자주' 라는 이름으로 강조해 온 하나은행의 강한 문화가 그것이라고 말할 수 있을 것이다.

개인의 자주성을 존중하다 보니 재미있는 일도 있었다. 은행 초기에 모 경제신문의 김 기자는 홍보팀에 오면 가끔 공보를 맡고 있었던 Y 차장과 바둑을 두곤 했다.

그날도 두 사람이 바둑을 두고 있었는데, 마침 그때 옆 테이블에서 나하고 1년 차 신입으로 홍보팀에 근무하고 있던 J 행원이 고객이벤트 행사 건으로 이야기를 하고 있었다. J 행원은 원래 목소리도 크고 적극적인 성격이었는데 그날은 손바닥으로 탁자를 두드리거나 큰 소리를 내며 강하게 자신의 생각을 이야기하였다.

나도 같이 큰 소리로 설명하고 토론하였는데, 바둑이 잘 안 되었던지 옆 테이블에 있던 김 기자가 가겠노라고 인사를 하고는 서둘러 떠났다. 다음날 대학 후배였던 김 기자는 내게 와서 "선배님, 그 친구 신입행원이지요? 아니 팀장에게 그렇게 대들다니 저 같으면 패 죽였습니다. 그걸 그냥 놔 두십니까?"라면서 흥분하였다.

"아! 그건 우리가 일하는 모습이에요. 아무리 행원이라도 자신의 생각을 명확하게 표현하면서 어떻게든 관철시키려고 노력하고, 토론을 통해 결론이 나면 결론대로 따르면서 최선을 다하도록 하는 것이 우리가 원하는 대화방식입

니다.

나도 어릴 때 선배들로부터 그렇게 배웠고, 거리낌없이 내
생각을 큰 소리로 주장하였으니 후배들도 그렇게 할 수 있도
록 해야지요. 그래야 일하는 데 열정이 생기지 않겠습니까?
대들어도 전혀 기분이 나쁘지 않습니다."

"대단하네요. 하나은행!"

별일 아니라는 듯이 말하는 나를 보면서 잘 이해가 안 된
다는 표정으로 그가 툭 던졌다.

젊은 사람들 하고 싶은 대로
하게 해 줍시다

은행출범 행사를 준비할 때의 일이다. 한국 최고의 투자금융회사였던 한국투자금융이 국내 최초로 업종전환을 통해 은행으로 전환하는 일이라 우리 모두는 은행이 되어서도 최고가 될 수 있다는 강한 의지를 표현하고 싶었다.

은행이 된 이후에도 전통처럼 되어 왔던 '젊은 친구들끼리의 비공식적인 회의'(무엇을 하자라고 결론이 나면 바로 다양한 파트에 있는 젊은 친구들을 불러 모아 비공식적인 회의를 하고 의견을 모으는 형식, Adhoc-Committee)가 처음으로 소집되었으며, 그 자리에서 이번 행사를 축제방식으로 해보자는 것으로 의견이 모아졌다.

기획을 맡은 홍보팀과 진행을 맡은 총무부 진행팀은 당시에는 흔치 않았던 이벤트 회사를 찾아 출범행사를 협의하였고, 그 결과 을지로 입구 본점에서 대포를 쏘고 꽃가루를 날리며 희망게시판에 우리의 꿈을 그려 넣는 등의 이벤트 중심의 행사 기획안을 작성하였다.

사전에 간략하게 은행장께 보고를 드리니 "중요한 일이니 임원들에게 의견을 물어 보자."고 하셔서 은행장실에서 모든 임원들이 모인 가운데 내가 브리핑을 하였다. 브리핑이 끝나고 다른 임원들에게 각자 의견을 이야기하게 하였는데 '은행 출범행사가 너무 가볍다. 관에서 높은 분들도 오시는데 요란하지 않느냐, 은행은 보수적인 문화가 요구되니 전통적인 방법으로 하는 것이 좋겠다.' 등등 대부분의 임원들이 부정적인 의견을 이야기하였다.

그러자 은행장이 마지막에 이 행사 비용이 얼마나 드느냐고 물었고, 약 3,800만 원 든다고 대답했더니 '아니 그렇게 많은 돈을 불필요하게 이 행사에 쓴다는 말이냐' 는 이야기까지 나왔다.

"미스터 임은 기획자이니 당연히 하고 싶겠지?"

"예, 이 행사를 통해 하나은행의 젊고 신선한 모습을 꼭 보여 주고 싶습니다."

그때 은행장은 오른손 검지를 곧게 세우고 흔들면서 이렇게 결론내어 주셨다.

"젊은 친구들이 하고 싶다는 데 하게 해 주십시다. 우리는 젊은 은행 아닙니까? 반드시 성공할거요."

은행장께서 마지막에 던진 이 말과 검지손가락의 흔들림은 이후의 은행 생활에 있어서 두고두고 내 가슴을 떨리게 하였다. 그렇게 해서 출범행사는 원래 의도대로 진행되었고, 후일 하나은행을 '앞서가는 젊고 새로운 은행' 이미지를 만드는 데 큰 영향을 주었던 행사로 기록되고 있다.

그날 새로운 건물완공 행사와 창립기념식을 준비하고 있던 제일은행과 한미은행 직원들이 와서 행사 전체를 촬영하고 돌아가서 비슷한 모습으로 행사를 진행하는 등 금융기관 행사의 표준이 되었다는 점은 두고두고 기억할 만한 일이었다.

여러 가지 문제점이 있을 수 있었는데도 불구하고 젊은 직원들의 이야기를 진지하게 들어주고 그들이 하고 싶은 일을 할 수 있게 지원해 주었던 이 사례는 왜 직원들이 회사의 일을 자기의 일처럼 흥분하고 열정적으로 달려들어서 반드시 성과를 만들어 내었던가에 대한 답을 이야기해 주고 있다.

45분 동안 출연 기업 직원들이 생방송으로 방송을 만들어 가는 KBS의 '성공시대'가 막 시작하고 세간의 인기를 끌 때 쯤이었다.

마침 파주 근처에서 한마음 연수 중 휴식시간에 재방송되던 모 은행의 프로그램을 보던 이지현 CS 팀장을 비롯한 직원들이 '아니 은행이라면 하나은행인데 어떻게 우리를 빼고 다른 은행이 첫 방송을 탈 수 있느냐' 고 아우성을 쳤다.

홍보팀장인 나는 바로 젊은 직원들을 모아 Adhoc-Committee를 만들고 기획회의를 한 다음 KBS와 접촉하였다. 그러나 KBS 담당 PD의 답변은 '한 업종당 한 기업만 출연시키는 것이 원칙인데 이미 타 은행에서 한 번 출연을 했고 다른 업종의 기다리는 기업들이 많으니 하나은행이 출연하려면 내년은 되어야겠다.' 라는 것이었다.

직원들은 방송국의 허락이 떨어질 때까지 매일 한 번씩 조를 짜서 KBS의 담당 책임PD였던 민 PD를 찾아가기로 하였다. 처음에는 귀찮아 하고 냉담한 반응을 보였으나 좋은 방송을 보여 주겠다며 매일 젊은 직원들이 사람을 바꿔 가면서 찾아와 열변을 토하니 젊은 방송작가 쪽에서 반응이 오기 시작했다. '저 정도 열정이면 일내겠어요. 한번 해보는 것이 어때요? 우리가 바라던 것이 저런 모습 아니었어요?' 라면서 그들이 책임PD를 설득하기 시작한 것이다.

마침내 방송이 결정되고 직원들은 방송 준비에 돌입했다. 방송 프로그램 내용은 처음부터 끝까지 젊은 직원들 스스로 기획하고 준비했다. 중간중간에 내용에 대해 알고 싶어하고 간섭하고 싶어하는 임원들이 있었으나 나는 '젊은 직원들의 시선으로 방송을 하는 것이기 때문에 그들에게 맡기는 것이 좋겠습니다. 그것이 젊은 은행 하나은행을 알리는 데 더 좋을 것입니다.'라면서 내용을 함구했고, 나도 세부내용에는 간여하지 않고 다만 기획회의 때마다 통닭과 맥주를 사서 배달해 주는 임무를 수행했다.

마침내 방송 당일 설레는 마음으로 72명의 출연 직원들과 함께 KBS 스튜디오에 도착했다. 그때 나를 본 민 PD가 "책임자는 안 오십니까?" 라고 묻는 것이 아닌가? 나는 이상하다는 듯이 "제가 총책임자입니다." 라고 대답했다. 통상 다른 회사의 경우에는 임원과 부장들이 함께 오는데 홍보팀장이라고 달랑 대리가 인솔하고 오니 의아했던 모양이었다.

직원들의 열기와 환호성 속에 45분간의 생방송이 끝났다. 직원들의 열정과 프로그램의 신선함이 타의 추종을 불허할 정도로 좋았고 실수 한 번 없었다. PD와 작가들도 기대한 이상의 방송이었다고 만족감을 표시했다. 방송이 끝나고 은행장께 전화를 드렸다.

"정말 잘했다. 직원들 하고 싶은 대로 해 주라."

이 말을 전해 들은 직원들의 환호성이 다시 한번 스튜디오를 진동시켰다. '일을 하면 제대로 한다'는 하나은행의 본 때를 제대로 보여 준 방송이었고, 나중에 민 PD의 이야기에 의하면 최고의 생방송으로 KBS 내에서도 화제가 되었다고 한다. 우리는 쫑파티를 위해 법인카드를 들고 여의도 맨하탄 호텔 꼭대기에 있는 나이트클럽을 점령했다.

직원들은 자기들이 스스로 기획하고 성공적으로 생방송을 진행했던 것에 대해 기뻐하며 흥분을 감추지 못했다. 술잔을 높이 들고 브라보를 외치던 중 한 직원이 내게 다가와 눈물을 글썽이며 말했다.

"임 대리님, 이 맥주 한 잔이 보너스 50%보다 더 감격스럽습니다."

사람 키우는 일에
정도는 없다

하나은행은 국내 어느 은행보다도 먼저 글로벌 금융그룹이 되고자 하는 비전을 수립하고 이에 필요한 인재육성에 많은 관심을 기울였다.

국내에서 글로벌 업무를 하는 것도 중요하지만, 직접 해외에 유학을 가서 그들의 문화, 풍습, 관습, 법규 등을 익혀 그들처럼 생각하고 일하는 방식에 익숙해지는 것이 최선의 길이라고 생각하고 가능한 많은 직원들을 공부하러 보냈다. 많을 때는 MBA(경영전문대학원)과정에만 한 해 20여 명을 보냈으며, 다른 단기전문과정까지 포함하면 40여 명이 갈 때도 있었다. 그들이 하나은행 글로벌 영업의 첨병이 되었음은 물론이다.

홍보팀장으로 분주하게 지내던 어느 날, 마케팅팀의 직원이 나를 찾아왔다. 많은 업무량 속에서도 자기계발을 게을리 하지 않는 매사에 적극적인 직원이었는데, 휴직을 하고 유학을 가고 싶어 인사부에 문의했더니 규정에 맞지 않아 퇴직하고 가야 한다고 해서 어떻게 하면 좋을지 고민이 된다는 것이었다.

좋은 회사로의 취업이 쉽지 않았던 때라 공부 마친 후의 미래가 불안해서 결정을 못 하고 있었다. 무슨 공부를 하려고 하는지를 물어보니 대학에서 공부했던 언론홍보를 더 공부하고 싶다고 했다. 경영전문대학원으로 자비유학규정이 제한되어 있었던 때라 휴직이 안 되었던 것이다.

"공부를 마친 후 하나은행에서 다시 근무할 거야?"

"받아만 주시면 배운 지식을 살려서 회사의 발전을 위해 열심히 노력할게요."

나는 회사와 함께 성장하고자 하는 의지가 강한 직원이라면 어떻게든 방법을 찾아주는 것이 회사를 위한 일이라고 생각했다. 그래서 인사를 담당하고 있었던 윤 부행장을 찾아가서 자초지종을 이야기하고 "정말 괜찮은 직원이니 공부를 마치고 돌아왔을 때 복직을 받아주었으면 좋겠습니다."라고 간곡히 말씀 드렸다.

윤 부행장은 "나도 잘 아는 괜찮은 직원이니 퇴직하고 가라고 하고, 돌아와서 하나은행에 근무하고자 하면 받아준다고 약속해 주라."고 하셨다. 나는 날듯이 인사부로 달려가 그 뜻을 전달했다. 얼마 후 그 직원은 퇴직을 하고 유학을 떠났고, 2년 후 언론홍보학 석사를 취득한 후 귀국하였다. 돌아와서 인사부와 접촉하여 복직하고 싶다는 의사를 밝혔으나, 내용을 알고 있던 유학 당시의 직원들이 인사이동을 해서 내용을 몰랐던 담당 직원은 전례가 없는 일이라 어렵다고 하였다. 할 수 없이 다시 내가 나서서 인사부를 설득한 후 입사가 결정되었다.

입사 후 그 직원은 홍보팀에 배치되어 배운 실력을 유감없이 발휘한 것은 물론이다. '회사에서 열심히 일하던 인재가 자기 돈으로 유학을 가서 훌륭히 공부를 마친 후, 다른 좋은 곳으로 취업할 수 있는데도 불구하고 하나은행에서 일하겠다고 하니 얼마나 고마우냐'는 것이 그때의 설득논리였다.

이일을 계기로 회사에서는 '자비유학규정'을 개정하였다. '자비유학제도'는 회사에서 선발되지 않았더라도 자기 비용으로 유학을 가기를 원하는 직원이 일정한 기준을 충족할 경우에는 휴직을 하고 유학을 갈 수 있도록 한 제도였는데, 그

기준은 다음과 같았다.

3년 이상 근무한 직원으로서 3년간 종합근무평가가 상위 50% 이상일 것, 미국 내 순위 30위 이내의 경영대학원과정(MBA)의 입학허가를 받아올 것 등 이었다. 이 규정 중 미국 경영전문대학원(MBA)으로만 한정되었던 과정을 회사업무에 도움이 된다고 회사가 판단하는 경우에는 미국의 다른 대학원 과정에도 입학이 가능하도록 바꾼 것이다.

규정을 개정했는데도 얼마 지나지 않아서 또 문제가 생겼다. 구의동지점장 때 함께 일했던 직원이 찾아와서, 법률 공부를 위해 유학을 가고 싶은데 규정상 미국으로 한정되어 있으니 방법을 찾아 달라고 어려운 부탁을 한 것이다. 더구나 미국을 다녀온 사람은 많으니 영국에 가서 유럽의 법체계를 배워 오고 싶다고 하니, 뜻은 좋으나 풀어내기가 쉽지 않은 일이었다.

현실적으로 당장은 방법이 없는 상황이었으나, 평소 은행장께서 회사에 국제문제를 다룰 법률 전문가가 필요하다고 이야기하던 것을 잘 알고 있던 터라, 고민 끝에 은행장을 찾아 뵙고 다양한 부분의 전문가 육성을 위해 미국으로 한정되어 있는 규정을 바꿔야 할 필요성이 있음을 말씀드리고 인사부와 협의를 거쳐 미국이 아니더라도 가능하도록 규정을 개정하였다.

용기 백배한 그 직원은 1년 만에 법학석사를 취득하였고, 나머지 1년 동안 MBA까지 마치고 귀국하였다. 귀국 후 그는 자금부의 해외자금파트를 맡아 훌륭한 성과를 보여 주었으며, 상당한 세월이 지난 지금은 국내 모 그룹의 재무담당최고책임자(CFO)로 일하고 있다.

하나금융그룹의 기업문화와 홍보를 총괄하는 일을 하다가 그룹의 인사담당최고책임자(CHRO)가 되어 그룹의 인사와 은행과 증권의 인재개발 담당 임원을 겸임하게 되었을 때의 일이다. 9개월 만에 은행에 복귀한 셈이 되었는데,

어느 날 해외연수를 담당하는 직원이 걱정스럽게 상의를 해 왔다. 예전에는 해외에 유학을 보낼 때 '가서 수업을 들을 능력이 되느냐'를 중시해서 어학실력이 그 수준에 맞지 않으면 아무리 그 직원이 일을 잘하는 직원이라도 보내지 않았다.

그러다 보니 상대적으로 어학공부를 할 수 있는 여유가 있는 본점 직원들만 유학을 가고, 일에 바쁜 직원들은 소외된다는 영업점 직원들의 불만이 컸다고 한다. 그래서 일 잘하고 평가가 좋으나 어학이 모자라는 직원을 1년 전에 미리 뽑아서 영어공부를 시켜서 보내는 것으로 방침을 바꾸어서 직원

을 미리 선발하고 준비를 시키고 있었다고 한다.

그런데 막상 해당 대학에 지원할 때가 되자 영어실력이 30위권 MBA 과정의 입학기준에 도달하지 못 해 지원이 어렵게 되었다는 것이다. 최종 입학 확정까지는 한두 달 밖에는 안 남은 상황이었다. 규정대로라면 그해에 미리 뽑아놓은 직원이 유학을 가지 못하게 되는 상황이 발생하게 된 것이다.

나는 직원들을 불러서 상황을 물어본 다음, 비록 영어성적은 떨어지지만 그렇다고 미래의 인재들을 안 보내는 것은 회사의 큰 손실이라고 생각하고 절충안을 제시하였다.

"이번에는 내가 책임을 지고 100위권 안의 학교까지 범위를 넓혀 줄 테니 마지막까지 최선을 다해 응시를 해 보라."

그리고 나는 그들의 상사들에게 전화를 걸어 마지막까지 영어공부를 집중해서 할 수 있도록 시간의 배려를 부탁하였다. 직원들은 일단 기한까지 가능한 학교에 응시하여 입학허가를 받아 놓은 다음, 계속 영어공부를 해서 결국은 더 좋은 대학원으로 갈 수 있게 되었다.

한 명의 낙오자도 없이 모두 성공적으로 연수를 갈 수 있었고 다녀와서 회사의 주요부서에서 중요한 역할을 하게 된 것이다. 위에 보고도 하지 않고 규정을 어겨 가면서 했던 일이지만 결과가 좋아서 다행이었고 이를 용인해 준 회사에도 감사를 드렸다. 이후 미리 선발하는 방침은 철회하는 대신 우수직원들에게 어학공부의 중요성을 계속 강조하고 격려하여 수학능력을 갖출 수 있도록 미리 준비시키는데 집중하였다.

하나은행은 국내 은행 중 최초로 지분투자를 통해 중국 10대 은행 중 하나인 길림은행의 대주주가 되었다. 업무제휴를 하면서 하나은행이 길림은행 직원의 교환근무, 하나은행 전문인력의 파견 등을 통해 업무에 도움을 주는 대신, 길림은행에서는 하나은행 직원 2명을 길림대학의 MBA과정에 보내주기로 하였다. 우리에게는 동북삼성(東北三省) 쪽의 인재를 키울 좋은 기회였다.

두 번째 대상자를 선발할 때였다. 신청자를 받아 보니 원래 대상이었던 일반직 직원들 중에서는 선발기준에 맞는 직원이 안 보이고, 대상이 아님에도 신청했던 영업점 전문텔러 여직원 두 명만 기준을 넘어서고 있었다. 고민 끝에 원래 대상이 아니었지만 의욕을 가지고 신청했던 점을 감안해서 심사대상에 올려 놓았었는데, 인사위원회 위원들 간에 토론이 벌어졌다. 전문텔러는 일반직 직원과는 달리 여신·외환 등 다양한 업무를 할 수 없고 창구에서 수신업무만 할 수 있는 직원들이라서 중국인력을 키운다는 원 취지에 맞지 않으니 이번에는 보내지 말자는 의견이 다수였다.

나는 몸이 달았다. 지금 안 보내면 1년 후에 보내야 하는데 그 세월이 너무 아까웠다.

"규정 상 수신 업무만 하게 되어있는 직원을 유학 보낸다는 것이 원취지에는 맞지 않습니다. 그러나 직급 간 차별이 없어지는 추세라서 그들이 앞으로 어떤 역할을 하게 될지도 모르고, 또 여성인재들이 이 분야에서 능력을 발휘해 중요한 기여를 할 수 있도록 보내서 키우는 것이 좋겠습니다. 인재를 키우는 일이 시급한데 1년을 놀릴 수는 없습니다."

임원들 간에 긴 논쟁이 시작되었고, 다행스럽게도 그 직원들을 보내는 것으로 결론이 났다.

이렇듯 '사람을 키우는 일에 정도는 없다. 사람을 키우기 위해서 해야 하는 일이라면 어떤 장애가 있더라도 우선 실행 후 조치한다.' 라는 것이 우리의 일관된 생각이었다. 해야 하는 일이라면 되게끔 하는것이 중요하다. 안 되는 이유를 찾기보다는 '왜 안 되지? 이 일을 해야 하는데 장애요인이 뭐지? 이것을 어떻게 극복하지?' 라는 식의 실행지향적 사고를 하자는 것이다.

은행 출범 때부터 직원들에게 귀가 닳도록 '하나은행에는 기업문화가 없다. 다만 그때그때 최선을 다하는 우리들의 모습만이 존재할 따름이다' 라고 이야기하면서 유연한 사고를 강조한 것도 일은 되게끔 하는 것이 중요함을 강조한 것이다. 원리 원칙만 따지는 것이 아니라 필요하다면 규정에 없는 부분이라도 토론과 논쟁 끝에 많은 부분이 받아들여졌다.

직원 수가 만 명이 넘는 하나은행 정도의 대기업에서 이 정도의 유연성을 갖추기는 쉽지 않다. 구성원들이 열린 마음으로 토론하는 문화, 그리고 어떤 의견이 회사의 필요나 시대 상황에 적합하다고 생각되면 적극적으로 수용하고 더 나은 방법을 찾아보고자 하는 일하는 방식 때문에 가능했을 것이다. 이러한 유연성이 인재 발굴과 육성에도 큰 버팀목이 되어 왔으며, 이런 노력들이 외부에 소문이 나서 뛰어난 인재들이 하나은행으로 달려오지 않았나 생각한다. 미리 알고 한 것은 아니지만 '가까운 사람을 즐겁게 해 주는 것이 먼 곳에 흩어져 있는 인재를 불러 모으는 비결이다. (近者悅 遠者來)' 라고 한 공자의 말씀을 잘 실천해 왔었던 것이다.

즐겁게 일하자

1999년 12월 구의동 지점장을 할 때였다. 내 방은 2층에 있었는데 어느 날 1층 객장에서 좀 내려와야겠다는 연락이 왔다. 가 보니 VIP룸에서 한 분이 서류를 작성하고 있었는데, 우리 직원이 그분과 이런 저런 이야기를 하던 중에 우리 지점 장이 본점에서 홍보팀장을 하면서 기업문화를 오랫동안 담당 해 왔다고 이야기하자 그분이 나를 좀 만나고 싶어 하더라는 이야기였다.

그것이 나와 '한국의 즐거운 직장만들기'(이하 GWP: Great Work Place)의 선구자 이관응 박사의 첫 만남이었고, 그 만남 이 하나은행에서 GWP활동이 시작되는 계기가 되었다.

그는 1989년 미국에서 귀국하여 부인 조미옥 박사와 함께 엘테크연구소를 세운 후 한국에 GWP를 전파하고 있던 중이었는데, 마침 은행업무를 보러 지점에 왔던 것이었다.

평소 '조직이 구성원들에게 신뢰를 줄 수 있을 때 구성원들이 자부심을 갖고 자신이 하고 있는 일의 주인으로서 몰입할 수 있게 되고, 이런 자발적 동기부여와 참여를 통해 조직과 구성원들이 원하는 좋은 성과를 거둘 수 있을 것이다.' 라고 생각해 왔던 나와 이 박사는 의기투합했고 시간가는 줄 모르고 이야기를 나누었다.

이 박사는 떠나면서 그가 쓴 '신뢰경영' 이라는 제목의 작은 책을 내게 선물하고 다음을 기약하였다. 286페이지의 두껍지 않았던 그 책은 이후 내게는 즐거운 직장 활동과 관련하여 두고두고 읽는 바이블 같은 존재가 되었다. 하지만 당시의 하나은행은 IMF 사태의 충격을 벗어나기 위해 오로지 영업에만 치중하였고, '쓸데없는 소리 하지 마라. 돈 많이 버는 사람이 최고다.' 라고 할 정도로 치열한 생존의 문제에 직면하고 있었던 때였다. 당연히 '신뢰' 라든가 '즐거운 직장' 이라는 한가한 이야기는 꺼낼 형편이 아니었고, 이런 사정은 다른 기업들도 마찬가지였다.

그러나 즐거운 직장이라는 개념은 일이 잘될 때는 굳이 강조할 필요가 없다. 오히려 힘들고 어려울 때 '서로 인정해 주고 격려해 가며 최선을 다한다면 원하는 성과를 이끌어낼 수 있지 않을까?' 라고 하는 실질적인 방법론이라 할 것이다. 피할 수 없는 어려운 환경 속에서 힘들게 일할 수밖에 없을 때, '기왕 일하는 것 웃고 일할래? 인상 쓰고 일할래?' 하고 스스로에게 묻는 것이다.

나는 '즐거운 직장과 신뢰경영' 이라는 개념이 막 IMF의 어려움을 벗어나 재도약을 하려고 하는 당시 우리 기업들에게 반드시 필요한 가치 중의 하나라고 생각했다. 그러나 실행해 보지는 못 하고 공부만 하던 중 드디어 기회가 왔다. 내가 2000년 말, 창립 30주년(2001년) 행사를 준비하는 기념사업 팀장을 맡아 본점으로 복귀했고, 이듬해 은행의 인재육성을 담당하는 인력개발실장을 겸직하게 되었다. 열심히 공부했던 것들을 현장에 적용시켜 볼 수 있는 자리에 가게 된 것이다.

나는 직원들의 희생과 노력으로 IMF의 충격을 어느 정도 이겨내고 이제는 정상적인 영업형태로 돌아가도 되지 않을까 라고 생각하던 그때가 '즐거운 직장과 신뢰경영'이라는 개념을 하나은행에 도입하기에 좋은 기회라고 판단했다. 또한 이런 노력이 하나은행의 재도약에 큰 밑거름이 될 것이라고 확신했다.

그래서 '신뢰경영'이라는 개념을 주변에 알리기 시작했다. 처음에 직원들에게 이 이야기를 했더니 반응이 상당히 호의적이었다. 자신감을 갖고 부서장들과 일부 임원들에게도 취지를 이야기하던 중에 당시 전략담당 본부장이 '그러면 이것을 이번 워크숍에서 이야기해 보면 좋겠다. 은행장께 말씀드려 보겠다.' 라고 제안을 하였다. 은행장도 이 제안에 동의하였고, 워크숍에 참석하는 임원과 부서장들이 미리 이관웅 박사가 쓴 '신뢰경영과 서번트리더십' 이라는 책을 읽고 와서 토론하는 방식으로 진행하기로 하였다.

그해 가을, 춘천에 있는 두산리조트에서 미리 읽고 온 책에 대한 토론을 시작으로 워크숍이 개최되었다. 그런데 워크숍 첫 머리에 책에 대한 이야기를 해 보자고 했는데 참석자들이 책을 안 읽고 왔는지 이해를 하지 못 해서 그랬는지 모두들 꿀 먹은 벙어리처럼 침묵을 지키는 것이 아닌가? 그러자 침묵을 깨고 이 토론을 제안했던 전략담당 본부장이 말문을 열었다.

"제가 간략히 책을 요약해 보겠습니다. …… 그런 측면에서 우리 조직을 돌이켜 보면 신뢰부족이 문제인 것 같습니다. 신뢰구축을 위해서는 ……"

이야기를 하던 중 '우리 조직이 신뢰가 부족하다.' 라고 하는 부분에서 은행장이 말을 끊었다. "우리 임원들처럼 사리사욕을 추구하지 않고 오로지 회사를 위해서 일을 하는 조직이 어디 있다고 우리가 신뢰가 부족하다고 하느냐? 관점이 다른 것 아닌가? 다른 사람들은 어떻게 생각합니까?"라고 시작된 신뢰의 부족에 대한 이야기가 오랜 시간 진행되었다.

오랜 세월 높은 도덕성을 바탕으로 심신을 다 바쳐 은행을 위해 일해 온 임원들에게 조직의 신뢰가 부족하다는 말은 듣기가 거북했을 것이다. 마침 저녁을 먹어야 할 시간이 되어서 토론은 중단되고 이후에 좀 더 생각해 보고 다시 이야기하기로 하였다.

사실 그 자리에서 공유하고 싶었던 것은 도덕적이고 추상적인 의미의 '신뢰'에서 한 걸음 더 나아가 이 조직에서의 나의 삶이 예측 가능하고, 공정하고 합리적 기준에 의해 평가와 보상이 이루어질 수 있는 시스템이라는 의미에서의 '신뢰'였다. 그런 시스템의 구축을 위해 구성원들의 생각과 일하는 모습이 어떻게 바뀌어야 하는지에 대해 구체적으로 생각해 보자는 것이었다. 그리고 함께 일하는 직원들에게 동기를 부여하면서 이들이 성장할 수 있도록 지원(Support)해 주는 것이 서번트 리더십의 핵심이라는 것도.

결과는 아쉬웠지만, 하나은행에서 신뢰경영이 논의되는 계기가 되었고, 이후 즐거운 직장 활동이 구체적으로 펼쳐질 수 있는 바탕이 마련된 의미 있는 워크숍이었다.

그날 이후 나는 직원들과 함께 공부하고 토론해서 1차 「개념공유 및 다양한 프로그램 실행」, 2차 「부서와 점포 대상 GWP 컨테스트와 컨설팅」, 3차 「제도와 시스템으로 정착」으로 단계별 도입방안을 도출하였다.

내용을 구체적으로 살펴 보면, 즐거운 직장 만들기의 첫 단계는 '개그 콘서트 단계'이다.

개그콘서트와 같은 코미디 프로그램을 논리적으로 보면 웃을 이유가 없다. 그러나 '즐거워서 웃는 것이 아니라 웃으니 즐겁더라' 라고 하는 피터 랑게의 말처럼 자아를 조금만 비우고 조금 유치하게 보일지는 몰라도 상대방의 재미있는 생각과 행동을 따라가다 보면 그냥 재미 있고 웃음이 나올 것이다. 이처럼 늘 해 오던 일들을 '아! 너무 재미없다. 좀 재미 있게 할 수 없을까?' 라고 생각하고 바쁘게 일을 하면서도 재미있고 신나게 할 수 있는 방법을 찾아보자는 것이다.

아침인사를 상투적으로 "안녕하세요?" 하지 말고 상대방에 대한 관심을 좀 더 나타내는 말로 바꿀 수 없을까? "와! 오늘 얼굴이 빛이 납니다. 머리 스타일이 너무 우아하네요. 넥 타이가 봄이네요." 등등. 생일날 임원이나 부서장이 재미있는 빵모자를 쓰고 와서 노래를 불러주면 어떨까? 계절마다 그 계절을 잘 나타내는 꽃이나 화분으로 사무실을 꾸며 보자! 이 러한 사소한 생각으로부터 시작해 보자.

올해가 용의 해라면 남대문 시장에 가서 길이 10미터 되는 용 장식물을 구입해서 사무실 천장에 구불구불 멋지게 달아 보자. 그러면 우리 사무실을 방문하는 사람들마다 재미있어 하고 그 이야기로 대화를 시작하게 될 것이다. 같은 부서의 직원이 친절 우수직원으로 뽑혀서 5,000원의 상품권을 받으면 모두가 함께 내 일처럼 기쁨을 공유하고 축하해 준다.

비록 작은 일이지만 축하할 일이 생기면 손과 발을 구르며 크게 축하해 준다. 이런 분위기가 만들어지면 높은 영업 목표가 주어지더라도 부정적 생각보다는 모두가 한마음으로 '그래! 빡세게 한번 해보지 뭐.' 라면서 치고 나갈 수 있지 않을까?

'이유 불문하고 서로 칭찬과 격려를 하면서 재미있게 지내자.'

이것이 즐거운 직장의 첫 단계이다.

두 번째 단계는 위와 같은 생각과 행동이 습관화되어 '부서와 지점의 관행'으로 자리잡게 하는 것이다. 구성원이 바뀌거나, 특히 부서장이나 지점장이 바뀌더라도 변함없이 자연스럽게 그렇게 생각하고 일할 수밖에 없는 그 조직의 문화로 정착시키는 것이다. 그렇게 하기 위해서 우선 부서와 지점을 대상으로 GWP 콘테스트를 개최하였다. 강제성을 띠면 안 되므로 자발적으로 참가신청을 받았더니 반 정도의 지점과 부서가 신청하였다.

평가기간 동안 엘테크 연구소의 이관응 박사와 조미옥 박사가 참가 부서와 지점들을 방문하여 컨설팅을 해 주었다. 이 과정을 통해 부서와 지점의 산발적인 활동들이 자신들의 문화로 자리잡게 된다. 마침내 결과가 발표되었다. 상을 받는 부서나 지점은 포상을 받을 뿐 아니라 직원 해외연수의 특전이 부여되므로 임원회의에서 최종 확정하기로 하였는데 문제가 생겼다. 영업실적이 해당 지역본부에서 꼴찌를 하고 있는 지점이 1등을 한 것이다.

임원회의에서는 이 점포에게 대상을 주어야 하느냐로 격론이 일었다. 아무리 즐거운 직장 만들기가 직접 영업과 상관이 없다고 하지만 즐거운 지점이라면 영업실적도 좋아야 하는 것 아닌가? 영업을 소홀히 하고 즐겁게만 지낸 것은 아닌가? 하는 것이 수상을 반대하는 분들의 이야기였다. 다른 수상 팀들은 대부분이 고개를 끄덕일 정도로 긍정적이었는데, 하필 최고상인 대상 점포가 문제가 된 것이다.

나는 시상을 반대하는 분들에 대해 강력하게 반대의견을 주장하였다.

"그 점포는 직원들이 열심히 일했지만 영업점 주변의 영업여건이 좋지 않아 발전에 한계가 있었습니다. 그러다 보니 직원들이 다른 방법들은 다해 보아도 효과가 없으니 GWP를 열심히 해서 우리도 즐겁게 일하고 손님들께도 즐거움을 드릴 수 있도록 해 보자 라고 생각하고 열심히 하다 보니 1등을 한 것이지요. 만약 그렇게 하지 않았더라면 이 점포의 실적은 더 나빠졌을 것이고, 직원들의 사기도 죽어서 정말 다시는 일어설 수 없을 정도로 점포가 어려워졌을 것입니다. 상을 주지 않으면 GWP의 원 취지에 대해 부정적인 메시지를 보내는 것이 됩니다."

그러나 아쉽게도 다수가 시상에 반대의견을 굽히지 않아 결국 시상은 하지 않고 은행장이 지점을 방문하여 식사를 하면서 포상에 못지 않는 격려와 선물을 주고 오는 것으로 대체되었다. 어쨌든 콘테스트와 컨설팅을 통해 GWP는 한 단계 더 전진하게 되었다.

마지막 단계인 '제도와 시스템으로의 정착'은 완성이 없는 끊임없는 노력의 단계라고 할 수 있다. 인사평가의 기준과 항목에 직원들이 서로 각자의 장점을 인정해 주고 그 장점을 잘 발휘할 수 있도록 도와주고 협력하면서 원하는 최대의 성과를 낼 수 있도록 하기 위한 생각이나 방법들을 반영시키는 것이다. 그래서 직원들 스스로가 '이렇게 하면 내가 전문 금융인으로 성장할 수 있겠구나. 그래서 승진도 빨리 하고 보너스도 많이 받을 수 있겠네' 라는 것을 이해하고 열심히 일에 몰입할 수 있도록 해 주는 것이다.

　즉, 회사에서 벌어지는 모든 일들이 구성원들에게 예측가능하고 공평 타당하게 느껴지도록 진행되어야 한다는 것이다. '자신의 발전, 평가와 보상 등이 예측가능하고 공평 타당한 기준에 의해 진행되고 있느냐?' 라는 물음에 대해 '그렇다'고 말할 수 있게 해 주는 것, 이것이 GWP가 추구하는 신뢰경영의 기본인 것이다. 은행에서는 우선 인사고과 항목에 GWP에서 추구하는 신뢰, 자부심, 재미와 관련되는 평가항목을 추가하였으며, 직원의 육성과 관련해서도 육성계획을 연초에 내부 인트라넷 망에 모든 일정과 과정을 발표하여 직원들이 계획적으로 자신의 계발을 위해 준비할 수 있도록 하였다.

　직원들이 관심이 많은 국내외 연수대상자의 선발 기준과

자격을 미리 공지하여 준비할 수 있는 기간을 주었으며, 선발 후에도 선발된 사람들의 선발 이유를 알려 공정성을 갖도록 하였다. 이처럼 3단계의 과정은 끊임없이 노력하고 반영하여야 하는 현재진행형 단계라고 할 것이다.

2002년 3월 은행 본점 강당에서 '신뢰경영'의 주창자이자 ≪Great Place To Work≫의 저자인 로버트 레버링(Robert Levering) 박사 초청 강연회가 열렸다. 은행 창립 이래 처음으로 세계적인 권위자가 초청되자 직원들이 깜짝 놀랐다.

내가 사회를 보고 조미옥 박사가 통역한 이 강연회는 성공적으로 진행되었고, 직원들이 GWP의 필요성과 중요성을 새삼 인식하게 되는 계기가 되었다. GWP활동은 위에서 지시하기 보다는 직원들이 현장에서 스스로 재미있게 일하는 방법을 찾아 실행하는 것으로 진행되었다.

주관부서인 인력개발실에서는 직원연수를 통해 우수사례를 알려 주고, GWP리더들을 뽑아서 엘테크 연구소에 보내 따로 교육도 시켰다. 그리고 'CAN(Communication, Activity, Networking)' 등 다양한 프로그램을 개발하여 제공하기 시작했다. CAN프로그램은 각 지역별 래프팅, 주말 요리강좌, 템플스테이 등 다양한 곳에 근무하는 직원들이 가족들과 함께 참여할 수 있는 프로그램이었다.

이와 함께 '즐거운 직장 만들기 연구회'가 결성되어 은행을 대표하는 중창단으로서 활발한 활동을 시작하였다. 이 팀은 은행의 각종 행사 때마다 자발적으로 참여하여 분위기를 띄웠고, KBS가 주최하는 '근로자가요제'에도 출전하여 최고상인 대상을 받기도 하였다.

즐거운 직장이라는 것이 그 내용이 아무리 좋아도 위에서 지시하거나 억지로 하게 되면 또 다른 '일'이 된다. 그래서 우리는 '가까운 곳에서 내가 잘할 수 있는 작고 쉬운 일부터 하자'는 원칙을 정하고, GWP활동이 자연스럽게 직원들 개개인의 삶의 방식으로 자리 잡게 해 주는 것이 가장 좋다고 생각했으며, 실제로 이러한 전략은 점진적으로 효과를 보이기 시작했다. 직원들이 임원들을 만나면 자신들이 하고 있는 것을 이야기하면서 "이 정도면 즐거운 직장 잘하고 있지요?" 하고 자랑을 하곤 했으니.

어느 정도 분위기가 잡히자 부서장과 지점장 등 리더들에게 서번트 리더로서의 역할을 강의와 책자 등 자료를 통해 알리고 직원들을 잘 지원해 주도록 부탁하였다. 리더가 잘 이해해야 GWP활동이 그 부서와 지점의 변함없는 관행으로 자리 잡게 될 것이기 때문이다. 그리고 일정 기간이 경과한 후 서번트리더십 다면평가를 하기로 했다.

비용이 꽤 많이 드는 일이라서 은행장께 결재를 받아야 했는데 자료를 드리면서 다음과 같이 말씀드렸다.

"이 조사는 인사부 쪽에서 하는 '360도 다면평가'와는 달리 평가하기 위한 것이 아니라 자신의 리더십에서 무엇이 부족한가를 찾아내서 알려 주고 더 잘 하도록 하기 위한 것입니다. 그래서 그 결과는 자신만이 알고 딴 사람들이 못 보게 할 생각입니다. 그래야 직원들이 부담 없이 정확하게 이야기할 수 있을 것 같고 조사결과에 따른 후폭풍이 없을 듯합니다."

며칠 후 은행장은 "잘해 봐. 그리고 리더십 조사결과와 업무성과가 어떤 연관성이 있는지도 알아 봐."라고 하면서 허락을 하셨다. 생각은 많은데 워낙 바쁘시니 세세하게 말하기는 어려운 듯한 표정이었다.

다면평가를 실시한다는 공문을 띄우자 지점장들의 전화가 빗발쳤다. '이거 인사평가에 반영하려고 하는 것 아니야? 부담되네. 자율적인 것이라고 하더니 뭣하는 짓이야?' 하면서 불만이 많았다. 나는 은행장께 말씀드린 그대로 이야기했다.

"결과는 은행장께도 보여 드리지 않겠노라고 말씀드렸습

니다. 좋은 리더가 되어야 직원들이 즐겁게 일해서 좋은 성과를 낼 것 아닙니까? 그렇게 되도록 도와드리려는 것입니다."

다면평가가 끝나자 하나빌로 전체 대상 부서장과 지점장들을 초대하여 결과를 검토하는 1박 2일간의 세미나를 개최했다. 자리에 앉자 마자 결과표를 나누어 주었다. 그 순간 참석자들의 탄식과 수군거림이 강의실을 가득 채웠다.

"당신은 몇 점이야? 야! 이게 뭐야?"

결과는 자기만 보라고 미리 이야기했는데도 서로 비교해 보고 난리였다. 결과에 대한 전체 리뷰를 마친 후 저녁식사를 하고 밤에 다시 모여 이유와 대책을 논의하는 일정이었는데, 저녁식사 후 선배지점장 몇 명이 러닝셔츠 바람으로 나를 찾아왔다.

마침 그날 밤은 그해 들어 가장 심한 비바람이 몰아치던 날이라서 지점장들의 외침은 더 처절하게 들렸다.

"임 실장, 나 지점에 다녀와야겠으니 좀 보내 주시오."

"안 됩니다. 연수원을 나가는 것은 규칙상 안 됩니다. 왜 그러시지요?"

"아니, 내가 우리 직원들한테 얼마나 잘해 줬는데. 내 돈으로 문화행사도 시켜 주고 밥 사 주고 술 사 주고 몸 아프면 쉬라 하고. 정말 정성을 다해 도와주었는데 성적이 하위라니?

배신 당했어요. 내가 무엇을 잘못했는지 직원들을 만나서 물어 봐야겠소."

"잘 알겠습니다. 하지만 나가시는 것은 안 됩니다. 일단 강의실로 올라가시지요."

밤 강의가 시작되기 전 내가 지점장들 앞에 섰다. 다시 한번 취지를 설명한 후 간곡히 부탁드렸다.

"우리가 이 조사를 실시한 것은 평가를 통해 자신의 리더십에 무엇이 부족한지를 스스로 깨닫게 하는데 목적이 있었습니다. 그래서 결과도 본인만 볼 수 있게 했고 은행장께도 보고하지 않는다고 말씀드렸습니다. 만약 돌아가셔서 지금의 섭섭한 감정으로 직원들과 대화를 하신다면 오히려 지금보다 더 좋지 않은 결과가 나타날 것입니다. 차분하게 왜 이런 문제가 발생했고 어떻게 보완하여야 할지를 생각해 보시라고 모신 것입니다. 절대로 돌아가셔서 직원을 다그치거나 불이익을 주는 후폭풍을 일으키시면 안 됩니다."

그러면서 이런 이야기를 덧붙였다. 한 중견 기업 사장이 휴가를 가면서 100%의 보너스를 지급하였다. 회사가 적자가 나서 힘든데도 불구하고 고생하는 직원들에게 '회사가 무척 어렵지만 보너스를 주니 잘 쉬고 와서 연말까지 힘내서 열심히 일해 다오.' 라는 마음으로 보너스를 주었던 것이다.

직원들로부터 무수한 감사인사를 기대했던 사장은 한 달의 휴가 내내 한 통의 감사편지도 받지 못했다. 휴가를 마치고 돌아온 사장은 복도에서 만난 한 직원을 보고 "회사도 적자인데 예정에 없던 보너스를 주면 고맙다고 인사라도 해야 하는 것 아니냐?"고 다그쳤다. 그러자 그 직원은 "아, 그거 원래 주는 것 아니었습니까?"라며 오히려 왜 그러시느냐는 반응을 보였다.

무엇이 문제였을까? 사장은 자기가 직원들을 위해 최선을 다하고 있다는 것, 그리고 그가 직원들에게 요구하는 것을 명확히 전달했어야 했다. '회사 사정이 어려운데도 보너스를 주는 것이니 휴가 잘 다녀온 후 열심히 일해서 좋은 성과를 내었으면 좋겠다' 라는 자신의 의도를 정확하게 이야기하고 보너스를 주었어야 했다는 것이다.

우리는 리더들에게 '리더는 말을 안 해도 직원들이 내 마음을 잘 알아 주겠지' 라고 생각해서는 안 된다. 리더가 가장 중시 해야 하는 것은 적절한 어휘와 부드러운 톤으로 의도를 정확하게 전달하는 것이며, 즐거운 직장도 그런 커뮤니케이션을 통해 만들어지는 것이다.' 라는 이야기를 하고 싶었던 것이다.

이관응 박사와의 토론을 거치면서 지점장들은 자신들이 자기 중심적 커뮤니케이션을 하고 있었음을 느끼게 되었다. 지점장들 입장에서는 직원들에게 개인 돈으로 밥, 술도 사 주고 영화도 보여 주고 잘해 주었다고 생각했으나, 직원들은 지점장이라면 당연히 해 주어야 하는 것으로 생각했고, 오히려 '업무 로테이션을 시켜 주지 않아서 너무 힘들다. 누구누구만 예뻐한다. 말투가 너무 신경질적이다.' 라는 불만을 가지고 있었던 것이다.

바로 이것을 깨닫는 것이 서번트리더십 다면평가를 통해 전해 주고자 했던 주된 메시지였다.

"받아들이는 사람이 당신의 의도를 모르고 있다면 당신의 전달(delivery)방식이 잘못되었다는 것을 깨달아야 합니다. 정확하게 내 뜻을 잘 전달할 수 있는 방법들을 구체적이고 실질적인 행동으로 고민해 보시기 바랍니다."

이후의 토론을 통해 지점장들은 스스로를 되돌아보는 시간을 가졌고, 연수원을 나가면 직원들에게 이렇게 하겠노라고 구체적인 자기약속을 하였는데 그것은 '나의 선언문(The Servant As Leader)'이란 책으로 묶어져 나왔다. 그리고 이 책은 3개월 후 지점장들에게 우송되었고, 자신의 선언을 다시 읽으면서 정말 그렇게 실천해 왔는지 돌이켜 보는 시간을 갖도록 하였다.

다면평가 관련 연수가 있은 후 약속대로 은행장께 서번트리더십과 업무성과의 연계성에 대해 말씀드렸다. 업무성과가 좋은 지점장의 리더십 평가는 상대적으로 낮았고, 평균적으로 성과가 뛰어나지 못한 지점의 지점장들의 리더십 점수가 높게 나왔다. 개인은 거론하지 않고 구두로 개략적인 것만 언급했다. "지점장들이 잘해서 성과가 높게 나타나는 경우가 보통이겠지만 통상적으로 직원을 많이 몰아붙이는 점포가 단기적으로는 높은 성과를 보이는 것은 사실입니다. 외국의 경우에는 서번트리더십을 잘 실천하는 점포장의 성과가 좋다는 자료가 있으나 우리는 아직 기간이 일천하여 의미 있는 결과를 얻기는 어려운 것 같습니다. 장기적으로 노력하다 보면 좋은 성과로 이어질 것 같습니다."

은행장은 웃으며 답을 하셨다.

"그래? 그럴거야. 계속 잘 관찰해 봐."

나의 등에서는 식은 땀이 흘렀다. 하지만 한국에서 GWP와 서번트리더십을 초기에 도입한 삼성전자와 LG화학이 동업계에서 세계적인 회사로 발전한 것을 보면, 시간이 지날수록 우리의 노력은 빛을 발해서 마침내는 하나은행을 한국 최고의 은행, 나아가 세계적인 은행들과 어깨를 같이할 수 있는 좋은 은행으로 만드는 초석이 될 것이라는 믿음을 가질 수 있었고, 세월이 지나 그 꿈은 현실로 나타났다.

하나은행의 빠른 성장은 우수한 인재, 뛰어난 미래 성장 전략, 획기적인 상품과 서비스, 훌륭한 마케팅 전략 등에 기인한 바가 크겠지만, 그 근저에는 자신이 '일의 주인'이 되어 스스로 동기를 부여하고 목표를 정한 후 정한 목표를 꼭 이루어내고자 하는 직원들의 열정과 그런 생각과 노력들이 성과로 이어지도록 하는 일하는 분위기의 조성과 리더들의 헌신적인 노력이 있었음은 부인할 수 없다 할 것이다.

회의록 말! 말! 말!

이 글들은 하나은행의 각종 회의 때 나온 말들 중에서 당시 리더들의 생각을 잘 읽을 수 있는 대목들을 발췌한 것이다. 급변하는 어려운 경영환경 속에서 어떻게 해서 위기를 기회로 바꾸고 시장의 승자가 될 수 있었는지를 잘 보여주고 있다.

"직장은 모든 사람의 삶의 일부이다. 그래서 신나는 직장이 되어야 한다. 마음가짐이 중요하다. 선택한 사람이 주인 같은 마음으로 일하면 보람 있는 생활이 될 수 있을 것이다. 직업에 대한 충실, 정열을 쏟는 것이 가장 필요하다." (1992년)

"너 자신을 위하여 일하라' 라는 뜻은 회사에 충성하기 보다는 '자신의 전문성을 중시하라'는 뜻이다. 자신의 적성을 실현하기 위해 은행에 들어온 것이고 은행은 그러한 무대를 만들어 주는 것이다. 자기 스스로 일하게 만들어 주는 젊은 은행이 되어야 한다." (1993년)

"직원들이 많이 피곤해 하는 것은 안다. 그러나 동기부여는 '자기실현'이다. '전문성에 대해 성실할 필요가 있다.' 하나은행을 위해서 일하지 말고 은행 전문가가 되어라. 전문가가 되려는 그 꿈을 실현해라. 그러면 하나은행도 좋아지는 것이다."(1993년)

"'고객만족' 개념의 차별화를 꾀하여야 한다. 받는 입장에서 생각하는 자세를 가져야 한다. 손님이 가치 있다고 생각하는 일을 해 드리는 것이다. 손님의 입장에서 손님이 원하는 가치를 만들어 주는 것, 외형적인 것보다 그렇게 생각하는 마음가짐이 중요하다."(1993년)

"Networking을 어떻게 할 것인가? 이제까지 지내 오면서 잊혀지지 않는 사람 50명에게 연하카드를 보내고, 1년 후에 다시 보낼 리스트를 작성해 보라. 1년 동안 어떤 새로운 사람과 관계가 만들어졌는지를 알 수 있을 것이다. 나와 남과의 관계를 어떻게 유지해 갈 것인가를 항상 생각하자."(1998년)

"일의 원칙으로 돌아가서 기도하는 마음으로 일을 하면 반드시 성공한다." (1998년)

"보육사업은 일부 수익자 부담원칙을 도입하여야 한다. 본인 부담을 조금 해서라도 직원과 가족들에게 최상의 고품질의 서비스를 제공하는 것이 중요하지, 단순히 회사가 돈을 대 주는 것이 복리후생이 아니다." (2002년 직원대상 어린이 집을 준비하며)

"합병은 단순히 규모를 확대하는 것이 아니라 대외경쟁력을 키우기 위한 것이다. 따라서 내부도 경쟁력을 키우지 않으면 안 된다. 급여, 승진, 연수 등 모든 부분에서 능력과 성과에 따라 보상해 준다는 원칙을 확고히 하여야 하며, 경쟁력이 있다는 것을 보여 줄 수 있는 사람은 '자신' 밖에 없다는 점을 인식하여야 한다." (2002년, 서울은행과의 합병을 앞두고)

"일을 혼자서 할 생각을 하면 안 된다. 건설회사의 현장소장이라고 생각하자. 내부에 모든 기술자를 보유할 수는 없다. 외부 기술자의 힘을 빌리되 컨트롤할 수 있는 내부 매니저만 있으면 된다. 어디서 그런 기술자를 찾을 수 있는지를 알고 있어야 한다. 그렇게 되려면 외부와의 Networking을 강화하는 것이 필요하다." (2004년)

"인재가 길에 버려져 있는 것은 나라를 다스리는 사람의 수치이다. 한 시대가 부흥하는 것은 반드시 그 시대의 인물이 있었기 때문이고, 한 시대가 쇠퇴하는 것은 세상을 구제할 만한 유능한 보좌가 없는 탓이다. 인재가 없어서가 아니라 인재의 종류가 너무 많아서 가려내기 어려우니 선발에 혼신의 노력을 기울이되, 일단 발탁하여 쓰면 의심하지 않고 맡겨야 한다. 그리하여 공적으로 그 허물을 덮을 수 있도록 해야 한다." (세종대왕의 말 인용 2007년)

형식을 버리고
실질을 찾다

실사구시(實事求是)

하나은행은 직원들에게 일을 할 때 쓸데없는 형식이나 절차보다는 실질과 행하는 것이 중요하다는 점을 강조하고 실천해 왔다. 그래서 나도 직원들에게 기업문화 강의를 할 때마다 이런 이야기로 강의를 시작하곤 했다.

첫 번째 이야기는 '꿩 잡는 것이 매' 라는 것이다. 옛날에 사냥꾼들이나 사대부 집안에서는 꿩이나 토끼 등 동물사냥을 위해 매를 키웠다. 사냥의 목적 외에도 하늘로 박차고 올라 먹이를 향해 무서운 속도로 강하하는 매를 보며 호연지기를 배우기도 했다고 전해진다.

어느 날 사냥꾼이 매를 데리고 꿩 사냥을 나갔다. 꿩을 발견하자 묶었던 끈을 풀어 주면서 "잡아 와" 하고 외쳤는데 매가 날아가지를 않았다. 몇 번을 외쳤는데도 움직이지 않자 사냥꾼은 할 수 없이 집으로 돌아와서 '이 매는 이제 늙어서 쓸모가 없어졌구나' 라고 하면서 하인에게 가져다 버리라고 했다. 그런데 사실 매의 입장에서는 억울한 일이었다. 매가 집 안에 묶여 있는 동안 그 집 손자가 맛있는 고기를 많이 던져 주어서 배가 부른 탓에 막상 사냥을 나가서는 동물을 잡을 생각이 나지 않았을 뿐 아니라 몸이 무거워 날 수가 없었던 것이다.

어떤 일을 할 때 왜 이 일을 하는지 목표를 분명히 하고, 충분한 준비와 필요한 역할을 다해서 원하는 목적을 달성할 수 있을 때만이 '일을 했다' 라고 말할 수 있고 자신의 존재가치를 인정받을 수 있다는 점을 강조한 것이다.

두 번째 이야기는 붓다의 일화이다. 어느 날 붓다가 갠지즈 강변을 산책하고 있을 때 도를 닦고 있던 한 도사가 다가와서 의기양양하게 말했다.

"세존이시여, 제가 오랜 수행을 통해 발을 물에 빠뜨리지 않고 강을 건널 수 있는 방법을 터득하였습니다. 한번 보시겠습니까?"

강을 왕복한 후 자랑스러운 모습으로 쳐다보는 그에게 붓다가 한마디 하였다.

"당신은 돈 서 푼이면 할 수 있는 일에 너무나 많은 시간과 노력을 허비하였구나."

돈 서 푼 내고 나룻배로 다녀오면 될 일을 그렇게 오랫동안 연습했느냐 라고 질책한 것이었다. 쓸데없는 일을 해서는 안 된다. 오로지 목표를 향해서 똑바로 달려가는 것이 중요하다는 점을 이야기해 주고 싶었던 것이다.

1994년 5월에 문을 연 홍콩사무소는 하나은행 최초의 해외 사무소였다. 사무소 개소를 위해 홍보 쪽에서 필요한 지원을 바쁘게 하고 있던 어느 날 은행장께서 나를 불렀다.

"미스터 임은 홍콩 안 가나?"

"국제부에서 특별히 가자고 하지 않아서 저는 국내에서 준비하고 있습니다."

"홍보팀장이 하나은행 최초의 해외사무소를 여는데 안 간다는 것이 말이 되나? 나하고 같이 가자."

그날은 불과 개소 이틀 전이었다. 다른 분들은 이미 출발해서 현지에서 준비작업을 하고 있었고, 은행장은 일 때문에 하루 전에 갈 예정이었는데 결국 내가 은행장을 모시고 가는 모습이 된 것이다.

'하루 만에 준비를?' 내 마음속에서는 불이 났다. 다행히 여행사를 독촉하고 급행료를 주어 가면서 초스피드로 비행기 표를 준비할 수 있었고, 은행장으로부터 촌놈 소리 안 들으려고 업무가 끝난 늦은 밤 남대문시장에 가서 그럴듯한 여행가방도 하나 샀다.

마침내 다음날 아침 은행장과 함께 비행기에 올랐다. 보통의 경우에는 은행장이 해외에 나간다고 하면 비서실 직원이나 관계 임원 또는 부서장이 동행하게 마련인데, 나 혼자 모시고 가다 보니 소위 '의전'을 어떻게 해야 하나 하는 걱정으로 비행 내내 고민하였다. 게다가 홍콩 지점 직원들에게는 '개소 준비하느라 바쁠 테니 공항에는 나오지 말고 호텔에서 만나자.'고 했다 하니 걱정이 더 했다.

어쨌든 은행장과 단둘이 샹그릴라 호텔에 도착하였다. 내가 가방을 끌고 체크인을 하려고 하자 은행장은 "미스터 임은 영어 잘 못 하잖아. 내가 체크인 할 테니 가방 들고 기다려라." 하면서 내 여권을 받아 들고 프런트에 가서 직접 서류를 작성한 후 나를 불러 사인하라고 하였다. 몹시 당황스러웠지만 태연한 척 말씀대로 따를 수밖에 없었다. 속으로는 '앞으로 영어공부 열심히 해서 이런 일을 안 당하도록 해야겠다'라는 오기를 부리면서.

다음날 아침 개소행사 시작 전에 은행장께서 "외부 인사들이 곧 올 것이니 사령장 수여식을 빨리 하자."고 했다. 사령장 수여식을 미처 생각지도 못했던 준비팀들은 난리가 났다. 준비가 안 되었다고 이실직고하고 본점으로부터 양식을 받아 준비하겠노라고 말씀드리자, 은행장은 "시간도 없는데 언제 만드느냐? 사람 숫자대로 A4용지를 가져오라."고 한 다음 백지에 자필로 '사령장 ○○○, 홍콩사무소장에 명함.' 이라고 써서 수여하였다.

개소 행사는 성공적으로 잘 끝났고, 나는 연합통신을 통해서 행사사진을 국내로 송신하고 신문에 실리게 함으로써 홍보팀장으로서의 업무를 모두 끝냈다. 그리고 다음 일정을 확인하려고 점심과 저녁에 있을 현지 관료, 주재원, 기자들과의 식사 일정에 대해 말을 꺼냈더니 은행장은 "미스터 임은 그 자리에서 할 일이 없으니 굳이 따라 올 필요 없다. 홍콩에 왔으니 국제 금융시장도 구경하고 마음대로 돌아다녀라. 밤에 호텔에서 보자." 하는 것이 아닌가?

나는 사무소의 이주헌 과장과 함께 증권거래소, HSBC 은행, 스탠다드차타드 은행 등 금융시장을 돌아보고 관광도 하면서 자유로운 시간을 보내다 밤 10시쯤 호텔로 돌아와서 은행장을 뵙고 차 한 잔 한 후에 내 방으로 돌아왔다. 그렇게 홍콩일정은 끝이 났다. 나중에 사람들에게 이 이야기를 해 주었더니 모두들 깜짝 놀랐다. 우리 직원들에게 아마도 이 일은 권위나 불필요한 격식보다는 실질적인 효율성을 중시하는 은행의 뜻을 잘 알 수 있는 계기가 되었을 것이다.

하나은행에서는 일하느라 바쁜 직원들이 수행이나 의전을 하느라 시간을 낭비할 필요 없다는 생각이 일상화되어 있어서 타 행과는 다른 독특한 문화를 형성하고 있었다. 위에서부터 격을 따지는 게 아니고 업무의 실질과 핵심을 추구하는 실사구시를 실천하다 보니 그것을 보고 듣는 다른 직원들도 그런 일하는 방식에 익숙하게 되고 그것이 하나은행의 문화로 자리잡게 된 것이다. 은행장은 식사하러 갈 때에도 가까운 곳이면 조용히 혼자 걸어서 다녀오고, 승용차로 직원들과 함께 어디를 갈 경우에도 직원이 앞 자리 조수석에 앉는 것이 아니라 옆 자리에 앉아서 갔다. '수행'이 아니라 '동행'을 한다는 뜻이었다.

일부 직원들은 은행장과 함께 앉아 가는 것을 부담스러워해서 따로 가려고 하는 경우도 많았는데 그때마다 우리는 이야기했다.

"함께 앉아서 이야기를 나누다 보면 회사의 경영도 많이 알게 될 것이고, 지연되고 있는 일에 대해서 구두로 결재도 받을 수 있으니 얼마나 좋은 기회야? 긍정적으로 생각하고 다녀라."

나도 그렇게 해 보니 집무실에서 결재 받을 때보다 훨씬 부드럽게 토론을 할 수 있었고, 어지간한 문제만 없으면 그대로 진행하라는 답을 쉽게 얻을 수 있었다. 나는 한 걸음 더 나아가 업무 중에 상사를 만나서 보고하기가 어려울 때 어떻게 결재를 받을 것인가에 대해서 고민한 끝에 한 방법을 찾아 실행하였다.

은행장 방 앞에서 기다려도 은행장을 만나기가 어렵거나 외부에서 일을 보고 있어서 시급히 결정해야 할 일들을 직접 설명하기가 어려울 경우에는 업무가 끝난 후 내부 인트라넷 망을 통해 은행장께 다음과 같이 편지를 썼다. "…… 아래와 같은 시급히 결정해야 할 일들을 보고 드립니다. 내일 오후까지 다른 말씀이 없으시면 구두 결재하신 것으로 알고 실행 후 보고 드리겠습니다."

기업문화 강의를 할 때마다 "상사들을 뵙기가 어렵거든 이렇게 일을 처리해라. 무릇 일은 되게끔 하는 것이 중요하니 시기를 놓쳐서 못 했다는 것은 이유가 되지 않는다."라고 했더니 직원들 사이에서 밝은 웃음이 피어 올랐다. 아마도 책에서는 절대 배울 수 없는 일하는 방식에 대한 신기함 때문이었을 것이다.

90년대 까지만 하더라도 내부 결재를 위해서는 결재서류를 반드시 문서로 작성하여야 했다. 그러다 보니 결재라인을 타고 올라가면서 다른 의견이 있거나 문장이 틀리거나 해서 고쳐야 할 경우에는, 문서를 다시 작성해서 갖고 올라가는 것이 일반적이었다.

어느 날 결재를 받고 있는 중에 은행장께서 "이거 틀렸네. 고쳐야겠다." 하는 게 아닌가. "예, 죄송합니다. 다시 작성해서 가지고 오겠습니다."하고 나가려고 했더니 "앉아 봐라. 자가 어디 있더라"하면서 고칠 부분에 자를 대고 볼펜으로 두 줄을 그은 다음 내용을 직접 수정하였다. 그리고는 "읽어 봐라. 맞지? 그러면 미스터 임이 줄을 친 밑에 사인해라!"그렇게 내가 확인하고 사인함으로써 은행장 결재가 끝났다. 중요하지 않은 내용 때문에 다시 문서를 만들고 하는 데에 시간과 노력을 허비하지 말고 실질적인 업무에 집중하자는 뜻을 행동으로 보여준 것이다.

내가 이 서류를 많은 직원들에게 보여 주면서 '이렇게 일하라'라고 한 것은 당연. 업무 보고 시에도 모든 업무를 간략하게 요약하여 작성하되, 가능하면 한 장으로 보고하도록 유도하였다. 만약 두툼한 보고서를 갖고 가면 이것을 3분 내로 요약해서 보고해 보라고 하였다. 앞에서도 이야기한 것처럼 그전까지는 관례적으로 사안을 설명한 다음, 결론을 1안, 2안, 3안 등으로 해서 장단점을 설명한 후 상사의 결심을 물어보는 방식으로 보고를 하는 일이 많았는데,

"그래서 당신의 의견은 무엇인가?"

"제 생각으로는 3안이 낫지 않을까 합니다."

"그러면 왜 3안인지에 대해 나를 설득해 보라."

이렇게 하면서 토론을 시작하였다. 왜 이 일을 하느냐, 이 일을 통해 너는 무엇을 얻고자 하느냐는 것에 대한 기안자의 생각을 물은 것이다. 이 방식은 직원들로 하여금 '자신의 일에 대한 주인의식'을 갖게 하는 중요한 역할을 하였다. 어느날 은행장 회의 때 내가 "이 책 내용이 참 좋습니다. 읽어보시죠."라고 《물은 답을 알고 있다》 라는 책을 드렸더니, "3분 내로 내가 이 책을 읽어야 하는 이유를 설명해 봐. 내가 설득이 되면 읽어 볼게." 라고 하는 것이 아닌가. 은행장은 10분 단위로 쪼개서 일해야 할 정도로 바쁜데 만약 다 읽고 나서도 별로 얻는 것이 없다면 시간 낭비가 아니냐 라는 이야기를 한 것이다.

이렇듯 우리는 직원들에게 스스로 '이 일을 왜 하지?'라는 질문을 계속 던지고 그에 대한 답을 찾도록 끊임없이 이야기 해 왔다. 이것이 오늘날 하나은행이 현장중심의 사고방식, 성과중심의 일하는 방식을 바탕으로 강한 경쟁력을 갖게 된 원동력이었다고 생각한다.

이런 저런 화려한 수식어구로 둘러가지 않고 바로 일에 대한 핵심을 이야기 하는 것, 그리고 가장 빠르고 쉬운 실용적인 방법으로 반드시 이루어내는 것, 바로 이것이 하나 문화의 중요한 덕목 중 하나인 '실사구시'였다.

권위는 세우되
권위주의는 버려야

1991년 7월 15일, 하나은행은 본점과 삼성역 하나은행, 2 개의 점포로 영업을 시작하였다. 은행에서는 출범을 기념하여 전 직원의 사인으로 액자를 만들기로 하고, '하나가 되자'라는 휘호 아래 부채꼴 모양의 도안을 만들어 그 안에 직원들의 사인을 받기로 하였다. 그런데 전 직원의 사인을 받은 후에 돌아온 사인지의 모습에서 문제가 발생했다. 신입직원이었던 B모 직원의 사인이 정중앙에 있는 은행장 사인의 바로 위에 딱 그려져 있는 것이었다.

임원들이 맨 윗줄에 먼저 한 다음 직원들에게 돌렸는데 어떻게 이런 일이 일어난 것일까? 주관했던 홍보팀은 난감했다.

'이걸 어떻게 하지? 은행장께 다시 해야 하는 이유를 설명하고 사인을 받기가 고양이 목에 방울 달기이고. 본점과 영업점에서는 영업 초기라 바빠 죽겠다고 할 텐데 언제 또 해 달라고 하지?' 할 수 없이 내가 은행장께 들고 가서 보여 드리고 자초지종을 말씀 드렸다.

그러자 은행장은 "사인을 직급 순서대로 해야 한다는 법이 어디에 있느냐? 이대로 걸면 되지 다시 할 필요 없다. 실력을 쌓아서 권위는 세워야 하지만 권위주의는 버려야 한다." 라면서 흔쾌히 걸자고 하였다. 이후 이 사인 액자는 본점건물에 오랫동안 걸려 있어서 직원들 간에 많은 이야깃거리가 되어 왔었는데, 지금은 본점 신축공사 때문에 사료실에 보관되어 있다.

당시 그 직원은 동료들로부터 '너 앞으로 직장생활 하기 어렵겠다' 라며 많은 걱정을 들었다고 한다. 그러나 그는 현재 그룹 관계사의 임원으로 근무 중이다.

어느 날, 삼성역 하나은행의 책임자로부터 전화가 걸려 왔다.

"오늘 이사님께서 오후에 격려차 지점에 오셔서 직원들과 한참 이야기하고 가셨는데요. 가시고 나서 차장님으로부터 싫은 소리를 들었습니다."

그 직원은 아무 생각 없이 다리를 꼬고 앉아 있었는데 모임이 끝나자 차장이 자기를 불러서 "어떻게 이사님 앞에서 버릇없이 다리를 꼬고 앉느냐?"고 야단을 치면서 앞으로는 절대 그러지 말라고 경고하더라는 것이었다.

"저는 하나문화가 격의 없이 자유로운 문화 속에서 토론하는 열린 문화라고 들었고, 이제까지 그렇게 살아왔는데 어떻게 해야 합니까?"

앞으로 어떻게 해야할지 걱정이라는 이야기였다. 나는 바로 그 차장에게 전화를 했다.

"차장님 생각을 충분히 이해합니다. 그러나 하나은행은 예전부터 상사들과 대화할 때 딱딱한 자세로 하기보다는 자유로운 분위기에서 할 말 다하는 직원들이 많았습니다. 그런 일들이 자연스럽게 받아들여졌고요. 가끔 다리도 꼬고 담배를 피우기도 합니다. 그렇다고 그런 행동들이 상사를 무시한다거나 예의 없다는 것은 아닙니다. 일할 때는 잘잘못을 엄격하게 따지고 공사의 구분은 철저하게 합니다. 그러니 직원들과도 좋은 쪽으로 대화해 주었으면 좋겠습니다."

하나은행의 강점 중의 하나라고 이야기되어 왔던 '임직원 간의 격의 없는 열린 대화' 노력은 임원실의 인테리어에도 깃

들어있다.

처음 직원 수 100여 명의 투자금융회사에서 1,700여 명의 대형은행이 되고 나니 간부들 사이에서 외부 손님들도 많이 드나드는데 우리 임원실과 응접실이 다른 은행들과 비교해서 너무 노후해 보이고 작아서 보수공사가 필요하다 라는 이야기가 나왔다. 통상 다른 은행의 경우 엘리베이터를 내리면 대형 유리문이 있고, 경비의 확인을 거쳐 비서를 만나게 되는 구조였다. 하지만 우리는 엘리베이터에서 내리면 바로 각 임원실이 보이고 비서에게 찾아온 자초지종을 이야기한 후 방 앞 소파에서 기다리는 형태였다.

전혀 보안이 되지 않는 공개된 공간이었다. 직원들은 임원을 볼 시간이 된다는 확인을 하면 그냥 올라와서 해당 임원 방 앞의 소파에 앉아서 기다렸다. 그러다가 외출에서 돌아오는 임원을 따라 들어가거나, 안에 있는 사람이 나오면 바로 들어가곤 했었다. 필요할 때 언제든 부담 없이 만날 수 있는 구조였다. 임원들도 기다리는 직원들을 보고 "왜 왔어? 들어와." 하면서 자연스럽게 대화를 시작하였다.

직원들의 제안이 계속되자 결국 인테리어에 대한 회의가 소집되었고, 인테리어 업체 M 사의 H 사장이 임원들과 직원들을 인터뷰한 후 부서장 회의에서 브리핑을 했다. 세 가지안을 제안하였는데, 다른 은행의 경우처럼 문을 두 번 열고 들어가는 안으로 참석자들의 의견이 모아졌다.

그때 은행장이 갑자기 배석하고 있던 실무자들 자리를 돌아보면서 "젊은 사람들 생각은 어떻습니까?"라고 물었다. 다수의 직원들이 "하나은행의 특징은 상하가 자유롭게 이야기하는 오픈 커뮤니케이션이라고 생각합니다. 지금이 바로 이런 스타일인데 여기에 유리문을 만들고 닫아버리면 공식적으로 대화를 안 하겠다는 이야기 아닙니까? 이는 우리가 추구하는 문화와 맞지 않습니다. 그대로 두고 장점을 살려 갔으면 합니다." 라고 이야기 하였다.

결국 대대적인 임원실 인테리어는 없었던 일이 되었고, 일부 노후한 책상과 탁자를 교체하고, 소파와 의자 등을 천갈이 하는 것으로 마무리되었다.

요사이는 CEO와 직원 간의 대화모임을 공식적으로 진지하게 하기 보다는 비공식적인 형태로 자연스럽게 이야기하는 방식이 많이 등장했지만 – 심지어 목욕을 함께 하며 대화를 하는 형태까지 -, 1990년대만 해도 CEO와 직원들이 비공식인 자리에서 격의 없이 자유롭게 대화한다는 것은 새로운 시도였고 특이하게 여겨졌었다.

1994년 1월 1일 새벽 5시, 북한산 자락 도선사를 서성대던 30여 명의 사람들이 어둠을 뚫고 북한산을 오르기 시작했다. 그들은 북한산 백운대를 올랐다가, 내려오는 길에 떠오르는 해를 바라보며 새해 소망을 다짐한 후 백운산장에 모여 앉았다. 이것이 이후 오랫동안 매 홀수 달마다 이어 온 '산상포럼'의 시작이었다.

은행장과 직원들은 백운산장에서 라면도 끓여먹고 막걸리를 마시면서 회사의 다양한 이슈에 대해서 대화하고 건의하는 시간을 가졌다. 이 자리에서는 소위 '계급장'을 떼고 누구나 어떤 이야기도 할 수 있는 자유로운 분위기가 만들어졌고, 회사의 중요한 이슈에 대해 임직원 간에 이해의 폭을 넓히는 중요한 자리로 자리잡았다.

'은행장회의'도 하나은행의 독특한 커뮤니케이션 방식의 하나였다. 은행장이 비공식적으로 매주 월요일 아침에 임원 부속실, 홍보팀, 인재개발팀, 감찰팀의 책임자들과 미팅을 갖는 것이다.

이 회의의 기본원칙은 '공식적이고 매끄러운 단어로 분식 처리된 이야기는 하지 않는다.' 이다. 현장의 소리를 있는 그대로 은행장께 전달하고 그 해결방안을 모색하는 회의이다.

이 회의에서는 온갖 이야기가 다 나왔다. 여기서 누군가 조금 번지르르한 말로 포장하거나 논의 주제에 대해 뒷일을 염려해서 조금 생각하는 듯한 모습이 보이면 이야기를 중단시켰다. 그래서 CEO로 하여금 현장의 있는 그대로의 소리를 들을 수 있게 하는 창구역할을 톡톡히 할 수 있었다. 나도 오랫동안 이 회의의 멤버였는데, 은행장 앞에서 팀 직원과 무기명사이트 개설과 관련해서 큰 소리로 설전을 벌이다가 은행장의 제지로 중단한 적도 있는 등 할말 다하는 회의였다.

오픈 커뮤니케이션을 중시한 분위기 때문에 초창기 TV-CF 제작 과정에서도 보수적인 금융권으로서는 처음으로 애니메이션 형태의 CF가 탄생할 수 있었다.

당시 광고대행사였던 웰콤으로부터 세 가지 시안을 받은 후, 시안 확정을 위해 'CF선정위원회' 라는 회의체를 만들었다. 위원회는 각 직급별 13명의 위원으로 구성되었는데 이 중 직원이 신입 여직원부터 차장까지 8명, 은행장을 비롯한 임원이 5명이었다.

시안의 설명이 끝나자 모 임원이 "행장님부터 말씀하시지요." 라고 말문을 열었다. 은행장은 "아닙니다. 가장 어린 막내 직원 이야기부터 들어 봅시다." 하면서 순서를 넘겼다. 은행장이 먼저 이야기하면 직원들이 자신 있게 자기의 이야기를 못 하니 순서를 행원부터 거꾸로 올라오며 이야기하게 한 것이다.

"3안이 좋아 보입니다."

가장 나이 어린 직원부터 선택을 시작했다. 직원들 8명이 끝났을 때 7명이 3안을 선택하였고, 그다음은 임원 차례여서 김모 이사가 "제 생각은 ……"하면서 이야기를 막 시작하자 은행장이 말문을 막았다.

"우리 과반수로 하기로 했는데 이미 3안이 과반수를 넘었으니 임원들은 이야기할 필요가 없겠어요. 3안에 대해 수정할 점만 이야기하도록 합시다."

참석자들은 바로 3안을 가지고 세부 사항에 관한 논의를 시작하였다. 그래서 탄생한 것이 금융권 최초의 아기자기한 느낌의 애니메이션 광고다. 회의에 참석했던 직원들은 어떤 생각을 하였을까? 그리고 돌아가서 주변 동료들에게 뭐라고 이야기하였을까?

훌륭한 스승은 말로 하는 것이 아니라 행동으로 보여준다고 하는 격언이 생각나는 대목이었다. 이렇게 젊은 직원들의 의견을 귀담아 듣고 자유롭게 이야기할 수 있는 풍토

를 만들어 간 것이 하나은행이 '젊고 신선한 은행'으로 자리 매김하고 빠른 성장을 할 수 있었던 원동력이 되었다.

형식이 아닌 실질적으로 도움이 되는 대화의 자리를 갖고자 하는 시도는 2천 년대에 들어서도 계속되었다. 2008년 여름, '모닝브리즈(Morning Breeze)'가 시작되었다. 본점의 실무책임자들과 영업점의 직원들이 모여 현장에서 일하는데 장애가 되는 문제점들을 토론하고, 해결점을 찾아나가는 모임이었다. '이른 아침에 부드러운 산들바람을 맞으며 편한 마음으로 오시라' 라는 뜻으로 붙여진 '모닝브리즈'는 2주에 한 번씩 아침 7시 30분에 명동에 있는 비즈니스 호텔 꼭대기 식당에서 아침을 먹으면서 진행되었다.

당시에는 CEO가 비싼 호텔이나 식당으로 직원들을 초청하여 제안이나 건의사항을 듣는 조찬모임을 갖는 것이 유행처럼 여겨졌었다.

그러나 우리는 이런 방식은 직원들이 CEO 앞에서 솔직한 이야기를 하기가 어렵고 듣기 좋은 이야기만 하게 되니 진정한 의견교환이 어렵다고 생각했다. 또 직원들이 제안이나 건의를 하면 CEO는 '잘 알았으니 그렇게 지시하고 고쳐 주마.' 라고 위로하고 기분 좋게 끝낸다.

CEO가 돌아와서 지시를 하면 되는 것도 있지만 잘되지 않는 것도 꽤 있다. 담당 직원들의 이야기를 들어 보면 CEO가 몰랐던 제안대로 되지 못하는 타당한 이유가 있기 때문이다. 그 경우 건의를 했던 직원들은 회사나 CEO와의 대화에 대해 '도움도 안 되는 모임을 왜 하지?' 라며 불신을 갖게 되는 경우가 많았다.

그래서 우리는 CEO나 부장급들의 참석을 배제했다. 그리고 실무를 담당하는 본점 부서 책임자 15명(인사, 사무지원, 마케팅, 점포개발, 인재개발, 전산지원, 대기업담당, 중소기업담당, PB 등)과 영업점 직원 15명(영업점별로 돌아가면서 참석)이 참석해서 있는 그대로 이야기한 후에 채택이 안 되는 것이면 왜 안 되는지 그 이유를 이야기하고 이해를 구하며, 할 수 있는 것이면 바로 채택하도록 하였다.

CEO나 부장들의 참석을 배제함으로써 실무 직원들 간의 자유로운 대화를 통해 실현 가능한 해결책을 찾아가도록 한 것이다. 이 모임에 참석 후 현장으로 돌아간 직원들은 불만이 있던 다른 직원들에게 안 되는 것이 왜 안 되는지를 이해시키는 메신저 역할도 할 수 있게 되었다.

구체적인 현장의 소리를 듣고, 직원들의 소리를 있는 그대로 경청하며 안 되는 것이면 왜 안 되는지를 설명해서 이해를 시키고, 되는 것은 바로 채택하는 것, 소위 '쌍방향대화(Two Way Communication)'를 정착시킨 것이 일을 빠르고 정확하게 처리할 수 있는 계기가 되었다.

일은 그 일을 제대로
할 수 있는 사람에게

은행 전환준비로 몹시 분주하던 1991년 5월 어느 날, 은행장께서 나를 불러서 "하나은행이 출범하게 되면 기업문화, CI, 홍보, 광고 등 대내외커뮤니케이션 업무가 정말 중요해지니 경영기획부에 소속되어 있던 홍보파트를 따로 독립시켜서 은행장 직속으로 두려고 한다. 그 팀장을 미스터 임이 맡아라."고 지시하셨다.

홍보팀의 독립과 은행장 직속배치는 은행권 최초의 일이었다. 당시는 20여 개의 금융기관에서 일 잘한다고 소문난 '기가 센 사람'들을 스카우트하여 온 터라 다양한 배경을 가진 사람들끼리의 화합과 가치관의 공유가 절실하게 필요했고, 신설은행으로서 새로운 이미지로 시장에서 승부하기 위해서 브랜드인식을 높이는 일이 중요하다고 판단한 때문이었다. 그때 나는 조금 생각하다가 "제가 맡기는 어려울 듯합니다. 저는 직급이 대리이고 예전에 노조 전임 사무국장을 하면서 당시 사장님 연임불가운동을 벌였던 터라 적절하지 않은 듯합니다."라며 조심스럽게 고사했다.

그러자 은행장은 갑자기 언성을 높이며 꾸중을 하기 시작했다.

"좀 앉아 봐라. 이 돌대가리야! 내가 너에게 이 일을 맡기려는 이유는 네가 노조전임을 할 때 입사 1년밖에 안 된 친구가 선배들이 나서기 꺼려하는 사장퇴진운동을 열심히 하는 것을 보고 네가 적임자라고 판단한 때문이야. 당시에는 섭섭했지만 지금 홍보 쪽에서 해야 할 일을 생각해 보니 너처럼 고집 있고 추진력 강한 사람이 맡는 것이 좋을 듯해서 너에게 시키려고 하는 것이야. 일을 시킬 때는 개인감정에 치우쳐서 판단하는 것이 아니라 누가 이 일에 가장 적격인가를 판단해서 일을 시키는 것이다. 하루만 다시 생각해 보고 이야기해라."

'아! 이런 것이 경영의 영역이며 판단이라는 것이구나.' 다음날 부끄러운 마음으로 들어가 "열심히 하겠습니다. 다만 앞으로 제가 하고자 하는 일을 무조건 밀어 주셨으면 합니다."
라는 말씀을 드렸고 그러겠노라는 승낙을 받았다. 그해 6월
25일 롯데호텔에서 열린 창립 20주년 기념식장에서 내가 임
원부속실로 발령이 나자 주위에서는 큰 웃음과 작은 소동이
일었다. '노조 전임을 하면서 사장퇴진운동을 벌였으니 이제
는 하나은행에서 출세하기는 틀렸다, 찍혔다고 생각했던 임
영호가 은행장 직속인 임원부속실에?' 라는 것이었다.

그날 뒤에서 기념식을 참관했던 신입직원들이 그 영문을
모르다가 나중에 신입연수 강의 때 내가 이 이야기를 해 주니
무척 신기해 하며 고개를 끄덕였다. 초기에 은행을 출입했던
신문기자들도 내가 홍보팀을 맡은 이야기를 듣고는 하나은행
경영진의 리더십과 문화에 대해 놀라면서 이런 문화라면 은
행이 잘될 것 같다는 기대감을 표시하였다.

**'무릇 일이란 되게끔 하는 것이 중요하다. 철저한 공사구
별을 통해 그 일을 잘할 수 있을 것 같은 사람이 그 일을 맡
아서 완수할 수 있게 한다'라고 하는 하나은행의 일과 삶에
대한 생각을 보여준 일화였다.**

1995년 11월 거의 모든 신문의 경제파트에는 '30대 대리

를 본점 부서장으로'라는 제목의 기사가 일제히 떠올랐다. 하나은행이 10월 31일 자로 본점 PB(Private Banker,개인자산관리전문가)팀장에 34살의 문순민 대리를 임명한 것을 다룬 기사였는데, 본점 부서장에 4급 대리가 임명된 것은 전 은행권에서 처음 있는 일이었다. 은행에서는 누구보다 먼저 손님의 개인 자산 관리의 중요성을 인식하고, 그 부분을 전담할 부서를 신설하기로 하고 전 직원을 대상으로 부서장을 공모하였는데 그중에서 문 대리가 뽑힌 것이다.

그는 팀장으로 임명된 후 방송과 신문을 숨쉴 틈없이 오가며 활발한 활동을 펼쳐 자신의 성가를 드높였을 뿐 아니라 후일 PB 명가, PB 사관학교로 불렸던 하나은행 자산관리의 토대를 닦았다. 그 공로로 문 팀장은 사회적 가치 실현을 통해 하나은행의 명성을 드높인 사람을 위해 제정하였던 '빛나는 하나인상'의 초대 수상자가 되었다.

그때 문 팀장 외에도 공모를 통해 그전까지는 1급을 임명했던 카드사업부장에 2급 차장을, 청량리지점장과 포항지점장에 3급 과장을 임명하였다. 이것은 은행 출범 때부터 추구해 왔던 직급과 직위의 분리 정책 때문에 가능했으며, '일은 그 일을 가장 잘할 수 있는 사람이 맡아야 한다'라는 군건한 믿음에서 비롯된 것이었다.

이런 방식을 통해 은행은 연공서열 위주의 인사시스템을 과감하게 바꿀 수 있었고, 이후에도 더 많은 과장과 대리들이 지점장으로 나갔다. 그들이 현장에서 훌륭한 성과를 올림으로써 대내외적으로 '젊은 은행 하나은행이 일도 잘 한다.' 라는 긍정적인 이미지를 만들 수 있었다.

외환은행을 인수하고 나서 통합을 준비하고 있을 때의 일이다. 한 가족이 되었으니 지점을 한 번에 똑같이 디자인할 수는 없지만 가능한 범위 내에서 손님들이 한 가족이 되었구나 하는 것을 느낄 수 있도록 디자인을 다시 하기로 했다. 실무를 맡고 있던 신 대리가 내 방에 들어와서 자신의 아이디어를 설명하게 되었는데 나하고 생각이 다르다 보니 이야기가 좀 길어졌다. 마침 그때 옆 방에 친구인 외환은행의 임원이 와서 나를 기다리고 있었다.

한참 토론을 하다 보니 신대리의 말이 옳은 것 같아서 그렇게 해 보라고 한 다음 옆 방으로 갔더니 그 친구가 내게 물었다.

"기자가 왔다 간 모양이네. 되게 시끄럽던데. 큰 소리도 나고. 무슨 문제가 있나?"

"아니야. 같이 일하는 대리인데 지점 디자인 관련해서 토론하던 중이었어."

"그래? 그런데 대리가 부사장한테 그렇게 큰 소리로 대드나?"

"우리는 그렇게 일해."

"그런데 그 일을 왜 대리가 부사장한테 직접 보고하지? 과장, 차장, 부장은 어디 가고?"

"응. 우리는 처음 기안한 사람이 임원까지 들고 다니면서 직접 보고해."

"야, 독특하네. 상상할 수 없는 일이야."

"일은 되도록 하는 것이 중요한데, 가장 그 일을 잘 아는 사람은 처음 아이디어를 내고 기안한 사람이거든. 그래서 그 사람이 들고 다니며 설명하고 결재를 받는 것이 가장 효율적인 일하는 방식이라고 생각해. 그렇게 배워 왔고 실행해 왔는데 성공을 거두다 보니 자연스럽게 일하는 방식으로 굳어진 것이지."

아마도 그 친구는 하나은행이 왜 단기간에 급속한 성장을 하였는지, 의사결정이 빠르다고 한 이유가 무엇인지에 대해 다시 한 번 생각해 보고, 앞으로 통합은행의 일하는 방식은 어떠해야 하는지에 대해서도 많은 생각을 하였을 것이다.

경영은 그때그때
최선의 방법을 찾아가는 것

　서로 다른 환경에 속해 있던 사람들이 한곳에 모여서 일을 하다 보면 의견 차이가 발생하기 마련이다. 특히 대기업 둘이 하나로 합쳐진 경우에는 서로의 성공경험이 많기 때문에 사고방식이나 일하는 방식의 조화에 큰 어려움을 겪게 된다. 하나은행 출범 후 다른 은행에서 스카우트되어 합류한 직원들은 은행업무에 대해 나름대로의 일가견을 갖고 있는 전문가들이라서 은행업무 경험이 없었던 기존의 한국투자금융의 직원들과 적지 않은 갈등이 발생하였다.

　다른 은행에서 합류한 직원들은 '은행업무를 잘 몰라서 그런 것 같은데 이렇게 하면 안 됩니다. 제가 있던 전직에서는

……' 이라고 말문을 여는 경우가 많았고, 기존 직원들은 이 '전직에서는 ……' 이라는 말만 나오면 거부감을 표현하곤 했다. 그래서 회사에서는 노동조합과 함께 '경쟁력 강화를 위한 특별위원회' 라는 회의체를 만들어 어떻게 하면 두 그룹이 한 마음이 될 수 있을까를 함께 고민하였다.

이 위원회는 적지 않은 성과를 거두었는데, 홍보팀장으로서 기업문화를 담당하였던 나는 당연히 멤버로서 참여하였으며, 양쪽의 문제를 잘 알 수 있는 계기가 되었고 이후 기업문화 활동에 많은 도움이 되었다. 그때 모 책임자와 나누었던 한 대화가 기억에 남는다. E 은행에서 온 그는 우리의 기업문화를 이렇게 강도 높게 비판하였다.

"조그만 단자회사일 때의 기업문화를 버려야 합니다. 알지도 못 하면서 고집을 부리는 단자출신 사람들을 보면 화가 납니다. 단자출신들이 중심이 되면 대형은행들과 경쟁할 수 없어요, 이제 은행이 되었으니 단자문화를 버려야 합니다."

거기에 대해 기존 직원들은 다음과 같은 논리로 차분하게 설득하였다.

"그것을 은행원이라면 꼭 이렇게 해야 한다 라고 생각하지 말고 그 사람의 품성이고 일하는 방식으로 존중해 주면 안되겠습니까? 사람마다 각자의 장점과 특성이 있는데 우리도 새로 오신 분들 중에 정말 존경하는 분들이 많습니다. 그분들이 큰 은행에서 와서 그런 것이 아니라 그분들의 성품과 일하는 방식이 마음에 들어서 그런 것이고요, 한국투자금융에 계셨던 분들 중에도 마음에 안 드는 분들이 꽤 있습니다. 결국 개인차라고 보여지는데, 그런 점을 일반화시켜서 단자회사 출신들은 어떻고, 큰 은행에서 오신 분들은 어떻다 라고 단정하고 서로를 비판하는 데서 문제가 발생하는 것이 아닌가 생각합니다. 서로를 인정해 주고 일을 잘할 수 있도록 배려해 주는 문화가 만들어졌으면 합니다."

대형 선발금융기관들이 버티고 있는 시장에서 후발 하나은행이 경쟁을 이겨 내고 승자가 되기 위해 함께 뛰어나가야 할 때에, 일부이긴 했지만 행동하기 보다는 과거의 관행에 얽매인 사고방식을 가지고 논리 싸움을 하고 있었던 점은 안타까운 일이었다.

과거에 그렇게 했으니 이렇게 해야 한다는 논리와 다른 은행이 했던 기존 방식으로는 경쟁력을 가질 수 없음은 당연한 일이었다. 이론적이고 합리적인 것도 좋지만, 현장을 보고 지금 우리가 만나고 있는 '시장'과 '고객'들이 어떻게 변하고 있는지를 재빨리 파악해서 고객에 최적화된 상품과 서비스를 제공하는 것이 필요했다.

　기회가 될 때마다 왜 우리가 행훈(行訓)과 행가(行歌)를 만들지 않았던가를 상기시켰다. 직원들의 생각이 고착화되는 것을 우려해서 처음부터 행훈과 행가도 만들지 않았고, 단합을 위해 굳이 노래를 부를 필요가 있는 경우에는 누구나 다 아는 신나는 유행가를 부르라고 하지 않았던가?

　"경영은 그때그때 최적의 방법을 찾아 행하는 것이며 예술과 같다. 자기의 현재 이론이 고착되어 있으면 발전이 없다. 불가능하게 느껴지는 일이라도 우리가 지성으로 노력하면 반드시 된다."

　당시 은행장이 하신 이 이야기도 과거에 얽매일 수 있었던 사고를 깰 수 있는 큰 힘이 되었다. 그런 생각으로 하나은행은 기존의 방식이나 정부규제의 틀속에 머물지 않고 우리가 가진 특성을 살려 시장이 요구하는 방향으로 여러 획기적인 상품들을 만들 수 있었다. 그 때문에 은행답지 못하다거나 위험한 짓을 한다는 소리를 들었지만 내부적인 의견조율 과정을 거치고 감독기관과 밀고 당기며 결과적으로 우리의 의견을 관철시킨 경우가 많았다.

이런 노력으로 하나은행은 관행과 제도에 안주하지 않은 열린 사고를 유지하며 신선하고 새롭다는 이미지를 오랫동안 유지할 수 있었다.

대표적으로 금융권에 센세이션을 불러일으킨 상품이 솔로몬 신탁과 행운통장이다. 솔로몬 신탁은 국내 최초의 금융소득 종합과세 대비 절세상품이었고, 행운통장은 정기예금 고객을 대상으로 6개월에 한 번씩 추첨을 하여 당첨된 사람에게 높은 금리를 주는 상품이었다.

1995년 2월, 금융소득 종합과세가 사회적으로 뜨거운 이슈가 되었던 때 우리는 종합과세절세상품인 솔로몬 신탁을 개발했다. 판매 전 약관승인을 신청했을 때 당국에서는 부정적인 반응을 보였다. 그러자 상품개발 담당자가 '왜 안 되지요?' 하면서 변호사와 학계의 주류 의견을 받아서 전달하고, 끈질기게 왕래하며 당국을 설득하여 판매허가를 받았다.

당국에서는 허가를 해 주면서 아직까지 논란의 여지가 있으니 떠들썩하게 팔지 말고 제한적으로 판매하라는 권유가 있었는데, 이 상품은 발매와 동시에 공전의 히트를 기록하였다. 그때 신문에 광고하면서 큰 물고기를 가로 세로로 그려놓고 그 밑에 문구를 '이자는 많이, 세금은 적게!' 라고 달았는데 이 광고도 히트를 쳤다.

판매 석 달 뒤 당국에서 갑자기 솔로몬 신탁에 대해서 판매중지 결정을 내렸다. 하나은행이 독점적인 판매를 하면서 히트를 치자 다른 은행들의 반발도 있었고, 세제상의 문제가 있을 수도 있다는 이유에서였다. 판매허가의 이유가 되었던 소위 '도관이론(채권만 편입하는 특정 금전 신탁을 만들 경우 채권에서 생기는 이자는 금융소득 종합과세 대상이 안 된다는 이론)'에 대한 유권해석을 다시 한 번 면밀히 살펴 보겠다는 뜻이었다. 우여곡절 끝에 솔로몬 신탁은 판매중지 2개월 만에 다시 판매가 허용되었다.

그 사이 우리 직원들은 관계당국을 수차례 드나들며 우리의 이론에 문제가 없음을 설명했다. 이는 기존의 관행과 제도에 안주하지 않은 자유로운 사고와 집요함이 조직 분위기로 자리잡고 있었던 결과였다. 많은 논란을 불러왔던 솔로몬 신탁은 판매된 지 불과 1년 만에 4천여억 원의 자금을 모으는 큰 성과를 올렸다.

행운통장 역시 금융가의 상식을 뒤집는 파격적인 상품이었다. 모든 고객을 대상으로 연 12%의 기본금리 외에 추첨을 통해서 1등에 당첨된 고객에게는 최고 25%까지 보너스 금리를 지급하는 획기적인 적금상품이었다. 초기에 '투기적인 복

권상품 아니냐? 은행이 이런 상품을 팔아서는 안 된다.'라는 내부 반발도 만만치 않았고, 외부의 부정적인 시각도 컸지만 행운통장의 인기는 치솟았다.

우리가 기존의 관행을 깨면서 획기적인 상품을 만들 때마다 관계당국도 그 상품을 연구, 검토하고 금융계에 미칠 영향을 예측하느라 고심을 많이 하였고, 그래서 '하나은행 직원들은 골치 아프다.' 라는 질책성 고충이 들려오곤 했었다. 우리로서는 정말 미안한 일이었지만 그렇게 하지 않고는 견디지 못하는 사람들이었으니 막을 방도도 없었다.

후발주자로 시작한 하나은행은 오랫동안 관행에 젖어있던 우리나라 금융계에 신선한 돌풍을 불러일으키며 단기간에 선도 은행으로 자리잡았다. 그 바탕에는 서로 다른 조직에서 모인 사람들이 하나로 뭉쳐 의욕과 열정을 불태우는 것을 가능하게 해준 '현재를 중시하는 기업문화'가 있었다.

기업문화란 무엇인가? '하나문화' 란 무엇인가? 이것에 대한 우리의 답은 분명했다. '지금 내가 이 자리에서 생각하고 행동하는 모든 것을 말한다. 그것들의 합이 하나은행의 실체요 외부에 비쳐지는 하나은행의 브랜드 이미지이다.' 라는 것이다. 따라서 문서화된 하나문화는 존재하지

않는다. 다만 하나은행 구성원들이 최선을 다해 고민하고 열심히 일하는 지금의 모습만이 존재할 따름이다.

　세월이 지나 하나은행이 잘되어서 남들이 '하나은행의 성공이유가 무엇인가?'를 물어볼 때 우리가 돌이켜 보니 '이렇게 생각하고 저렇게 살아왔던 하나은행 사람들의 일하는 모습이 성공요인이라고 말할 수 있겠는데 굳이 말하자면 그것이 하나문화'라고 할 수 있을 것이다. 따라서 99% 지금 현재가 가치판단의 기준이 된다. 중요한 것은 화려했던 과거도 아니요, 희망찬 미래도 아니요, 지금 내가 보고 듣고 느끼는 현재의 세상이라는 것이다.

　하나은행은 2000년부터 '드림 소사이어티(Dream Soci-ety)'라는 이름으로 조찬모임을 하고 있었는데, 하나금융그룹의 관계사 임원과 주요 부서장, 우리와 네트워킹하고 있는 외부 회사 대표 들을 초청하여 두 달에 한 번씩 조찬을 하면서 우리의 미래에 대해서 이야기하는 의미 있는 자리였다.

　2010년 드림소사이어티에는 일본 교세라의 이나모리 회장이 초대되었다. 원래 외부 강의를 하지 않는데 김승유 회장이 일본으로 삼고초려 하여 국내에서는 최초로 강연을 듣게 된 것이다. 이나모리 회장은 직원들과 토론하는 것에 많은 시간을 투자하였는데 직원들에게 항상 '왜 사느냐? , 왜 일하느냐?' 이 두 가지를 묻고 다녔다고 한다. 그러면서 자기가 답을 주는 것이 아니라 직원들 스스로 답을 이야기하게 유도하였다. 한 임원이 질문했다.

"왜 일하느냐에 대한 대답은 짐작이 됩니다만, 왜 사느냐에 대한 직원들의 대답은 무엇이었습니까?"

이나모리 회장이 조심스럽게 답했다.

"왜 사느냐에 대한 답은 그들 나름대로의 추구하는 삶의 가치관에 따라 다를 것입니다. 처음에는 대답을 잘 못 하다가도 대화를 하면서 공통적으로 느꼈던 것은, '오늘이 중요하다.'는 것이고, '오늘을 충실하게 사는 것이 최고의 도(道)' 라는 것을 깨달았다는 것입니다. 당신이 지금 처해 있는 현재에 충실히 살고 있다면 정말 인생을 잘 살고 있는 것입니다."

보통 인수합병을 하게 되면 필연적으로 구조조정을 하게 되고 사정상 일부 직원들이 퇴직하는 일이 벌어진다. 어느 날 은행장께서 부르셨다. 방에 들어갔더니 메일을 하나 보여 주면서 읽어보라고 하였다.

메일함에는 많은 편지가 와 있었다. 앞으로 그만두게 될 직원들의 편지였다. '평생을 회사에 충성을 다해 청춘을 바쳤는데 너무 허망하다.' 라는 이야기부터 '저는 아이들에게 영웅인데 아이들의 기대를 저버릴까 해서 걱정이다.' 등 안타까운 이야기들이었다.

"이런 경우에 무엇이라고 이야기해 주어야 하겠습니까?"

"중요한 것은 '과거에 열심히 했으며 앞으로도 잘하겠습니다.'라는 것이 아니라, 지금 당신의 자리에서 주어진 역할을 충실히 수행함으로써 존재가치를 보여주고 있느냐 하는 것이다. 과거에 열심히 했으니 승진도 하고 월급도 많이 받고 보너스도 받고 하지 않았느냐? 지금 시점에서 판단해 볼 때 본인에게 주어진 역할을 잘하고 있느냐에 대해 '예'라고 대답할 수 있어야 한다. 그렇지 않다면 안타깝지만 퇴직금 외에 많은 명예퇴직금과 아이들 학비 등 여러 가지 지원을 해 줄 것이니 후배들에게 일을 할 수 있는 기회를 열어 주는 것이 어떤지 생각해 보라고 하는 것이다. 하나은행에서는 '능력에 따른 정년만 존재하며 나이에 따른 정년은 존재하지 않는다.' 라는 점을 분명히 할 필요가 있다. 나이가 많더라도 능력이 뛰어나서 회사가 필요로 하면 어떤 일이 있어도 붙잡을 것이다."

나의 물음에 은행장은 명쾌하게 답했다. 실제로 그랬다. 자금부 이모 부장은 당시 나이로 55세였고 이미 부장으로서는 정년에 가까운 나이라 본인이 원했음에도 회사에서는 명예퇴직 신청을 보류하고 일을 더해 달라고 붙잡았다. 현재로서는 자금부장으로서 당신만큼 잘할 사람이 없으니 후배를 키워 놓을 때까지 있어 주었으면 좋겠다는 것이 그 이유였다.

"하나은행에는 능력에 따른 정년은 있지만 나이에 따른 정년은 없다."

그동안 국내 금융계의 관행을 깨고 상식을 파괴하는 일이 많다 보니, '하나은행 사람들은 날마다 요란을 떨고 시끄럽게 군다.'고 눈총을 많이 받았다. 그러나 후발주자로 시작한 하나은행이 오랫동안 관습에 젖어있던 우리나라 금융계에 신선한 돌풍을 불러일으키며 금융계를 한 단계 발전시킨 것은 분명하다. 그런 배경에는 '현재'의 관점에서 최선을 다하는 지극히 현장 중심의 사고방식과 혹시나 편협한 사고에 얽매이게 될까 우려하며 끊임없이 스스로에게 이 일을 왜 하는가를 자문해 보는 실사구시의 기업문화의 힘이 있었다고 할 것이다.

학자에 따라 다르겠지만 일반적으로 기업문화는 인본주의와 성과주의를 기준으로 파편문화 → 용병문화 → 네트워크

문화 → 공동체문화로 발전해 간다고 한다. 그러나 반드시 기업문화가 이래야 한다는 것은 없으며, 그때그때 그 조직이 처한 상황에 맞게 최적의 문화를 찾아가는 것이 이상적이라고 한다.

기업의 경우 영업도 잘되고 모든 것이 잘 풀려 나갈 때는 인간관계와 단합이 중시되는 '공동체문화'를 지향하게 될 것이다. 그러나 세계적인 경제위기나 업종불황으로 회사가 어려울 때는 생존이 우선이므로 인간관계보다는 똘똘 뭉쳐 돈을 많이 벌어 회사를 잘 유지시키는 것이 최선이다. '용병문화'로 돌아갈 수밖에 없다는 것이다.

하나은행이 '하나문화는 존재하지 않는다.' 라고 이야기한 것도 이런 의미를 담고 있다. 우리가 이상적으로 삼았던 것은 인본주의와 구성원들의 하나됨이 강조되던 공동체문화였고, 은행의 기업문화 정책도 그런 생각 아래서 진행되었다. 하지만 IMF경제위기를 맞으면서 상황이 달라지자 우리도 발 빠르게 방향을 바꾸었다. '번영의 문제'가 아니라 '생존의 문제'가 대두되었음을 받아들인 것이다.

그래서 은행장부터 골프채를 창고에 집어 넣고 위기를 극복할 때까지 골프를 치지 않겠노라고 공언하고, 해외 출장을 갈 때도 은행장의 비행기표를 동남아는 비즈니스 클라스에서 이코노미 클라스로, 미주지역은 1등석에서 비즈니스 클라스로 급을 낮추었다. 임원이나 부장들의 경우는 무조건 이코노미 클라스를 이용하도록 하였다. 꼭 필요한 일이 아니면 해외출장을 자제하였으며, 가더라도 일이 끝나면 밤 비행기로 바로 돌아오는 모범을 임원들부터 보이기 시작하였다. 미국이나 유럽 등으로 떠나던 업무 우수직원들의 포상여행을 '경주역사 탐방' 등 국내여행으로 바꾸었다.

2조 원 가까이 부실채권에 묶여 버린 위기 상황을 극복하기 위해서는 인간적인 삶과 즐거운 일터 모습을 과감히 포기하기로 한 것이었고, 어떻게 하든 돈을 많이 벌어야 하고 이유불문하고 돈을 많이 버는 사람이 우대받는 소위 '용병문화' 방식을 채택한 것이다.

그렇게 2년여가 지난 어느 날 은행장께서 나를 불렀다.

"직원들이 고생해서 재무상태가 많이 좋아졌고 대손충당금 쌓은 것만으로도 남은 부실채권을 다 상쇄할 수 있으니 이제부터는 허리끈을 좀 풀어도 되겠다."

"그렇다면 저를 부르신 이유가?"

"그래, 그동안 고생한 직원들 해외연수 좀 보내자. 국내여행만 다니게 하고 많이 미안했다. 방법을 찾아 봐."

나와 직원들은 신이 났다. 우선 하나은행 직원으로서 한 번도 해외여행을 못 해 본 직원들을 뽑아서(하나은행 직원으로서 여권도 없다는 것은 직원 자신과 가족들에 대한 자부심의 문제였다.) 동남아 벤치마킹을 보내기로 하고 준비를 시작했다. 일본과 중국의 대형은행들과 그동안 눈여겨 보지 않았던 말레이지아의 메이뱅크, 태국의 농민은행까지 자료를 찾아보고 접촉하느라 부서 모든 직원들이 바쁘게 움직였다.

그래서 그해 9개월 동안 해외연수를 보낸 직원이 500여 명에 이르렀다.

이처럼 하나은행은 반드시 이래야 한다는 고정관념을 경계하고, 지금 우리에게 가장 시급한 것이 무엇인가를 생각하고 그것을 해결하기 위한 최선의 일하는 방식과 문화형태를 채택하고, 문제가 해소되면 다시 이상적인 기업문화형태로 되돌아가는 탄력적인 조직을 추구해 왔다. 마치 훗날 하버드비즈니스리뷰에서 '아메바처럼 형체가 유연한 조직이 21세기에 가장 강력한 조직이 될 것이다.' 라고 한 것을 미리 알기라도 한 것처럼.

현장에서
눈을 떼지 마라

1993년 어느 날 본점 부서장 회의 끝 무렵 각종 영업 계수 보고를 마친 부서장들에게 은행장이 질문을 던졌다.

"요사이 손님들이 원하는 것이 뭐지요? 시장이 어떻게 바뀌고 있나요? 다른 경쟁 금융기관들은 어떤 것으로 시장을 공략하고 있나요? 우리는 어떤 전략으로 나갈 건가요? '시티뱅크가 이렇게 나올 예정이므로 우리는 이렇게' 라는 식으로 상대방의 움직임에 대해서 대응방안을 수립하는 것이 아니라, 우리가 시장과 손님의 변화를 먼저 예측하고 경쟁자들보다 앞서서 마케팅을 해야 이기지 않나요?"

부서장들로부터 썩 마음에 드는 답을 듣지 못 하자 은행장은 국내 최초로 광어양식에 성공한 D 수산의 이야기를 들려주었다.

…… D 수산이 광어양식을 시작하였는데 도무지 성과가 나지 않자 회장이 직접 현장시찰에 나섰다. 양식장에 가 보니 통통하게 자랐어야 할 광어가 처음 가져올 때 그대로였다. 회장이 현장책임자에게 물었다.

"먹이를 잘 먹나?"

"잘 먹습니다."

"얼마나 주나?"

"하루에 1.8 킬로그램을 줍니다."

그런데 자라지 않는 것이 이상해서 먹이를 가져와 보라고 하였다. 먹이는 손에 쥐기도 어려울 정도의 얼음덩어리였다. 전날 먹이를 만들어서 냉동실에 보관하였다가 다음날 아침에 준다는 것이었다. 먹이 온도는 영하 20도. 회장이 소리쳤다.

"이 사람들아. 얼음덩어리를 주니 먹더라도 설사만 하지 소화가 되나? 그리고 이렇게 큰 덩어리로 하면 어떻게 먹나? 광어 눈이 위에 달려 있어서 떨어지는 것을 받아 먹을 줄만 알지, 밑바닥에 떨어진 먹이는 볼 수가 없으니 먹지를 못하는 것 아닌가? 그리고 광어는 조그만 소리에도 충격을 받는데

물을 갈아 준다고 일주일에 한 번씩 꺼내서 옮기고 거기에다가 얼마나 컸나 자로 재기까지 하니 고기가 경기가 들어 자랄 수가 있나?"

"저희들은 연구소에서 시키는 대로 합니다."

숨이 막힌 회장은 연구소로 달려 갔다. 거기에는 외국에서 박사학위를 받고 왔다는 전문가들이 모여서 컴퓨터를 두드리며 토론을 하고 있었다. 회장은 돌아와서 연구소와 양식장을 하나의 조직으로 통합하라고 지시한 다음 한마디 했다.

"통계가 이러하니 맞겠지 라는 단선적이고 막연한 사고를 하기 보다는 작은 일 하나부터 정성을 기울여 완벽하게 해내려는 마음가짐이 중요하다."

그날 이후부터 연구소의 박사들은 양식장의 광어가 자라는 모습을 직접 관찰하면서 새로운 양식법을 개발하게 되었고 D 수산은 최초로 광어양식에 성공하게 되었던 것이다. 먹이는 당일 새벽에 따뜻하게 만들어졌고 크기도 작아졌음은 물론이다.

웃음 반, 진지함 반으로 은행장의 이야기를 들었지만 우리가 열심히 해 온 이상으로 시장과 손님들의 태도를 끊임없이 잘 관찰하여야 하겠다는 것을 다시 한 번 다짐했던 회의였다.

하나은행은 우리 조직을 바꿀 수 있는 권한을 가진 것은 오직 '시장'과 '고객'뿐이라고 생각해 왔다. 그래서 시장상황이 바뀌면, 또 고객들이 새로운 것을 요구하기 시작하면 재빨리 조직을 개편하였다. 세모가 되라 하면 세모가 되고 네모가 되라 하면 네모가 되었다.

많을 때는 일 년에 20번 이상의 조직개편을 하였으니, 아마 은행 중에서 가장 변신을 많이 한 조직이었을 것이다. 오죽하면 내부에서조차 '이제 좀 조직을 정비하고 안정되게 일을 해 보자. 하도 바뀌니 제대로 일을 할 수가 없다.' 라는 불만이 나오기 시작했을까. 특히 선발 대형은행에서 일하다가 스카우트되어 옮겨 온 베테랑들은 더더욱 그랬다.

"급변하는 환경 속에서 승자가 되기 위해서는 항상 시장과 고객을 주시하여야 한다. 그 변화를 놓치면 승자가 될 수 없다. 좀 천천히 조직을 정비하면서 갔으면 좋겠지만, 정비하고 나서 쳐다보면 이미 세상은 바뀌어져 있고 경쟁자들은 저 멀리 가 있다. 우리에게는 멈출 시간이 없다. 시장과 고객의 변화에 따라 크건 작건 연체동물처럼 우리 조직을 바꾸어야 한다. 일을 계속하면서 고칠 것이 있으면 고치고 받아들일 것은 받아들여야 한다."

경영진들은 직원들을 끊임없이 설득하고 격려하였다. 그리고 우리는 모든 일을 남과 다르게 하고자 했다.

'남이 하는 대로 하는 것이 아니라 옳다고 생각하는 일을 남이 하지 않는 식으로 하자. 현장에 가면 답이 보인다. 정말 그 지역에 꼭 필요하고 주민들이 원하는 일들을 잘할 수 있도록 도울 수 있어야 한다. 손님들이 공통적으로 고민하고 있는 것, 필요로 하는 일들을 해결해 주는 것이 우리의 할 일이다.'라고 생각했다.

그래서 그 지역의 유일한 하나은행으로서 주민들과 함께 호흡하고 생활하는 같은 구성원으로서, 우리에게 요구되는 역할을 충실히 함으로써 존재가치를 인정받아야 한다는 '지역하나은행주의'를 강조했다. 건물의 1층이나 네거리 잘 보이는 곳에 지점을 내던 기존의 관행을 깨고 국내 최초로 빌딩 14층에 하늘(Sky) 점포를 개설하였으며, 큰길 주변이 아니라 아파트 속으로 들어가서 점포를 내는 등 형식적으로 보기 좋은 모습이 아니라 실질적으로 손님들 속으로 들어가서 도움이 되는 방향으로 점포 전략이나 마케팅 정책을 시행하였다.

또한 본점 부서들의 중요한 역할이 영업 현장을 잘 지원해 주는 것이라는 점을 강조하고, 임원이나 부서장들이 한 달에 한 번씩 스스로 영업점을 지정하여 근무토록 함으로써 영업현장을 지켜볼 수 있도록 하였다. 또 은행장이 전화했을 때 본부장들이 현장이 아닌 사무실에 앉아서 전화 받는 일이 없도록 하자고 할 정도로 현장근무를 강조하였다.

은행장이나 임원들은 영업점을 방문할 때마다 지점장이나 차장뿐 아니라 행원들에게까지 "손님 숫자가 얼마나 되지? 이익은 얼마나 나고 있지? 이 동네 다른 경쟁 기관의 영업현황은 어때? 주변 지역주민들의 움직임은 어때? 어떤 상품을 선호하지? 그래서 우리는 어떻게 할거야?" 등을 물었다.

처음에는 직원들이 무척 당황해 했고, 지점장이 아닌 일반 직원들에게는 묻지 말았으면 하는 건의도 직원들과 노동조합을 통해 들어오곤 했지만, 이렇게 묻는 것은 모든 직원들이 현장을 주시하라는 의미라고 설득하고 지점 경영현황을 보면서 일을 하도록 했다. 영업실적을 이야기할 때도 내부적으로 주어진 목표를 달성하였다고 끝이 아니라 그 지역에 있는 타 금융기관과 비교하여 최고인가를 물었다. 이러한 노력들이 지역의 타 금융기관에 비해 1/2 정도의 소수정예인원으로 2배 이상의 성과를 이루어낼 수 있었던 바탕이 되었다.

몸을 움직여야
생각이 바뀐다

　1996년 7월, 상해사무소 개소식 때의 일이다. 오전의 개소식과 베이징의 주요금융당국자와 한국대사관 관계자, 한국기업의 주재원들과의 식사와 면담 등을 성공리에 마무리하고 돌아온 은행장과 임원들에게 사무소장이 들뜬 얼굴로 제안했다. 여기에 오면 가라오케를 꼭 가 보아야 하니 저녁 빨리 드신 후 모시겠다고.

　당시 상전벽해가 시작되고 있던 상해의 밤무대에 대해서는 익히 듣고 있던 터라 모두들 중국문화를 체험해 본다는 기대를 하고 제일 좋다는 가라오케를 향했다. 은행장, 감사, 글로벌 담당 임원, 국제부장, 사무소장, 나 이렇게 6명이 함께 갔는데 그곳의 구조는 특이하게 단이 2단으로 되어 있었다. 우리가 위에 앉고 상은 아래단에 차려져 있었다. 조금 있으니 옆이 트인 중국 전통의상을 입은 아가씨 6명이 들어와서 우리 앞에 무릎을 꿇고 절을 하더니 술잔을 권하고 정중하게 술을 따랐다.

"상해사무소의 성공을 위하여, 하나로! 세계로! 미래로!"

전통적인 구호를 외치며 모두가 기쁜 마음으로 건배하였다. 그런데 은행장께서 "어? 이거 느낌이 색다르네." 라고 하며 돌연 아래단으로 내려가 무릎을 꿇고 감사부터 나에게까지 무릎을 끌며 술을 따랐다. 그러자 감사도 "그럼 나도?" 하며 단을 내려 가고, 결국 6명이 돌아가면서 아래단으로 내려가 무릎을 꿇고 서로에게 술잔을 따라 올리게 되었다.

밑에서 무릎을 꿇고 우러러 보며 술잔을 따르니 정말 마음이 겸손해지는 느낌이 들었다. 위에서 술잔을 받을 때의 우쭐함과는 확실히 다른 느낌이었다. 은행장은 '서비스기관으로서 손님을 맞이하는 마음이 이러해야 하지 않을까?' 라는 생각이 들어서 그렇게 했노라고 감회를 이야기했다. 말로는 손님의 입장에서 자세를 낮추어 모신다고 하면서 실제로 그렇게 되지 못 하는 것은, 다른 이유도 있겠지만 우리의 태도와 자세가 그렇지 못 한 것에 기인하는 경우가 많을 것이니 실제 내가 몸을 낮추는 행위를 자주 함으로써 스스로 겸손해지도록 노력해야 한다는 뜻으로 들렸다.

'생각만 하는 것이 아니라 직접 해 보는 것이 중요하다. 전달했습니다, 준비 중에 있습니다, 곧 시행하겠습니다 등의 이야기는 하지 마라. 그 말은 결국 일을 안 했다는 뜻이다.'라는 실행 중심의 정신은 우리들 마음속에 깊이 자리잡게 되었고, 업무에 있어서도 그대로 나타나게 되었다. 초창기 신문사와 평가기관들의 서비스평가에서 하나은행이 1등을 휩쓸었던 것도 우연은 아니었을 것이다.

구의동 지점장 때의 일이다. 보통 추석이나 설날이 되면 본점에서 명절맞이 방범대책 공문과 사고방지에 만전을 기하라는 공문이 내려온다. 일종의 위기 대응 매뉴얼인데, 보안시스템의 점검, 위기 상황 발생 시 주변 파출소와의 협조와 직원들의 행동강령 등이 주 내용이다. 당연히 아침 일찍 직원들과 내용을 공유하고 만반의 대비를 하자고 다짐하였다.

그런데 영업점장을 처음 해 보는 나는 교육만으로는 뭔가 불안한 생각을 지울 수 없었다. '만약 사고가 나면, 교육을 열심히 했고 대비를 잘했다 라는 것이 손님들에 대한 우리의 면

죄부가 될 수 없다. 사고가 안 나는 것이 중요하다.'라고 생각했다.

바로 남자행원을 불러서 실제상황을 연출해 보자고 하였다. 지점 옆에 있는 복지관 건물에 숨어 있다가 오후 3시쯤 얼굴에 스타킹을 쓰고 야구방망이를 들고 지점에 들어와 강도를 하게 한 것이다.

그는 내 제안에 처음에는 좀 황당한 표정이었지만 곧 나의 뜻을 알아채고 준비에 들어갔다. 나는 2층의 지점장실에 숨어서 지켜보기로 했다. 드디어 오후 3시가 되자 지점에 스타킹을 쓴 강도가 나타났다. 직원들은 당황하여 비상벨을 눌러야 할 생각도 하지 못하고 우왕좌왕하였다. 심지어 돈을 담으라고 하니 진짜 담으려 하고 있었다. 이때 내가 내려와서 상황을 설명함으로써 연극은 종료되었다.

"우리가 위기대응 매뉴얼을 숙지했지만 머리속에만 있었고 실제 상황이 발생했을 때 우리 몸이 그렇게 움직여 주지 않았다. 그래서 매사 생각만 하지 말고 실제로 행동으로 옮겨 보라고 이야기하는 것이다. 무엇이 문제인지를 살펴보자."

벨은 창구 여직원 책상 밑에 있었는데 정작 '손들어' 하자 눈치 못 채게 누를 수가 없었다. 위치를 바꾸어야 하겠다. 뒤쪽 책임자 자리나 청원경찰 자리가 좋을까? 야구방망이를 곳

곳에 놔 두어야겠다. 청원경찰이 잠시 외출했을 때 누가 임무를 대행해야 하나 등 철저하게 준비하였다.

다음날 오후 다시 강도가 침입하였다. 어제와 똑같이 스타킹을 쓰고 흉기를 들고 진입한 것이다. 직원들은 일사불란하게 움직였고 아무 피해 없이 강도 아니 남자행원은 경찰에 체포되었다. 이처럼 우리는 좋다고 생각되는 일, 꼭 해야 한다고 생각되는 일은 바로 실행에 옮기고, 실행하면서 문제점을 피드백하고 고쳐 나가는 것이 제대로 일을 하는 방식이라고 생각하고 살아왔다.

신입직원이 연수원에 처음 들어와서 업무연수를 받을 때도 일반적인 강의를 듣고 실습을 하는 것이 아니라 처음부터 컴퓨터 앞에 앉아서 단말기를 두드리면서 업무를 배우도록 방법을 바꾸었다. 통장 발급을 해 보면서 정기예금에는 어떤 종류가 있으며 기간과 금리는 어떻게 투입하는 지를 실습을 통해 이론을 배우게 한 것이다. 그래야 지점에 나가서도 당황하지 않는다는 생각으로 그렇게 바꾼 것이다.

연수원의 지하 1층에는 지점과 똑같은 디자인으로 가상점포를 설치하고 신입직원이나 업무가 미숙한 직원들이 교육을 받을 때 그곳에서 실제로 업무를 하면서 배우도록 하였다. 예전에 홍콩에 있는 스탠다드차타드은행에서 보고온 것을 그대로 채택한 것이었는데, 은행권에서는 최초의 시도였다.

당시 강조되던 서비스교육의 기본인 인사도 마찬가지였다. 연수원의 벽 한 면을 전면 거울로 만들고 평소에는 닫아 놓았다가 인사연습을 할 때가 되면 문을 열고 직원들이 자신의 전신을 바라보며 인사연습을 하도록 했다. 그냥 대충 서서 인사하고 마치는 것이 아니라 눈으로 머리부터 발끝까지 자신의 자세를 보면서 인사하도록 해서 어떻게 하면 정중함과 존경심이 우러 나오는 자세를 만들 수 있을까를 스스로 생각하도록 하였다. 보통 '생각이 바뀌면 행동이 바뀐다.'고 이야기하지만, 우리는 달랐다.

'행동이 바뀌면 생각이 바뀐다. 손님을 정성을 다해서 모시겠다고 마음속으로 다짐하는 것이 아니라, 내가 몸을 낮추고 정중하게 응대하는 행동을 반복적으로 행하고 생활화함으로써 나도 모르는 사이에 내 마음이 겸손해지고 생각이 바뀌게 된다.'

세배 오지 마세요

어느 호랑이해 새해 첫날 아침, 하나은행 본점 로비에는 큰 호랑이 두 마리가 앉아 있었다. 출근하는 직원들뿐만 아니라 손님들, 을지로 입구를 지나가던 일반인, 관광객과 기자들까지 와서 하루 종일 호랑이를 구경하며 즐거워했고 사진을 찍기도 하였다. '호랑이의 해 아침에 진짜 호랑이와 함께하다니'라면서 복 받은 듯이 즐거워하는 모습에 준비했던 직원들도 들떠 있었다.

이 호랑이는 하나은행이 매년 새해 아침에 로비에서 벌이는 '새해 아침 인사하기' 행사의 일환으로 동물원에서 빌려온 것이었다. 한 마리를 하루 빌리는데 250만 원이었으니 500

만 원이 들었다. 새해를 특별하게 맞이하고 싶었던 직원들이 스스로 아이디어를 내고 진행했던 것이다.

하나은행은 오래 전부터 새해 첫 출근 날(통상 1월 2일)부터 시작하여 2~3 일 정도 부서들이 그룹을 만들어 이 행사를 진행해 왔다. 직원들이 출근하기 전 꼭두새벽에 은행장을 비롯하여 임원들과 부서장들이 그해의 동물 탈이나 모자를 쓰고 로비에 둥글게 모여 서서 출근하는 직원들과 악수하고 덕담을 나누며 복주머니와 전통 떡을 전달하였다.

그해 연수 중인 신입직원들은 즐거운 노래와 춤으로 선배들에게 자신들의 존재를 내보이기도 했다. 처음 이 행사를 시작하던 해에는 직원들이 무척 어색해 했다. 7시 반부터 8시 반까지 행사를 하는데, 부지런한 직원은 그보다 먼저 출근하고 좀 늦은 직원들은 주변의 찻집이나 분식집에서 행사가 끝날 때까지 숨어 있었다. 그래서 진행자들은 지하 엘리베이터 운행도 중지시키고 지하철 역 앞에서 직원들을 로비로 가도록 안내하거나 주변 찻집을 찾아다니며 직원들을 설득했다.

처음에는 임원들과 직접 얼굴을 마주하는 것을 어색해 하고 부끄러워 하던 직원들이 해를 거듭함에 따라 당당하게 어깨를 펴고 들어오는 직원들이 늘어나 행사는 떠들썩함 속에서 재미있게 진행되었다. 이 프로그램을 만든 가장 중요한 이유는 직장 내에서 명절날 윗분들에게 세배를 다니는 문화 때문이었다.

그때만 해도 직장에서는 신년이 되면 직원들이 선물을 들고 상사들의 집으로 세배를 가는 경우가 많아서 그렇게 하지 못하는 직원들은 '이거 내가 찍혀서 잘못되는 것 아니야? 어떻게 하지? 늦더라도 세배를 가야 하나? 선물은 무엇을 사야 하지?'로 고민하는 일이 많았다. 그래서 우리는 '회사에서 매일 보는데 굳이 그렇게 할 필요 없다. 임직원들은 회사에서 서로 인사하면 되니 명절날은 부모님을 찾아 뵙거나 친지, 존경하는 분 등 평소에 자주 뵙지 못했던 분들을 찾아 뵙도록 하라.' 라는 뜻에서 새해 아침 행사를 기획하였다.

직원들이 이런 취지를 이해하게 되고, 행사 자체도 재미있고 의미 있는 아침으로 꾸며 지면서 이 행사는 하나은행의 좋은 전통으로 자리잡게 되었다. 추운 새해 첫날 하나은행 본점까지 이동해 오느라, 그리고 사람들의 카메라 세례에 호랑이 입장에서는 다소 고생스러웠겠지만 호랑이는 하나은행 직원들의 활기찬 새해 출발과 은행 홍보에 큰 역할을 하였다.

새해 인사하기 프로그램도, 호랑이를 갖다 놓는 이벤트도 기존의 방식을 답습하는 것이 아니라 과거와는 조금이라도 다른 무엇을 찾으려고 노력하고, 끊임없이 더 나은 것을 생각하며, 창의적인 방식으로 실현시키고자 하는 하나은행 직원들의 강한 의지가 있었기에 가능했던 일이었다.

그날 저녁에는 은행의 모든 임원들이 부인과 함께 회사가 주최하는 신년하례식에 참석하게 된다. 상당수의 임원들이 이때쯤 부인들에게 좋은 옷 한 벌씩 선물하게 된다는 우스개 소리가 돌 정도로 이날은 은행의 임원들 간에 잘 차려 입고 신년인사를 하는 자리다. 이 행사도 신년이라고 해서 임원들이 상사 댁으로 세배 다니지 말라는 뜻으로 시작되었다. 우리끼리는 1월 2일 저녁에 보면 되니, 부담 갖지 말고 새해 첫날은 주변 분들과 행복하게 보내라는 뜻이었다.

이날 저녁에는 맛있는 식사를 하면서 오케스트라의 연주도 감상하고 부부가 서로에게 하고 싶었던 말을 녹화하여 틀어 주기도 하고, 임원들이 배우자에게 어떻게 행복하게 해 주겠노라고 하는 서약을 하기도 한다. 마지막에는 퀴즈나 행운권 추첨을 통해 부인들에게 인기 있는 의외의 선물이 주어지기도 해서 이 행사는 임원 부인들에게는 기다려지는 행사로 자리잡게 되었고, 임원들도 따로 세배 가는 번거로움을 덜 수 있는 좋은 프로그램으로 지금까지 계속되고 있다.

하나은행 초기 광고 이야기
'손님의 기쁨 그 하나를 위하여'

하나은행은 후발은행이라는 핸디캡을 극복하고 젊고 신선한 은행의 이미지를 만들어 가기 위해 파격적인 TV광고를 제작하고, 이를 지속적으로 활용함으로써 시장에서 은행의 브랜드 가치를 높이는데 주력하였다.

당시 은행의 TV광고는 대부분 행원들이 머리를 숙여 친절하게 인사하는 장면이나 실적을 알리는 형식이 대부분이었다. 은행들이 이렇게 차별성 없는 진부한 광고를 만들었기 때문에 TV광고의 효과는 미미한 것으로 평가되었고, 그러다 보니 은행의 광고도 TV광고 보다는 전단광고, 신문광고 쪽으로 마케팅을 집중하는 추세였다. 하지만 후발은행인 하나은행은

'손님에게 기쁨을 주는 은행'의 이미지를 친근하게 알려주는 차별화된 홍보가 필요했다. 그래서 은행 TV광고는 효과가 떨어진다는 반대가 있었음에도 불구하고 불특정다수를 대상으로 하는 TV광고를 당시 파격적이라고 할만한 형태로 제작하였다.

[광고1] 하나은행 탄생 론칭 광고 『손님의 기쁨, 그 하나를 위하여』 - 1991.06

은행의 출범을 알리는 광고는 새로운 애니메이션 기법인 컴퓨터 기법을 활용하여 시각적 차별화를 꾀하였다. 또 당시 금융광고로는 특이하게 '하나를 생각합니다. 별 하나 나 하나 우리는 하나 하나~기쁨 주는 하나은행' 이라는 가사의 CM송을 만들어 아이들을 비롯하여 주 타겟층인 주부들이 응얼거리면서 하나은행을 생각하도록 하였다.

첫 TV광고가 방영되자마자 은행관계자뿐 아니라 많은 사람들로부터 '은행광고를 저렇게도 할 수 있구나.' 라는 호평이 들려 왔다. 이 광고로 인해 하나은행은 '친절하다, 깨끗하다. 기존 은행과 다르다. 편안하다.' 라는 새로운 이미지를 만들어 내는데 성공했다. 또한 애니메이션 캐릭터인 '별아기'를 각 종 판촉물에 활용함으로써 소비자들에게 친근함과 사랑의 매개체로서 하나은행의 이미지를 만들어 가는데 주력하였다.

[광고2] 『쑥쑥 크는 은행』 – 1993.06

은행 출범 2년이 지난 1993년에는 손님의 기쁨도 자라고 덕택에 하나은행도 성장하고 있다는 기쁨을 담은 광고를 내보냈다. 조그만 싹에 물을 주니까 쑥쑥 자라서 숲이 된다는 단순한 주제였지만, 손님과 함께 커 간다는 메시지를 소비자들에게 잘 전달하고 있다는 평가를 받았다. 이 광고 후 소비자 인지도 조사에서 38%를 얻어 다른 은행의 10%를 압도하는 좋은 성과를 거두었다.

하나은행과 의논하면
방법이 있습니다

[광고3] 『하나은행과 의논하면 방법이 있습니다』 – 1994.06

1994년의 광고는 고객들의 은행에 대한 욕구가 단순한 금리 추구보다는 자산운용, 대출, 기타 서비스 등 금융에 대한 의논자로서의 역할을 기대하는 사회적 분위기에 신속하게 대응해서 '방법이 있는 은행' 으로서의 이미지를 전달하고자 했다. 더운 여름 시원한 풀장이 되어 주겠다는 애니메이션으로 '힘들고 지쳤을 때 하나은행과 의논하면 기쁨이 넘친다.' 라는 메시지를 표현하였다.

[광고4] 「오줌싸개 동상」 – 1996.06

'하나은행과 의논하면 방법이 있습니다.' 라는 메시지의 광고는 1996년까지 계속되었다. 특히 1996년의 오줌싸개 동상을 모티브로 한 광고는 세간의 입방아에 오르기도 했다.

뜨거운 여름 날 오줌싸개 동상의 옆으로는 사람들이 더운 날씨에 땀을 뻘뻘 흘리며 힘들게 길을 걷고 있다. 그러다가 '하나은행과 의논하면 방법이 있습니다.' 멘트가 나오면서 갑자기 동상의 고추가 위로 향하면서 힘차게 물줄기를 뿜어내어 사람들을 시원하게 만들어 주는 광고였다.

애니메이션(오줌싸개동상)과 실제 사람(행인들)이 결합된 독특한 광고였는데, 광고가 나간 후 은행장이 어느 식사 모임에 갔더니 나이 드신 회장, 사장들이 "여, 은행장! 하나은행에 가면 그렇게 만들어 주는 거요?" 라고 농을 해서 폭소가 터졌다고 한다.

이런 점 때문에 광고 기획회의 때 내보내도 되느냐는 문제로 내부에서 의견이 분분했으나 '세계적으로 유명한 동상을 모티브로 한 재미있는 광고이고 이런 생각을 하는 자체가 젊고 신선한 하나은행답다' 라는 의견에 따라 제작을 결정했다. 이 광고는 문제가 생기면 방법을 만들어서 해결해 주는 은행으로서의 이미지 전달에 가장 성공한 광고로 평가되었다.

[광고5] 「든든한 은행」 – 1997.06

1997년은 대기업의 부도 여파와 조기퇴직, 명예퇴직 등으로 직장인들의 불안감이 가중되면서 경기전반에 걸쳐 큰 어려움을 겪고 있을 때였다. 특히 한보 사태 등으로 은행산업에 대한 불신감은 더욱 높아지고 있었다. 이런 때 하나은행은 '하나은행과 의논하면 방법이 있습니다.' 라는 기존의 캠페인과 연결시키면서 신뢰와 기본을 더할 수 있는 아이디어를 찾고자 하였다.

세상이 아무리 힘들고 불안해도 든든한 사람이 곁에 있으면 아무 걱정 없듯이 은행 역시 든든한 은행을 만나면 언제나 걱정 없이 해결책이 있다는 메시지를 전달하고자 했다. 얼음 위에서 곰 세 마리가 춤을 추고 있다가 얼음이 녹아 물속에 빠지게 되자 다른 얼음으로 갈아 탔는데 그 얼음은 큰 빙산이었다. 하나은행이 든든한 은행이 되어 드리겠다 라는 내용을 재미있게 표현한 것이다.

하나은행은 은행권 최초로 애니메이션 기법을 도입한 TV 광고를 시리즈로 제작하여 내 보냄으로써 전통적인 은행광고에서 탈피하여 신선한 은행으로서의 이미지 구축에 성공하였다. 특히 상품이나 일들을 알리는 '고지 광고'에 치중하였던 기존의 광고 패턴을 버리고 은행의 이미지를 전달하는 광고를 지속적으로 제작하여 TV광고를 통해 전달함으로써 후발 은행의 약점이었던 인지도와 이미지를 은행권 최고 수준으로 끌어 올린 성공적인 광고캠페인을 했다고 평가받았다.

회의록 말! 말! 말!

"어떤 일이든 그 일을 가장 잘할 수 있는 사람이 하는 것이 옳다. 필요한 사람이 샘물을 파듯이 그 일의 담당부서가 명확하지 않더라도 꼭 해야 한다고 생각하면 먼저 생각한 사람이 우선 먼저 하라." (1991년)

"모든 사람이 게임 하듯이 일을 하자. 마치 스톱워치를 갖고 있듯이 스스로 발전하는 것을 체크하면서 일하는 분위기를 만들어 가자." (1992년)

"'고객의 마음은 갈대와 같다.' 창립 후 지금까지 잘해 왔다고 자만하지 말고 모두의 지혜를 모아 제대로 만들어 간다는 심정으로 다시 한 번 뛰어 보자." (1994년)

"부하관리의 철학적 근거는 'Chain Of Command'가 아니라 '자식을 키우는 것처럼 사랑하고 이해'했기 때문에 도덕적

권위가 주어지는 것이다. 방법론적으로는 모든 것을 가르치는 형과 그대로 두었다가 실패했을 때 가르쳐 주는 방법이 있는데 대체로 2안이 옳을 것이다. 그래야만 새 일을 할 수 있는 기회가 자꾸 만들어진다." (1994년)

"영업점의 창구는 밖에서 오는 손님들이 우리 내부를 들여다보는 창이다." (1994년)

"중요한 것은 글을 쓰는 데 바쁜 것이 아니라 생각하는 데 바빠야 한다." (1994년)

"열심히 일하는 것보다 현명하게 일하자. 기록을 축적하여 분석하는 것이 필요하다. 과거 3년간의 기록을 분석하여 시장에 현명하게 대처하도록 하자. 또한 고객과의 최접점인 창구에 관심을 가지고, 고객의 기호와 성향 변화를 잘 지켜 보도록 하자." (1995년)

"자신이 안 해도 일이 돌아가면 그 일은 버려라. 그 외에 다른 일을 하라. 책임은 내가 지되, 일은 아래 사람이 할 수 있게 해 주어라." (1995년)

"절대적이 아니라 상대적으로 강해지면 된다. 상대적으로 약하다고 느낄 때 고민하라. 나 스스로를 믿는 수밖에 없다. 환경이 어렵더라도 적어도 상대적으로는 절대로 지지 않는다고 생각하는 것이 중요하다." (1995년)

"모든 일을 완벽하게 준비해서 시작하려 하지 말고 중요한 부분은 지체하지 말고 바로 시작하여야 한다. 수립한 계획이 100% 달성되는 경우는 없다. 빨리 꺼내서 실행에 옮겨야 한다. 이처럼 일하는 방식이 실용적이고 실천적으로 변해야 한다." (2003년)

"상품을 개발하고 마케팅 했을 때 목표했던 외형적 실적이 달성되었다고 끝이 아니다. 그것이 우리 수익에 얼마나 기여하고 있느냐를 따져 보아야 한다. 마케팅 전략이 '수익성위주', '이익중심'으로 전면적으로 개편되어야 한다." (2003년)

"공문은 받는 사람이 얼마나 알아 들었느냐가 중요하다. 좀 더 체계적으로 잘 이해될 수 있게 전달하여야 한다. 받는 사람을 기준으로 작성하고 전달하라. 가능하면 'One Page Proposal'을 정착시키자." (2003년)

"학습조직은 '문화'이다. 항상 '왜?'라고 묻고 그에 대한 답을 구하기 위해 노력하여야 한다. 단순히 현상을 분석하는 것만으로는 부족하다. 추후 어떻게 바꾸어 나갈 것인가 하는 쪽으로 방향을 잡고 구체적인 실천방안을 찾아내고 실행하여야 한다." (2004년)

"해외 지역전문가가 되려면 그 지역의 문화, 역사, 종교에 대한 이해에서 출발하여야 한다. 겸손한 자세로 밑바탕부터 공부해야 한다. 관련되는 책을 미리 사서 가지고 가라. 읽어 보고 그 바탕에서 일을 시작하라. 모험심과 Entrepreneurship(기업가정신)을 가져야 한다. 예를 들면 미국정치에 관한 책을 읽어야 하고 골프를 치는 대신 주변여행을 다니는 것이 좋다." (2004년. 해외 OJT직원들을 면담하면서)

"일은 항상 우선순위를 정하여서 하여야 하나, 하기 쉬운 것부터 하면 안 된다. 꼭 해야 될 일부터 하는 것이 중요하다." (2004년)

"본부장들이 영업점을 다니면서 직원들에게 영업현황, 고객숫자, 주변 영업환경 등을 묻고 다녀서 직원들이 스트레스 받고 있으니 그만두어 달라는 말이 있다. 그러나 본부장들이 묻는 것들은 당연히 알고 있어야 하는 것이다. 모두가 목표를 정확히 이해하고 함께 달성한다는 생각으로 일해야 한다." (2004년)

일은 삶이다
20년 만에 최고은행이 된 하나은행 사람들 이야기

엄격한 도덕률로
스스로를 다스리다

도덕률을
높이 세워야

　『좋은 기업을 넘어 위대한 기업으로(Good to Great)』의 저자 짐 콜린스(J. Collins)는 책을 쓴 지 10년여가 지난 어느 날 여러 사람들로부터 다음과 같은 질문을 받았다. '당신의 책에서 위대한 기업(Great Company)으로 평가받은 기업들 중 이미 몰락했거나 쇠퇴의 길을 밟고 있는 회사들이 있는데 당시의 평가가 잘못된 것 아니냐?'고.

　사실을 확인한 짐 콜린스는 과거의 우량기업들이 왜 자취를 감추게 되었을까? 그렇게 되지 않으려면 어떻게 하여야 하는지를 연구한 다음,『위대한 기업은 다 어디로 갔을까? (How The Mighty Fall)』라는 책을 통해 기업의 현재 위치를 5단계로 구분하고 각 단계에 맞는 해법을 제시하였다.

그에 따르면 지속적인 성장을 거듭한 회사들의 성공요인
은 대체로 다음의 세 가지로 요약될 수 있다.

첫째는 겸손함(Humble)이다. 성공한 기업들은 항상 자신
이 모자란다고 생각하고 변화와 혁신을 게을리하지 않았을
뿐 아니라 다른 사람들의 이야기, 다른 기업의 성공사례를 겸
허하게 듣고 배우려는 자세를 갖고 있었다. 또한 그들의 오늘
이 있게 한 성공요인(Success Factor)이 무엇인지를 돌이켜
보고, 지금도 유효한 강점은 더욱더 강화시켜 왔다는 점이다.
몰락한 기업들은 무조건 새로운 것을 시도하다가 실패한 경
우가 많았다. '시대가 바뀌었으므로 변화해야 한다'라는 압박
감에 자신이 가지고 있는 강점들을 무시하고 무조건 새로운
무엇을 찾으려고 하는 '오만함'을 보였던 회사들이 쇠락의 길
을 밟았다는 것이다.

둘째는 구성원들이 '변화는 나 스스로 내 자리에서부터 시
작된다.' 라는 것을 깨닫는 순간 변화의 큰 수레바퀴(Flying
Wheel)가 움직이기 시작했다는 것이다. '기업문화가 바뀌어
야 한다. 인사 제도가 바뀌어야 한다. 임원들이 바뀌어야 한
다.' 등 남이 또는 회사가 바뀌어야 한다는 생각을 하기 전에
각자가 각자의 위치에서 무엇을 할 것인가를 생각하고 변화

를 시작한 기업들이 지속적인 성장을 해 왔음을 보여 주고 있
다. 마지막으로 짐 콜린스는 위에서 말한 원칙들을 충실히 지
키더라도 '엄격한 도덕률'을 세우지 않으면 결코 지속적으로
성장할 수 없음을 강조하고 있다.

한국에 자주 와서 강연을 하였던 세계적인 컨설팅 그룹의
대표는 "지금과 같은 위기상황에는 어떤 리더십이 필요할까
요?"라는 한 기업대표의 질문에 대해 다음과 같이 대답했다.

"평상시의 리더십과 위기시의 리더십이 다르지 않습니다.
평온한 날씨일 때와 폭풍우와 천둥이 칠 때의 조종사는 같은
사람입니다. 날씨가 안 좋을 때도 특별한 무엇을 하는 것이
아니라 매뉴얼(교본)을 꺼내 봅니다. 그리고 내가 일을 제대
로 하고 있느냐를 점검하는 것이지요.

이처럼 침착하게 점검하고 승무원들과 자주 커뮤니케이션
을 하며 우리가 일을 제대로 하고 있는지, 조심해야 할 것들
은 무엇인지를 잘 파악해서 정확하게 일할 따름입니다. 기업
도 마찬가지입니다. 왜 이 일을 하는지 다시 점검해 보고, 직
원들과 자주, 그리고 정확하게 커뮤니케이션 하는 것이 중요
합니다. 그런데 무엇보다 중요한 것은 도덕률을 높이 세우는
것입니다. 도덕률이 제대로 서지 않으면 그동안 이루어 놓았

던 모든 것들이 일순간에 무너집니다."

하나은행은 설립 때부터 '엄격한 도덕률(Integrity)'을 가장 중요한 가치로 삼아왔다. 철저한 공사(公私)구분, 사회로부터의 신뢰확보, 세계기준(Global Standard)에 맞춘 높은 도덕률을 당연한 것으로 생각하고 생활화해 왔다. 그러나 신설은행이다 보니 성장과정에서 다양한 문화적 바탕을 가진 직원들과 한식구가 되면서 그에 따른 우여곡절도 많았다.

대형은행인 H 은행에서 일 잘한다고 소문이 나서 스카우트된 지점장이 있었다. 1993년 하나카드가 출범하고 은행에서는 카드 좌수를 늘리는 캠페인을 하였는데 그는 변함없이 열심히 노력해서 일등상을 받았다. 그런데 어느 날 검사부로 민원이 들어왔다. '인근에 있는 S지점에 들러 카드발급을 신청했더니 이미 발급이 되어 있다고 하는데, 나는 발급 신청한 적이 없는데 이럴 수가 있느냐?' 는 것이었다.

알고 보니 지점장이 그 회사의 사장인 친구로부터 직원들의 인적 사항을 받아 그들의 동의 없이 신용카드를 신규로 발급한 다음, 전달하지 않고 묶어서 지점 금고에 보관하고 있었던 것이었다. 1등을 하고 싶은 욕심에 전 직장에서 하던 것처럼 한 것이었다. 당연히 포상은 취소되었고 지점장은 인사위원회에 회부되어 징계를 받게 되었다. 지점장은 억울함을 호소했다.

"욕심을 내다보니 잘못한 것은 인정합니다. 그러나 카드를 발급해서 교부하지도 않았고, 그것 때문에 손님과 은행에 손해를 끼친 적이 없는데 너무한 것 아닙니까? 선발은행인 전 직장에서는 이렇게 중하게 처벌하지 않습니다."

하지만 회사에서는 받아들이지 않았다.

"당신은 돈으로 계산할 수 없는 시장과 고객으로부터의 신뢰를 무너뜨렸다. 금융인에게 있어서 신뢰는 하늘이 두 쪽이 나도 지켜야 하는 중요한 덕목이다." 이것이 우리의 대답이었다. 결국 그는 회사를 떠났다.

과거의 직장과 하나은행의 도덕적 가치기준의 차이는 서로 살아온 문화적 토양 차이에서 기인한 것이라서, 성장과 합병을 거듭하며 계속 사람이 늘어나는 하나은행에서 높은 수준의 도덕기준을 지키는 일은 정말 어렵고 설득이 필요한 과제였다.

'사적금전대차'(私的金錢貸借, 업무와 관련하여 손님 또는 일과 관련되는 사람들과 금전을 주고받는 행위)는 하나은행에서 가장 금기시되는 단어였고, 이러한 행위를 한 사람은 당연히 징계면직이 되어 왔었다. 직원들은 명예의 문제라고 생각하고 달리 항변하거나 구차한 변명을 하지 않고 사직서를 썼다. 이 또한 가치관의 차이로 논란이 많았던 사안이었다.

어느 직원이 은행으로부터 대출을 받고 있는 거래기업과 오랜 기간 동안 돈독한 관계를 유지해 오면서 자신이 급할 때 그 기업으로부터 자주 급전을 빌리기도 하고 또 그 회사가 어려울 때는 자신의 신용카드도 빌려주고 돈도 빌려주었다. 기간에 따른 이자도 받았다.

이런 사실이 감사결과 드러나게 되자 그 역시 인사위원회에 회부되고 징계면직처분을 받게 되었다. 징계면직처분을 받자 그 직원은 억울함을 호소하며 법원에 처분취소의 소송을 냈고, 고등법원까지의 결과는 회사의 패소였다. 잘못은 있지만 징계면직은 과하다는 것이 법원의 판단이었다. 회사에서는 대법원에 상고하기로 결정하였고, 당시 준법감시인이었던 내가 고문법무법인의 대표를 찾아가서 회사의 뜻을 전했다.

"이 재판은 꼭 이겨야 합니다. 글로벌 금융시대를 앞두고 우리나라 금융인의 도덕기준도 세계기준에 맞추어져야 한다는 것이 우리의 생각이고 이제까지 그렇게 살아왔습니다. 시티뱅크 등 선진국 은행들의 사례와 윤리강령 등 자료를 모아줄 테니 최선을 다해 주세요."

결과는 대법원에서도 회사가 패소하였고 그 직원은 복직을 하였다. 그렇지만 회사에서는 그 직원에게 돈을 다루는 일은 맡기지 않았다. 이런 일이 벌어지자 인사위원회 위원들 사이에서도 '사적금전대차에 해당되더라도 징계면직을 하지 말고 벌을 낮추자. 법원에 가면 또 지고 복직시켜야 될 텐데, 결국 인적, 물적 낭비가 아니냐?' 라는 이야기가 나왔다. 이 문제로 인사위원회에서 장시간의 토론이 벌어진 적도 있었다.

그러나 우리의 결론은 '설사 법원에 가서 지는 한이 있더라도 징계면직을 해야 한다. 이런 행위는 우리 회사에서 절대 있어서는 안 된다 라는 것을 우리의 도덕기준으로 분명히 해두어야 한다. 따라서 이런 일이 다시 발생하더라도 당연히 징계면직을 해야 한다.'라는 것이었다. 현재 법원의 판단이 그렇다 하더라도 글로벌금융시대를 앞두고 세계적인 금융기관으로 성장해야 할 하나은행의 도덕률을 글로벌기준에 맞게 굳건히 세워야 한다는 논리였다.

이런 엄격한 도덕률이 '막내 은행'이었던 하나은행을 IMF 사태 등 고초를 겪고 세계적 금융위기의 풍랑을 맞으면서도,

위기를 오히려 기회로 만들어 랭킹 1,2위를 다투는 '선도은행(MAJOR BANK)'으로 우뚝 설 수 있게 한 원동력이 되었다고 생각한다.

승진하면서 부유한 사람들이 모여 사는 아파트에 위치한 지점의 지점장으로 부임한 모 지점장은 좋은 곳으로 발령이 났다고 남들의 부러움을 샀다. 본인도 회사의 기대에 부합한 성적을 내기 위해 가정생활도 포기하고 밤낮없이 열심히 일했다. 그곳은 최고급 아파트이다 보니 장관, 외교관, 장군, 회장 등 우리 사회의 지도급 자리에 있었던 분들이 많이 살고 있어서 성과에 대한 기대도 컸지만 그만큼 조심스러운 곳이었다.

호사다마(好事多魔)라 영업이 잘되고 있던 중 문제가 발생했다. 마침 예금금리가 급락하자 예금이자로 살아가던 은퇴한 VIP고객들로부터 걱정과 상담이 쇄도했다. 그러자 이 지점장은 모 증권회사의 지점장을 하고 있던 친구를 만나 이 문제를 의논하였고, 예금과 증권투자를 적절히 조합한 형태의 투자방식을 만들어 손님들에게 설명하고 동의를 얻은 다음 실행에 옮겼다.

처음에는 괜찮은 이익이 나서 모두 만족했으나 주가가 급락하자 사태는 돌변했다. 큰 손실이 난 것이다. 계속 손님의 양해를 구하면서 다양한 시도를 해 보았으나 손실을 보전하기는 어려웠다. 더 이상 어떤 방법도 통하지 않게 되자 마침내 지점장은 두 손을 들었다. 그러자 손님들은 손실분 전부의 배상을 요구했고 지점장은 자신의 사재를 털어 일부 보상을 했으나 더 이상 해결할 수 없는 지경에 이르자 손님들 중 일부가 은행에 민원을 제기하였다.

조사해 보니 손님의 동의를 구한 다음 실행하였으나, 이런 투자 자체가 손실의 위험성이 높고 나이 많은 손님들께 권하기에는 적절하지 않은 방식인 것도 사실이었다. 지점장이 손님을 위해 최선을 다해 보려 한 일이 이런 어이없는 참사를 부른 것이다. 결국 지점장은 인사위원회에 회부되게 되었는데, 회사에서는 그간의 배상 노력과 행위의 선의를 감안하여 징계절차를 밟지는 않고 스스로 사표를 내는 것으로 마무리하였다.

그의 손을 잡고 마지막 퇴직인사를 하기 위해 인사담당 부행장과 은행장실을 방문하였을 때, 눈물을 흘리는 그를 따라 나도 울었다. 임원들도 너무 안타까워했다. 오로지 착하게 열심히 살아온 사람이었음을 잘 알고 있었기 때문이었다. 그러나 달리 방법이 없었다. '시장과 고객으로부터의 신뢰'를 불변의 가치로 삼아 온 우리에게는 아프지만 받아들여야 할 숙명이었던 것이다.

공사(公私)의 구분과 관련하여 우리는 입사 때부터 법인카드와 개인카드 사용을 엄격하게 구분하도록 교육받아 왔고 그렇게 살아왔다. 법인카드와 개인카드를 지갑의 아래 위에 넣고 다니며, 이 모임은 공적인 모임이고 저 모임은 사적인 모임이라는 것을 계산할 때 카드를 빼는 것을 보여 줌으로써 분명히 구분해 왔다.

어떤 지점장이 항의성으로 물어왔다.

"우리가 만나는 사람이 고객이 아닌 사람이 어디 있습니까? 지금은 고객이 아니지만 지금의 만남을 통해 언젠가는 고객이 될 텐데 개인카드를 쓴다는 것이 말이 되나요? 전 직장에서는 범위의 제한을 두지 않고 사용했어요. 결국 우리를 못 믿는다는 것 아닙니까?"

그래서 회사에서는 윤리강령 해설 강의를 통해 이 부분에 대해서 정의해 주었다. '현재 추진하고 있는 일과 조만간 성과가 예상되는 일에 직접 관련된 경우에만 법인카드 사용이 허용된다.' 도덕적 기준을 높이 가져가는 일은 급박하게 돌아가는 영업현장에서 지키기는 참으로 어려운 일이 될 수도 있을 것이다. 그러나 그 경우에도 스스로 절제하고 도덕률을 지키려고 노력하는 자세야말로 시장과 고객으로부터 신뢰받을 수 있는 중요한 덕목이 될 것이다.

선량한 관리자의
의무를 다한다는 것

1993년 어느 날, 모 일간지 1면에 "A 은행 대출담당 임원, 모처에 불려가서 뺨 맞아"라는 기사가 실렸다. 난리가 났다. 여기저기서 문의전화가 오고, 우리는 이 기사의 진위를 해당 신문사와 추정되는 임원을 통해 확인하느라 정신 없이 뛰어다녔다. 결국 그 일은 없었던 것으로 결론이 났고 단지 그런 이야기가 시장에 풍문으로 떠돌았다는 정도로 마무리되었는데 이야기의 내용인즉,

선거가 끝나고 나서 모 처에서 모 후보에게 협력했던 기업에 대해 대출의 만기가 돌아오면 회수하던가 줄이라고 하였는데, 하나은행이 말을 듣지 않고 대출을 연장해 주자 여신담

당 임원을 불러서 협조하지 않았다고 뺨을 때리고 폭언을 하였다는 것이었다. 하나은행은 스스로의 판단으로 그 기업이 신용도가 높고 건실해서 위험부담 별로 없이 우리에게 이익을 많이 주는 기업이니 당연히 연장했던 것이었는데, 당시 모처에서 압력을 넣고 있다는 소문이 돌고 있던 때라 그런 추정 기사가 났던 것이다.

사실관계 여부를 떠나 하나은행은 상업은행으로서 철저하게 위험관리를 하면서도 이익을 가장 많이 얻을 수 있는 곳에 투자하여, 우리를 믿고 재산을 맡긴 손님들과 주주들에게 최대의 이익을 돌려드린다는 확고한 경영방침을 견지하고 있었으니, 설사 그런 압력이 있었다 하더라도 응하지 않고 원칙대로 연장하였을 것이다.

IMF 사태 후 당시 한국경제를 이끌고 있던 대규모 기업그룹들이 재무상태와 영업실적의 악화로 채무상환과 이자부담을 도저히 감당하기 어려워 파산의 위기를 맞게 되자, 이 사태를 해결하기 위해 대출을 해 주었던 금융회사들은 채권단을 구성하여 정책당국과 함께 회생방안을 논의하고 지원하고 있었다.

채권단회의에 상정되는 안건들은 사안의 위급성과 중대성

을 감안하여 대부분 기업들을 살리는 입장에서 결정되었지만 하나은행은 다른 금융기관들과 달리 무조건 찬성하지는 않았다. 추가 지원에 조건을 달거나, 뼈를 깎는 자구노력 없는 지원에 대해서는 반대의사를 분명히 표시하였다. 그러다 보니 당국과 타 기관들로부터 '하나은행 때문에 일을 못 하겠다.'라는 이야기를 자주 들었다.

우리의 입장은 '기업들이 힘든 것은 아는데 그렇다고 해서 부실이 날 줄 뻔히 알면서 어떻게 추가대출을 해 줄 수 있느냐? 우리가 대출해 주는 돈은 주주들과 손님들이 우리를 믿고 맡긴 돈인데 함부로 쓸 수는 없다.'는 것이었다. 국가적인 차원에서 기업을 살리기 위한 노력은 이해하나 밑 빠진 독에 물 붓는 격인 사업에 우리를 믿고 맡긴 투자자와 손님들의 돈을 쓸 수는 없었다.

당시 하나은행도 2조 원 가까운 천문학적인 대출채권을 안게 되었는데 채권단의 지원 방안은 기업이 살아야 물린 돈을 받을 수 있으니, 대출해 준 비율대로 추가로 운영자금을 대출해 주거나 해당 기업의 주식으로 출자 전환해 주자는 것이었다. 초기에는 어쩔 수 없이 추가지원을 계속하였는데 이런 방식이 계속되던 중, H 기업을 지원하는 안이 올라오자 하나은행은 더 이상은 안되겠다는 의사를 강하게 표현하였고, 채권단에서는 그렇다면 지금까지 기 대출된 채권을 포기하는 조건을 내걸었고, 결국 그 조건을 받아들이면서 추가대출을 하지 않는 것으로 타협을 보았다.

당국이나 채권단이 우리에게 곱지 않은 시선을 보낸 것은 당연한 일이었다. 시장에서는 하나은행이 이런 식으로 하면 당국과 동업사들에 미운 털이 박혀서 앞으로 영업에 어려운 일이 많을 것이라는 시샘 섞인 비난도 많았다. 하지만 메이저 뱅크로 우뚝 서 있는 오늘의 하나은행을 보면 '원칙에 충실한 영업'만이 지속성장의 지름길이라는 것을 분명히 보여준 사건들이었다.

사법연수생들은 연수 중에 현장학습을 경험하게 된다. 연수생들이 연수 받을 단체나 기업을 선택하게 되는데 금융기관 중에서는 항상 하나은행을 선택하는 연수생이 제일 많았다. 그것은 아마도 금융업에 대한 관심이 많아진 데다가, 그 중에서도 하나은행이 신선한 마인드로 독특한 영업을 하고 있다고 소문이 난 때문이 아닌가 생각되었다.

2주간의 수업기간 중에 기업문화 강의를 내가 맡아서 했는데, 강의가 끝나자 한 연수생이 대뜸 질문했다.

"하나은행은 고리대금업자라고 소문이 나 있는데 어떻게

생각하십니까?"

"왜 그렇습니까?"

"대출금리도 제일 높은 데다가 시장금리가 내렸을 때는 제일 늦게 내리고 시장금리가 오르면 재빠르게 올리니 고리대금업 아닙니까?"

나는 순간 아찔했다. '아! 이 사람들이 은행은 공익기관인데 우리가 그 기능을 무시하고 사리사욕을 채운다고 생각하고 있구나.' 순간적으로 질문의 의도를 깨닫고 나름대로의 설명을 시작했다. 물론 내 생각이라기 보다는 입사 때부터 선배들로부터 들어온 내용을 정리한 것이다.

"하나은행은 기존의 다른 시중은행들처럼 주택자금이나 중소기업지원자금 등 정부로부터 낮은 금리의 공익자금을 받아서 대출을 해 주지 않습니다. 그런 지원이 아예 없지요. 철저히 시장에서 시장금리로 자금을 조달해서 대출이나 투자 등으로 적절하게 운용을 해서 이익을 내고 그것을 손님들께 이자로 돌려 드리고 나머지로 은행을 유지합니다.

그러다 보니 시장금리가 낮아졌다고 바로 금리를 낮출 수가 없습니다. 손해 볼 수는 없으니까요. 즉 예금을 받아 일정 기간 동안 자산에 투자했으니 그 기간 동안에는 시장금리가 변동되더라도 금리를 신속하게 조정할 수가 없는 일정 기간의 '시차'가 생기는 것입니다.

우리도 손님들의 불만을 듣고 있습니다. 그러나 시장원리에 따라 운영되는 상업은행이 손해를 보면서 자산을 운용할수는 없습니다. 그렇게 하면 결국 그 손실이 손님들께 돌아가게 되니까요. IMF사태가 났을 때 선배 대형은행들이 왜 고생을 했고 결국은 문을 닫게 되었습니까? 그래서 상당수의 고객들이 큰 손해를 입지 않았습니까? 여러 이유가 있겠지만 그들이 시장원리에 충실하지 못했던 때문이라고 생각합니다.

그렇다면 우리처럼 운영해서 어떤 위험이 닥치더라도 은행이 망하지 않고 손님들께 안정적인 수익을 돌려 드리는 것이 공익에 충실한 것인가요? 아니면 전통적 의미의 공익에만 충실하다가 결국 손님들에게 손해를 입히는 것이 공익적인가요? 하나은행은 어떤 일이 있더라도 손님과 주주와의 약속은 지키려고 합니다.

그래서 창립 이래 한 번도 적자를 낸 적이 없고 주주들에게 배당을 거른 적도 없었습니다. 그 어려웠던 IMF사태 때에도 '어떤 일이 있어도 배당을 실시한다.'라는 주주와의 약속을 지키기 위해 4% 배당을 한 유일한 금융기관입니다. '어떤 위기에도 절대 망하지 않고 손님의 재산을 지켜 드린다.' 이 것을 하나은행이 공익에 봉사하는 것이라고 생각합니다.

우리는 항상 '공익'과 '시장' 에 대해서 고민을 합니다. 우리를 믿고 재산을 맡겨 주신 손님들이나 주주들에게 절대 손해를 끼치지 않도록 철저하게 위험을 관리하고, 내 재산 이상으로 선량한 관리자의 주의의무를 다한다는 것이 하나은행의 불변의 핵심가치인 정직(Integrity)입니다.

더불어 '환경신탁' 등 공익상품을 개발해서 영업활동 자체가 공익에 기여하도록 하거나, 직원들의 다양한 사회공헌활동을 지원하고, 공익에 봉사하는 단체에 상당한 금액을 꾸준히 후원하고 지원함으로써 이 사회의 구성원으로서 필요한 역할을 충실히 수행하려고 노력하고 있습니다."

조금 흥분해서 대답을 했지만 연수생들의 반응은 좋았다. 일부는 강의가 끝난 후 찾아와서 새로운 시각을 갖게 해 주어서 좋았다고, "더 열심히 잘 하시라." 고 오히려 나를 격려해 주었다.

해피엔드 이야기

2006년 3월 어느 날, 하나은행 대회의실에서는 펀드상품인 '해피엔드'에 대한 민원처리를 위하여 민원심의위원회가 심각한 분위기 속에서 열리고 있었다. 손님들이 원금손실의 위험이 있는 투자상품이라는 설명을 듣고 자필로 서명까지 하였음에도 시장상황이 급변함에 따라 원금의 손실 폭이 커지자 은행을 상대로 원금을 돌려 달라고 민원을 제기한 것이다.

당시 시중금리의 하락에 따라 예금으로는 고객들에게 높은 금리를 제공하기가 어렵게 되자 고객의 수요를 맞추기 위해 금융기관들은 고배당을 내세우며 원본손실의 위험이 있는 투자상품인 다양한 펀드상품을 개발하고 대규모로 판매하고 있었다.

'해피엔드'는 KOSPI 200(한국증권거래소) 지수를 가지고 6개월 마다 주가지수를 최초 기준일의 지수와 비교하여 이자를 지급하는 형태였는데, 구조가 좀 복잡하고 원금손실의 위험이 있는 고위험 상품이었다. 그래서 반드시 충분히 설명을 하고 직접 본인의 서명을 받도록 하였다.

기준일과 비교해서 -10%~10% 이면 연 7%의 이자를, -20%~-10% 이거나 10%~20%이면 연 9%의 이자를 경과 기간에 따라 지급하고 청산하게 된다. 그리고 마지막 판단일에 -20%~20% 이내에서 상승 또는 하락하면 연 7% 또는 9%의 이자를 지급하고 청산된다.

문제는 그 범위를 벗어났을 때이다. 마지막 판단 일에 20%를 초과하여 상승하거나 -20% 이상 하락할 경우에는 20%를 초과한 상승 또는 하락율의 1.74배의 손실이 발생하게 되어 있는데 주가지수가 급상승하여 20%를 넘게 되자 원금손실이 발생하게 된 것이다.

두 번째 판단일을 경과하면서 원금보전의 가능성이 거의 없다고 판단되자 손님들은 판매 영업점을 찾아와 항의를 시작하였다. 펀드는 기본적으로 가입자 본인의 책임하에 가입한 것이므로 영업점에서 해결할 수 있는 방법이 없어 직원들과의 마찰이 잦아졌고, 날마다 영업점의 직원들이 겪는 고통은 이루 말로 표현하기 어려울 정도였다. 그래도 규정상 회사에서 보상해 줄 방법은 없었다. 일부 손님들이 감독원등에 민원을 내고 법원에 소송을 제기하게 되자 준법지원본부장으로서 법무업무를 담당하고 있던 나는 대응책 마련을 위해 사실관계 파악을 시작하였다.

조사 결과 펀드상품 판매와 관련하여 직원들이 규정을 어기거나 문제가 된 행동을 한 것은 없었다. 다만 위험을 감당할 수 있는 젊은 손님과는 달리 이자로 살아가는 나이 드신 70대 노인분들께 이 상품을 판매한 것에 대해서는 다른 판단이 필요했다. 상품 내용과 본인 책임을 충분히 설명하였으므로 법적으로 문제가 없으나 도덕적으로는 문제가 있을 수 있다는 생각이 들었다.

일부 나이 드신 고객들이 제기한 소송에 대해 법원에서는 '법적으로 잘못이 없다는 점은 인정하나, 애당초 금융기관이 이런 고위험성 상품을 개발하고 판매하는 일을 하지 말아야 하는 것 아니냐? 그런 것이 금융기관의 소위 '선량한 관리자로서의 의무'를 다하지 않은 것 아닌가?' 라는 측면에서 손실의 40%를 보상하라는 조정안을 제시하였고 은행은 내부 협의를 거쳐 수용하였다.

문제는 민원을 제기하고 있는 다른 손님들이었다. 그래서 나는 당시 리스크, 자금, 영업을 담당하고 있던 임원들에게 이 문제를 처리하기 위해 '민원심의위원회'를 만들어 공식적으로 논의할 것을 제의하였다. 은행권 최초의 민원심의위원회의 설치는 후일 금융감독원으로부터 우수사례로 선정되어 고객서비스팀장이 다른 금융기관들을 대상으로 강의를 하기도 하였다. 그러자 한 임원이 "그러면 민원심의위원회에서 보상을 결정하게 되면 취급 직원도 책임을 지는 것이지요?" 통상의 경우처럼 회사가 손실을 입게 되면 취급 직원들에게 일부 책임을 묻던 관례를 의식한 것이었다. 여기에는 명쾌하고 분명한 답변이 필요해 보여서 이렇게 대답했다.

"아닙니다. 그러면 안 되지요. 이 경우에 책임을 묻게 되면 앞으로 직원들이 펀드상품을 팔지 않을 것입니다. 이 부분은 이런 상품을 개발한 것에 대해 선량한 관리자의 의무를 다하지 못했으니 회사가 책임을 지는 것이고요. 앞으로 상품을 개발할 때 다시는 이런 실수를 하지 말자는 의미로 보셔야 할 것입니다."

마침내 민원심의위원회가 구성되고 회의가 열렸다. 잘 진행되다가 구체적인 보상방안을 논의하면서 문제가 발생했다. 영업 쪽에서 강력하게 반발한 것이다.

"손님의 자필서명을 받고 취급했으니 기본적으로 손님책임입니다. 그런데 우리가 선량한 관리자의 주의를 다하지 못한 점을 감안하여 보상한다 하더라도, 일률적으로 모든 고객들에게 동일하게 40% 보상하는 것은 옳지 않다고 봅니다. 평소에 투자성향이 공격적이거나 충분히 상품구조를 이해할 수 있는 사람들에게는 보상을 하지 말고, 연세가 많으신 분이나 판단력이 부족하신 분들께만 40% 보상하는 것이 타당합니다. 우리가 이런 위험한 상품을 만든 부분에 대한 책임은 10% 정도라고 보고, 고객을 분류하여 0%, 10%, 40%로 보상합시다."

논리정연한 이야기에 참석자들이 고개를 끄덕였다. 그때 가능하면 현업 쪽 의견을 존중하고 입을 다물고 있던 내가 조심스럽게 나섰다.

"존슨앤존슨 사가 타이레놀 사건이 났을 때 어떻게 대응했는가, 왜 그 사례가 윤리경영의 모범사례로 이야기 되고 있는지를 돌이켜 볼 필요가 있습니다. 처음 그 사건이 발생했을 때 미연방당국은 범인들이 가게의 캡슐형 타이레놀 일부에 청산가리를 투입해서 8명이 사망했다고 발표했습니다. 상품의 제조나 유통과정에는 전혀 문제가 없다는 것이 밝혀진 것이지요.

그러나 존슨앤존슨 사는 자사의 과실이 아님이 밝혀져 직접적인 책임이 없음에도 불구하고, 소비자에 대한 책임과 안전이라는 기업윤리 측면에서 신속한 조치를 취했습니다. 타이레놀의 생산과 광고를 전면 중단하고 당시 미국에서 유통되고 있던 3,100만 병(1억 달러 상당)을 즉각 수거하였으며, 추가 사고를 방지하기 위해 이미 판매된 상품을 알약으로 교환해 주었습니다.

그리고 3단계 안전장치를 추가한 새 상품을 시판하였습니다. 그 결과 8개월 만에 잃었던 시장점유율을 회복하였고 4년 뒤에는 오히려 시장점유율이 35%까지 상승하였습니다. 타이레놀 사건은 존슨앤존슨 사가 잘못이 없으므로 모른척 해도 전혀 문제가 없는 외부 소행이었습니다. 그럼에도 불구하고 선량한 관리자로서의 책임을 다한 것입니다.

우리도 꼭 같습니다. 우리가 직접적인 잘못은 없을지 모르겠지만 선량한 관리자로서의 의무를 다하지 못했다는 측면에서 모든 손님들에게 동일하게 보상 비율을 적용하고 앞으로 이런 일이 없도록 하는 교훈으로 삼는 것이 좋을 것 같습니다."

최종적으로 동일한 비율로 보상해 주는 것으로 결론을 내면서 해피엔드 사건은 마무리되었다. 이 사건은 외부적으로 하나은행의 윤리경영의 우수사례로 평가되어 감독원이나 소비자 평가원 등으로부터 호평을 들었을 뿐 아니라 내부적으로도 금융인에게 선량한 관리자의 주의의무가 무엇인지를 다시 한 번 생각해 보는 계기가 되었다.

시장의 신뢰는
투명경영으로부터

2008년 가을, 한국의 금융계와 기업들은 키코(KIKO)사태로 인해 또 한 번 위기를 맞았다. KIKO(Knock-In Knock-Out)는 환율하락으로 인한 환차손을 줄이기 위해 수출기업과 은행 간에 맺는 일종의 파생상품 계약이다.

처음에는 1998년 외환위기 이후에 환율이 지속적으로 하락하자 기업들이 환차손을 방어하기 위해 가입했던 상품이었는데, 수출을 주로 하는 중견 중소기업들이 이 상품을 통해 이익을 얻게 되자 환차손방어의 목적보다도 이익을 얻기 위한 목적으로 그 규모를 늘려 가고 있었다.

그러던 중 2008년 세계금융 위기 때 환율이 1,600원까지 상승하게 되자 기업들은 막대한 환차손을 입고 엄청난 금액을 은행에 지급하게 될 위험에 처했다. 은행은 손실이 없는 구조였지만 오히려 막대한 손실로 인한 거래기업들의 부실이 심각한 문제로 다가왔다. 기업의 문을 닫게 할 수는 없으니 채권단을 구성하여 채무를 해당기업의 주식으로 전환하거나 상환기일 연장이나 추가 대출 등 다양한 해소방안을 시행하였다. 그리고 이로 인한 부실을 어떻게 손익에 반영하여야 하나 하는 문제가 은행들의 현안으로 떠올랐다.

하나은행도 기업들과 적극적으로 이 거래를 하고 있던 터라 막대한 손실로 인한 기업들의 부실이 심각한 문제로 떠올랐다. 매 분기별로 시장에 영업실적을 알려야 하고 그에 따른 시장의 평가가 영업에 중요한 요소로 작용하는 터라 대부분의 은행들은 2년 또는 3년 후 환거래 만기 때까지 일부씩 손실을 반영해서 전체 영업이익에는 큰 영향이 없는 방향으로 처리하였다.

그러나 하나은행은 다르게 생각했다. '어차피 손실이 난 것을 숨겨서 길게 끌 필요 없다. 전체 손실을 파악해서 이익에 바로 반영해서 떨어버리자. 그리고 더 열심히 일해서 만회하면 되지 않느냐? 그렇게 되면 앞으로 하나은행이 하는 말은 무엇이든지 시장에서 믿어줄 것이고 그것이 시장의 신뢰를 얻는 길이다.'라고 생각하고 손실을 즉시 반영하였다.

그래서 2008년 4사분기 이익이 하나은행 역사상 최초로 454억 원의 분기적자를 기록하였으나 그해 연말에는 4,744억 원의 당기순이익을 올렸고, 2009년 1사분기에 나머지를 손실로 반영하여 3,050억 원의 분기적자를 기록하였음에도 연말에는 2,739억 원의 당기순이익을 기록하였다.

당기순이익이 줄어들 것을 염려한 일부 직원들이 장기적으로 조금씩 떨어 가자는 가자는 의견을 개진하였지만 잘 설득해서 과감하게 전액을 반영하였는데, 상품의 리스크 관리를 제대로 하지 못했다는 점과 최초로 분기 적자를 기록했다는 사실에 자존심 상한 직원들이 오히려 더 열심히 일하는 계기가 되어 평년 수준에 근접하는 좋은 실적을 거둔 것이다.

'숨기지 않고 있는 그대로의 경영현황을 시장에 공개한다. 영업이 잘못되었을 때는 이러저러한 문제가 있었는데 이런 전략으로 열심히 해서 이런 성과를 내겠노라고 당당히 이야기하자. 발표한 대로 실현이 되면, 앞으로 시장은 하나은행이 어떤 말을 하더라도 믿고 신뢰할 것이다.'

이처럼 '하나은행은 시장에 절대로 거짓말하지 않는다. 손님들에게도 크게 이익을 주지는 못하더라도 손해 보게 하지는 않는다.'라는 핵심가치를 지켜 온 것이 하나은행의 성공 요인의 하나가 되어 왔다.

미국에서도 비슷한 사례가 있었다. 투명경영의 훌륭한 사례로 평가받는 프로그레시브 보험 사의 이야기다.

이 회사의 CEO인 글렌 렌위크의 철학은 주주들에게 가능한 한 많이 분명하게 자주 알려 주는 것이다. 신뢰성 있는 정보를 꾸준히 전달하면 주주가 회사의 장기 전략 성취 여부를 판단하는데 도움이 된다고 생각한다.

"왜 매월 경영 실적을 발표하는가? 월별 실적 정보가 있으니 당연히 발표하는 것뿐이다. 정보가 있으면 좋든 나쁘든 간에 그대로 발표해야 한다. 시장의 실적 예상치나 기대치는 우리가 만드는 것이 아니기 때문에 정보를 있는 그대로 발표하더라도 문제될 것이 없다. 그 예상치나 기대치를 달성하지 못하더라도 우리가 신경 쓸 일이 아니다. 우리는 길게 보고 달리고 있기 때문이다."

프로그레시브 사는 이러한 개방성을 통해 경영진에 대한 신뢰가 형성되고 시장에서 회사가 일군 상당한 성공과 탄탄한 주주가치에 더해 정직하다는 브랜드 이미지까지 구축할 수 있었다. 시장은 이 회사가 뭐라 하든 믿게 된 것이다. 그 결과 이 회사의 주가는 10년 동안 10달러에서 60달러로 상승했다. 투명성이 그 기업 성격의 일부분이 된 것이다.

오만한 해외채권단을
굴복시키다

하나은행의 발빠른 성장에는 여러 가지 경영적인 측면도 중요했지만, 구성원들의 일에 대한 열정과 하고자 했던 일은 반드시 성과를 내야 한다면서 악착같이 몰입하는 집념이 중요한 역할을 해 왔다고 생각한다. 이러한 하나은행의 정신은 한국경제에 큰 파장을 일으켰던 SK글로벌 사태에서도 잘 드러났다.

1998년 일어난 IMF 사태가 진정국면에 접어 들고 하나은행이 서울은행을 합병하면서 재도약을 꿈꾸고 있을 무렵인 2003년, SK글로벌의 분식회계 사건이 일어났다. 분식회계 1

조 5천억 원에 부채만 8조 원이 넘는 전대미문의 사태가 일어난 것이다. SK글로벌에 돈을 빌려 주었던 은행들이 다 물리게 되었다. 하나은행도 1,800억 원가량 물려 있었다. 하나은행의 당시 체력으로는 그 정도는 견딜만한 수준이었는데 문제는 합병한 서울은행이었다. 서울은행에만 3,000억 원이 물려 있었고 이는 생존에 영향을 줄 수 있는 심각한 수준이었다. 당시 SK글로벌의 주 거래은행은 제일은행이었다.

그런데 금융위원장이 은행장에게 "사안이 심각해 국가 경제에 큰 영향을 주는 일이기에 정말 제대로 관리해줄 사람이 필요합니다. 제일 잘할 것 같으니 하나은행이 관리를 해 주세요."라는 부탁을 했고, 그래서 하나은행이 주 채권은행이 아님에도 SK글로벌의 회생을 책임지는 관리은행이 되었다. 관리은행이 되고 나서 가장 먼저 한 것이 SK 회장의 사재인 집, 워커힐 주식 등을 가압류하겠다는 것이었다.

그랬더니 SK 그룹에서는 '그건 너무 심하지 않나? 이제까지 할 만큼 했는데 전례가 없는 일이다.' 라며 내놓을 수 없다는 입장을 보였다. 우리는 SK측에게 "그렇게 하지 않으면 우리가 다른 채권단을 이해시킬 수 없다. 현재까지 담보 제공한 것으로는 많이 부족하다. 회장이 다 내놓을 각오가 되어 있어야지 채권단을 설득시킬 것 아니냐?"라고 하면서 재차 요구하였다. 그런데도 SK에서는 워커힐 주식만은 안 내놓으려 했다. 아마도 워커힐 주식은 그룹 선대 때부터 내려온 SK의 상징적인 부분도 있었기 때문일 것이다. 우리는 그래도 다 내놓으라고 강하게 요구했고 결국 SK는 우리의 요구를 받아들였다.

은행이 재벌 기업 회장의 재산을 관리하는 일이 벌어진 것이다. 우리로서는 최선을 다했고 정말 독하다고 생각될 정도로 강력한 회생의지를 보여주었다.

이런 각고의 노력으로 국내채권단은 겨우 설득이 되었는데 문제는 해외채권단이었다. 그래서 글로벌 담당 임원이 홍콩으로 해외채권단을 만나러 갔다. 해외채권단과의 협상이 시작된 것이다.

그날 저녁 은행장은 연수원 하나빌에서 강의를 하고 있었다. 강의가 끝난 후 응접실에서 나와 차를 한잔 하고 있을 때 은행장의 핸드폰으로 전화가 걸려왔다.

"해외채권단이 100퍼센트 다 달라고 합니다."

해외채권단이 양보 없이 100퍼센트를 고수한다는 말을 전해 듣자 은행장은 단호한 어조로 "그래? 그럼 철수해."라고 지시했다. '해외채권단을 상대로 철수하라니?' 옆에서 듣고 있던 나도 놀랐고 아마 통화를 하던 김 상무도 깜짝 놀랐으리

라. 그렇게 우리 측은 그날 밤 즉시 홍콩에서 철수했다. 그랬더니 더 놀라운 일이 벌어졌다.

해외채권단 대표가 바로 한국으로 따라 들어온 것이다. IMF 이후 해외채권단의 요구는 가능한 한 들어주는 것이 관행처럼 되어있던 때였다. 해외채권자들은 깜짝 놀라서 '뭐 이런 놈들이 있나?'라는 생각에 바로 따라 들어온 것이었다. 다음날 우리 측과 해외채권단 간의 회의가 은행연합회 회의실에서 열렸다.

예상대로 해외채권단 측에서는 강하게 나왔다. 만약에 채권을 100퍼센트 돌려주지 않으면 한국에 투자한 돈을 다 빼겠다며 으름장을 놓았다. 그러면서 자신들이 한국에서 돈을 빼가면 한국시장은 채무상환불능사태가 일어날 거라며 반 협박조로 다그쳤다. 그러자 은행장이 마이크를 잡고 "이 회의를 공개합시다. 기자들을 부를 테니까 기자들 앞에서 지금 하신 말과 똑같이 이야기하시오." 라고 이야기 했고, 실제로 기자들을 불러들였다. 결국 그들은 꼬리를 내리고 한국 투자자들과 같은 조건으로 하는 것으로 하고 돌아갔다.

이 일은 그 이후 대외적으로 해외투자자들과 협상할 때 선례가 되는 한국금융사에 길이 남을 만한 중요한 사건으로 기록되었다. 그렇게 채권단의 합의를 이끌어낸 다음 하나은행은 SK글로벌을 살리기 위해 금융지원뿐 아니라 SK글로벌의 세일즈까지 나서서 도왔다. 당시 SK글로벌에서는 외제차를 수입하고 있었는데 외제차 판매를 위해 은행장이 발벗고 나선 것이다. 은행들은 이제껏 외제차를 산 적이 없었는데 하나은행도 두 대를 사기로 했고, 잘 아는 기업들에게 기왕 차를 살 것이면 SK글로벌에서 사라고 기회 되는대로 세일즈를 하였다.

이러한 다방면의 열정적인 노력에 힘입어 SK글로벌은 빠른 시일 안에 되살아났다. 그래서 채권에 투자했던 일반인들은 손해 없이 돈을 돌려받을 수 있었고, 채권단들 또한 50퍼센트 내에서 투자액을 돌려받을 수 있었다.

위의 사례는 우리 사회에서 금융의 역할이 무엇인지, 손님과 주주들부터 위탁 받은 돈을 관리한다는 것, 즉 선량한 관리자로서의 주의의무가 어떤 의미인지를 분명히 보여준 사건이었다. 이런 일들이 외부로부터 하나은행이 신뢰받는 금융기관이라는 경쟁력 있는 브랜드 가치를 더욱 굳건히 하는 계기가 되었음은 물론이다.

우리가 이렇게 할 수 있었던 것은 '이것은 우리 돈이 아니다. 우리를 믿고 맡긴 투자자와 손님들의 돈인데 함부로 할 수 없다.'라는 생각을 일찍부터 배우고 실행해 오면서, 그런 도덕률이 우리 자신도 모르게 정신적 DNA로 형성된 때문이었다고 생각한다. 적어도 하나은행에 맡기면 큰 돈을 벌지는 못할지라도 절대 손해 보지는 않는다. 하나은행 직원들은 '정직하게 자기 재산 이상의 관리를 해 줄 것이다.' 라는 단순 명료한 믿음을 준 것이다.

출범부터 남달랐던
노동조합 이야기

1987년 7월 22일 저녁, 다동 골목의 한 중국집에서는 10여 명의 젊은이들이 모여 '한국투자금융노동조합'의 발기대회를 열고 노조창립을 선언하였다.

민주화의 바람을 타고 회사마다 노동조합의 설립 움직임이 봇물처럼 터져 나왔지만, 사용자인 회사측에서는 노동조합이 만들어지지 않기를 바랐고 직원들도 참여하고는 싶지만 불이익을 당하지 않을까 불안해 하는 분위기였다. 그래서 설립준비도 퇴근 후 늦은 밤에 회사와 멀리 떨어진 신길동 교회에서 이루어졌으며 먼저 온 사람이 플래시로 신호를 보내면 다음 사람이 들어오는 첩보전을 방불케 하는 방식으로 진행되었다.

　나는 입사한 지 1년밖에 안되는 신입이었지만 참여를 하였으며, 법대를 나왔다는 이유로 조합규약을 만드는 작업을 하였다. 빠르게 진행하느라 발기인대회 직전에서야 발기문이 필요하다는 것을 알고, 시작 전에 내가 지하 다방에 숨어서 급하게 발기문을 쓰고 이를 받은 여성부위원장이 교환실에서 타자기로 쳐서 복사한 후 배포하였다.

　이 발기문은 노사관계에 대한 당시 직원들의 생각을 잘 알 수 있는 자료이며, 그 정신은 경영의 동반자로서의 노동조합으로 면면히 이어져 왔다고 생각되어 전문을 게재한다.

노동조합발기문

친애하는 임직원 여러분. 민주화를 열망하는 국민의 간절한 소망이 시대의 어둠을 뚫고 찬연히 그 빛을 발하는 7월의 여름, 이제는 남녀노소 모두가 우리가 바라는 바 민주화된 이상사회의 건설을 위하여 일로매진 해야 할 때입니다. 크게는 국가사회 전체로부터 작게는 우리 회사에 이르기까지 그토록 염원했으나 이루지 못했던 자유와 평등을 기초로 한 민주사회를 건설해야 함은 시대의 요구요, 우리의 소명인 것입니다. 회사가 창립된 지도 어언 16년, 수많은 난관과 외부의 모진 풍파를 겪으면서도 오늘과 같은 융성을 누리고 있음은 전 임직원들의 애사심과 살신성인하는 희생의 결과라 하겠습니다. 또한 그것은 '내가 이 회사의 주인이다' 라고 하는 주인의식의 발로이기도 합니다. '주인의식' 이것이야말로 우리 회사를 동업계의 선두요, 전 금융업계의 기린아로 발돋움할 수 있게 한 바탕이었던 것입니다.

그러나 지금의 현실은 어떠합니까? 우리를 강력하게 결속시켜 왔던 '상호신뢰'와 '주인의식'은 경영진의 아집과 임직원 간의 대화부재로 점차 그 빛이 바래지고 오직 자신만을 믿고 자신만을 위해 살아갈 수밖에 없는 참담한 모습들이 두드러지고 있습니다. 급변하는 사회와 악화되는 금융여건 속에서 살아남기 위해서는 임직원들의 단결과 노력이 아무리 강조되어도 지나침이 없거니와, 임직원 간의 불만누적으로 모두가 용기를 잃고 현실에 만족하고 타협하며 스스로 웅비의 깃을 꺾어 버릴 수밖에 없게 된 것은 어인 까닭입니까?

우리는 돌아가야 합니다. 과거 모두가 신뢰하고 위해 주며 회사발전을 위해 노심초사하던 그 아름답던 모습으로 돌아가야 합니다. 그리고는 힘차게 날갯짓하며 일어나야 합니다. 그러기 위하여 오늘 이 시간부터 우리를 괴롭히고 억눌러 왔던 묵은 난제들을 과감히 일소하여야 합니다. 각종 인사정책의 개선, 직원 복지후생제도의 확충, 여직원 결혼정년제도의 재검토 및 경영진과 직원 간의 격의 없는 언로의 활성화를 통한 상호 신뢰회복 등이 주요한 내용이 될 것입니다. 그러나 반드시 명심하여야 할 것은 모든 문제의 해결은 상호투쟁을 통해 얻어지는 것이 아니라 정당한 방법으로 적법한 절차를 밟아 점진적으로 대화를 통해 이루어져야 한다는 것입니다.

오늘 우리들은 위와 같은 문제의 해결을 위한 임직원 간의 대화창구로 하나의 협의체를 구성하기로 하였습니다. 명칭은 노동조합이라 일컬으나 실질은 사원총회요, 사원들의 의사결집을 위한 모임이라고 하겠습니다. 따라서 이 모임은 사원 전체의 의사에 따라 평화적으로 화합의 분위기 속에서 운영될 것이며, 전 사원의 권리의무의 실현 및 회사의 무궁한 발전이 그 목적이 될 것입니다. 이 모임은 강력한 힘도 보유하게 될 것입니다. 다만 그 힘은 이 모임의 목적과 건전한 발전을 저해하는 행위에 대해서만 행사될 것입니다.

친애하는 임직원 여러분, 이제는 생각할 때가 아니라 생각한 것을 실천할 때입니다. 또한 잃은 것을 되찾아야 할 때입니다. 조합은 이러한 목적을 위하여 묵묵히 그러나 꿋꿋이 노력할 것이며, 목적 실현을 위하여 전 직원 여러분들의 많은 참여와 성원을 기대합니다. 더불어 조합은 항상 평화적이고 민주적으로 운영될 것인 바, 조합활동에 따른 임직원 간의 충돌은 원치 않으며 또한 있어서도 안 될 것임을 재천명합니다. 이 자리에 참석해 주신 여러분께 경의를 표하며 회사의 앞날에 무궁한 영광이 함께 하기를 기원합니다.　　　　　– 1987. 7. 22

사장 연임반대 투쟁

나는 입사 2년 차임에도 불구하고 사무국장으로 부임하여 아르바이트 대학생 한 명과 함께 어렵게 쟁취한 노동조합 사무실을 지키게 되었다. 설립 후 노동조합의 첫 번째 과제는 '인사제도의 개선 및 상대적으로 낮은 임금과 퇴직금 체계의 개선'이었다.

당시 윤병철 사장은 모회사인 장기신용은행에서 인사담당 상무를 하다가 왔는데, 부임해서 보니 회사의 일하는 방식과 직원평가, 승진 등 인사제도가 성과중심이 아닐 뿐 아니라 너무 느슨하다고 느꼈다. 이 상태로는 장기적으로 발전이 어렵다고 판단한 사장은 '인재개발위원회'를 만들어 입사동기들이 동시에 승진하던 과거의 관행을 필요한 인원만 승진시키되 대상자를 상사들의 투표로 결정하는 파격적인 방식으로 개편하였다.

이에 대해 직원들은 의견수렴이 없었던 일방적인 결정이라며 불만이 팽배하였다. 또한 이익은 동 업계 타사 대비하여 압도적인 1위를 기록하고 있음에도, 급여와 퇴직금지급률에 있어서 선발 7개사 중 하위 수준인 점에 대해서도 업계 최고 수준으로의 개선을 요구하였다.

회사가 소극적 태도를 보이자 노동조합은 몇 번의 총회를 거쳐 만약 이 부분에 대해서 개선이 이루어지지 않으면 얼마 뒤에 있을 주주총회에서 사장연임반대 활동을 벌이기로 결의하고 투쟁을 시작하였다. 내가 투쟁과 관련된 성명서를 쓰고 조합원 총회 때마다 상황을 보고하고 격한 연설을 하자 어느 날 사장이 부르더니 겁나는 말을 하였다.

"미스터 임이 우리 문화를 얼마나 안다고 그렇게 이야기하나?"

"저는 잘 모릅니다만 많은 선배들이 그렇게 이야기하니 사무국장인 저는 다수의 뜻에 따라 해야 할 역할을 열심히 할 따름입니다"

이 이야기를 들은 선배들이 '앞으로 네가 이 회사에서 출세하기는 좀 어렵겠다. 미안하다.'라면서 나를 위로하였다.

투쟁 중 어느 날, 조합을 설득하기 위해서 조합사무실을 찾아온 한 임원이 했던 말에 간부들의 마음이 흔들리기 시작했다.

"우리가 할 일은 선배들로부터 이렇게 좋은 회사를 물려받았듯이 후배들에게 좋은 회사를 물려주는 것이다. 이것은 우리의 소명이다. 사람이 중심인 금융기관에서 그 사람들이 어떻게 생각하고 일해야 하는가를 변화의 관점에서

생각해 보아야 한다. 이익이 많이 난다고 해서 필요 이상으로 배분하는 것은 적절하지 않다.

이익은 향후 회사발전을 위하여 투자하기 위해 준비해야 하는 일종의 종자돈(Seed Money)이다. 그래서 이익이 많이 나더라도 적절한 수준의 보상을 받고 나머지는 미래를 위해 아껴 놓을 필요가 있는 것 아닌가? 우리 회사가 그 돈을 부주의하게 부실한 기업에 투자해서 날린다거나 부정한 일에 사용하는 일은 이제까지도 없었고 앞으로도 상상할 수 없는 일이니 말이다."

이후 대화는 급진전되었고 며칠 후 오후에 갑자기 소집된 조회에서 사장은 직원들에게 이 두 부분에 대해서 전향적으로 대화하고 적절한 방향으로 개선할 것을 선언함으로써 투쟁은 종결되었다. 급여와 퇴직금지급률 등은 인상되었으나 일부가 알고 있듯이 업계 최고가 아니라 중상(中上) 정도의 수준으로 인상되었다. 이 사건은 노동조합의 투쟁의 성과라는 점 외에, 당시 강한 추진력 때문에 '독일병정'이라는 별명을 듣고 있던 윤 사장의 경영에 대한 생각을 바꾸게 한 중요한 사건이었다.

나중에 윤병철 은행장이 하나은행 이야기인 '하나가 없으

면 둘도 없다' 라는 책을 쓸 때 도와드리면서 이 사건을 책에 수록해도 되겠느냐고 질문을 드리자,

"당연히 넣어야지. 이 일을 통해 나는 내 생각이 아무리 옳더라도 직원들을 이해시키고 설득하지 않으면 안된다 라는 것을 깨달았다. 말을 물가로 끌고 갈 수는 있지만 물을 먹이기는 정말 어렵다 라는 것을 깨달은 중요한 사건이고 이후 경영자로서의 나의 삶에 많은 영향을 준 의미 있는 사건이었어."

경영권 독립 투쟁

두 번째로 마주하게 된 일은 소위 '경영권 독립 투쟁'이었다. 직원들은 모회사였던 장기신용은행이 대주주로서 이사회 멤버의 다수를 장악하고 회사의 중요한 결정을 오직 모회사의 이익을 위해서만 결정하고 있다고 생각하고 있었다. 직원들의 주장을 요약하면 이런 것이었다.

'장기신용은행은 중장기 대출을 주로 하는 회사이고 우리 회사는 단기금융업을 주로 하는 회사라서 경영과 자금운용의 관점이 다를 수밖에 없는데 장기신용은행의 입장에서 중요한 결정을 하기 때문에 우리가 더 큰 이익을 낼 수 있는 기회를 잃고 있다. 주주의 이익을 극대화하는 것은 우리가 이익을 많

이 내고 배당을 많이 하면 되는 것이다. 따라서 우리가 영업을 잘 할 테니 장기신용은행은 회사 경영에서 손을 떼라.'

모기업 쪽에서는 주주총회를 앞두고 항상 발목을 잡는다고 생각했을지는 모르겠지만, 어쨌든 우리는 여러 경로를 통한 투쟁과 대화를 통해 당시 최고참 부장이었던 세 분이 촉탁이사로 승진하였고, 다음 해에 이사회 멤버가 됨으로써 우리회사 임원들이 이사회의 과반수를 넘어서게 되었다.

이 사건은 직원들의 승리라기 보다는 이제 우리 선배임원들이 주요 결정 절차의 중심이 되고 권한이 주어졌으니, 우리가 경영을 잘못하게 되면 누구에게도 면목이 없는 일이 된다. 따라서 책임감을 가지고 회사발전을 위해서 더욱 열심히 노력해야 한다는 엄청난 부담을 지게 된 사건이었다. 우리는 이러한 생각을 '자율' 이라는 말로 설명하여 왔다.

이후 장기신용은행은 회사가 은행으로 전환할 때 전환을 허용해 주는 조건으로 우리 회사가 가지고 있던 증권사의 양도를 강요하였다. 우리가 눈물을 머금고 증권사를 넘겨주면서 주주로서의 관계가 끝났으며, IMF사태를 겪으면서 장기신용은행은 금융계에서 자취를 감추게 되었다.

합의에 이를 때까지 퇴실 불가

은행으로의 전환이 결정되자 은행권에 비해 상당히 높은 보수와 복지를 제공받던 기존 직원들과 다른 금융기관에서 일 잘한다고 소문나서 스카우트되어 온 직원들 간의 처우문제가 심각하게 대두되었다.

노동조합은 이 문제의 해결을 위해 회사와 많은 접촉을 하였으나 별 뾰족한 방안을 찾지 못 하고 있었고 급기야 노조위원장의 단식농성이라는 극단의 상황이 전개되었다. 기존 직원들은 은행으로 전환되면서 급여와 상여금이 대폭 깎이게 되는 것에 대한 불만이 컸었다.

게다가 외부 금융기관에서 스카우트되어 온 직원들이 같은 직급에서도 높은 급여를 받게 되는 데다가 인사 적체가 심한 전(前) 직장에서 옮겨올 때 승진하며 영입되고 있으니 이러한 불균형은 반드시 시정되어야 한다고 강력하게 주장하였다. 회사는 문제가 있지만 전체 화합을 위해서는 직급 및 보수가 동일해야 한다는 입장을 고수하고 있었다. 갈등이 해소될 기미가 보이지 않자 노사는 아이디어를 내었다.

회사와 노동조합이 각각 4명씩의 대표자를 뽑아서 소위원회를 만들고 이 멤버들이 모든 관련자료를 들고 명동에

있는 메트로 호텔에 투숙하기로 하였다. 그리고 합의가 되기 전에는 아무도 퇴실을 못하도록 하되, 합의된 내용에 대해서는 회사와 노동조합이 군말 없이 도장을 찍도록 하자는 제안이었다.

당연히 멤버는 기존직원과 영입직원 반반으로 구성하기로 하였다. 나도 그 일원으로 참여하였고 우리는 전 은행의 규정집과 처우 관련 자료들을 다 들고 호텔에 투숙하였다. 처음에는 첨예한 논리싸움이 지루하게 계속되었지만, 타행 자료를 자세히 살펴보니 우리가 미처 몰랐던 공통점들이 있어서 의외로 쉽게 합의에 도달할 수 있었고 우리는 단 하룻밤을 잔 후 다음날 아침 개운한 마음으로 퇴실하였다.

멤버들은 바로 은행장과 노동조합에 내용을 보고하고 합의서에 도장을 찍었으며 그날로 노동조합의 농성은 해제되었다. 이때에 영입직원의 경력인정을 타행의 규정을 감안하여 경력의 90%만 인정하기로 합의하였는데, 영입직원들 간에 이 점에 대해서 타행에서 똑똑한 사람을 데려 와서 차별한다는 불만이 있었다. 그러나 그런 내용은 이미 다수의 은행에서 규정화하고 있던 일반적인 관행이라는 것이 확인되어서 멤버들 간에 별 이의 없이 채택된 안이었다. 이런 결정에 대해 다소 불만이 있었던 직원들을 설득하기는 쉽지 않았다.

그러나 직원들도 드러내 놓고 반발하지는 않은 채 수용하고 본업에 충실하였다. 이 사건은 회사와 노동조합이 서로 간에 첨예한 대립을 보이는 사안을 어떻게 풀어가야 하나 라는 것에 대한 방법론을 보여준 좋은 사례였다.

회사발전위원회

노동조합이 설립되던 해, 당시로서는 선진적인 노사관계를 운영하고 있던 일본 노동조합에 대한 벤치마킹을 하기 위해 사무국장이었던 나는 혼자서 일본행 비행기에 올랐다. 회사에서는 그때까지 노동조합에 대해서 부정적인 태도가 강했고 그래서 나의 일본행을 반대했던 터라 회사로부터는 아무런 도움을 받지 못하고, 이찌요시 증권에서 연수 중이던 직원만 믿고 달랑 비행기표만 사서 무작정 비행기에 올랐다.

일본노동조합연맹 사무총장과 노무라 증권, 이찌요시 증권의 노조위원장을 만나서 이야기를 들었고 노조연맹의 사무총장과는 저녁 술자리를 하면서 속내를 듣기도 하였다. 그때 눈여겨보았던 것은 노무라 증권의 노조집행부가 인사부와 같은 공간에서 일하고 있었던 것과 '회사발전위원회'라는 협의체를 운영하고 있는 것이었다. 사무총장의 이야기는 일본 노동조합은 토요타 사태 이후 투쟁의 단계를 지나 회사발전이라는 공동의 목표를 향해 같은 방향을 보고 일하고 있다는 것이었다.

신기하게도 나중에 2002년 창조경영 필드트립의 일환으로 직원들과 중국의 하이얼 전자를 방문했을 때, 하이얼의 노조위원장이 나와서 회사소개를 하는 것을 보고 직원들이 중국이 저렇게 바뀌었나 라며 놀랐던 적이 있었다.

귀국 후 노사 간에 최초의 단체협상이 시작되었다. 그간 누적되어 온 불만들을 일거에 해결하고자 하는 노동조합의 요구를 회사에서는 도저히 받아들일 수 없다고 해서 밤샘 토론을 하고 있을 때 내가 위원장에게 정회를 요청했다. 쉬는 시간에 집행부 선배들에게 내가 일본에서 보고 왔던 '회사발전위원회' 카드를 제시했다.

속개된 회의에서 위원장은 "좋다. 다 들어 주지 않아도 좋다. 그러나 노사가 동수로 참여하는 '회사발전위원회'를 만들어 여기에서 중요한 경영의 결정, 직원들과 관련된 중요사항을 논의하도록 하되 결의는 만장일치로 하자." 라고 제안하였다. 그때부터는 경영진이 바빠졌다. 휴회를 요청하고 숙고한 끝에 경영진도 받아들였고 노사협상은 타결되었다.

'회사의 중요한 경영방침이나 전략적 목표들에 대해 노동조합과 회사가 회사발전위원회에서 논의하되, 한 사람이라도 반대하면 안 된다.' 라는 합의가 이루어진 것이다. 회사에서도 위험부담이 있었지만 노동조합이 막무가내로 하지 않고 회사발전을 위해서는 생각을 같이할 것이라는 강한 믿음이 있었기에 가능했던 일이었다.

다수의 간부가 임원이 되다

앞의 발기문에서 보다시피 노동조합은 전체 직원들의 의사결집을 위한 모임으로 결성되었으며, 따라서 부장 이상을 제외한 모든 직원들로 구성되었다. 전 직원의 권리의무의 실현과 회사의 무궁한 발전을 위해 노력하되 정당한 방법으로 적법한 절차를 통해 평화적으로 운영될 것임을 분명하게 천명하였다. 이 원칙은 노동조합이 중요한 사항에 대하여 경영진과 치열하게 다투면서도 결정적인 순간에 경영진과 노동조합이 하나가 될 수 있는 판단 기준이 되어 왔다.

그러다 보니 노동조합의 주요 간부들은 자연스럽게 회사의 경영을 전반적으로 파악할 수 있게 되었을 뿐 아니라, 직원들과 어떻게 커뮤니케이션을 하여야 하는지에 대한 얻기 힘든 중요한 경험을 하게 되었다. 그 결과 임기를 마치자마자 즉시 현업에 돌아와 남다른 능력을 발휘하였으며, 상당수가 후에 임원으로 승진하게 되는 신기한(?) 일이 계속되어 왔다.

면면을 보면 L 前 하나생명사장, K 前 전무, H 前 부행장, K 前 하나생명사장, K 前 전무가 위원장을 역임하였고, K 前 부행장, S 前 부행장보, L 前 부행장이 부위원장을, K 前 은행장, K 前 부행장, P 前 전무, Y 前 전무가 감사를, L 前 부행장이 사무국장을, H 前 부행장, H 前 부행장, P 前 전무, S 前 전무, J 前 부행장보, L 前 부행장보, K 前 상무 등이 주요 간부를 역임하였다.

회의록 말! 말! 말!

"'정직하게 하고 열심히 일했는데 무엇이 잘못이냐'라고 하면 안 된다. 행원, 책임자, 관리자에게는 각자의 역할이 있으므로 그에 상응하는 마음자세로 일하는 것이 중요하다." (1994년)

"자율의 의미는 '어느 정도의 틀 아래에서의 자율'로 변화하여야 한다. 즉 나 하나쯤이 아니라 나라도 하여야 하겠다. 내가 하지 않으면 안 된다 라고 생각하는 것이 되어야 한다. 일의 우선순위를 생각하여야 한다." (1994년)

"방임과 자율은 다르다. 과감성과 무식은 다르다. 자율의 의미는 스스로의 현명한 판단으로 일을 처리하되 철저히 책임진다는 자세로 일하는 것이다. 이것이 대외적 신뢰도를 높이는 길이며 이를 위해 뼈를 깎는 노력이 필요하다." (1995년)

"손님들은 우리가 자신들보다 더 잘할 것이라고 믿고 재산과 금융거래를 맡긴 것이다. 은행원이 존경받는 사회, 사랑 받는 사람이 되어야 한다. 사회가 도덕적으로 타락하더라도 은행원이 타락하면 이 사회가 망한다. 신뢰받는 은행원이 건전한 사회를 유지시키는 버팀목이다. 소명감을 느껴야 하며 어떤 일이 있더라도 무너져서는 안 된다." (1995년)

"세계금융산업에서 강조되고 있는 덕목은 '강인함'이며 세부적으로는 첫 번째가 '정직(Integrity)'이요, 두 번째는 '전문성'이다. 조직의 힘이 커지다 보니 나의 능력도 그렇게 커진 것처럼 오해하고 있지는 않는지? 혼자 떼어 놓으면 내가 시장에서 몸값이 얼마나 될까를 생각해 보자. 예를 들어 자산관리나 투자은행(Investment Banking) 분야에서 우리가 삼성증권 직원에 비해 얼마나 경쟁력이 있을까를 생각해 보자. PAVV나 X-Canvas 판매직원들의 업무능력과 비교해보자." (2003년)

"원칙과 규정의 문제를 다시 생각하자. 규정만 어기지 않으면 된다 라는 생각은 버려야 한다. 기본원칙을 다 규정화할 수는 없지만, 원칙은 규정의 상위개념으로서 반드시 지켜져야 한다." (2003년)

"그 일을 '누가 했느냐'를 찾아서 책임을 묻는 것이 중요한 것이 아니라 '왜 그렇게 되었는가'에 대한 반성과 체계정비를 철저히 해야 한다. '누가'가 아니라 '왜' 라는 점을 중시해야 한다. 우리가 과거에 대한 자료를 축적하고 분석해서 학습과정을 거쳐 체제와 시스템을 바꾸었더라면 결과가 조금은 달라졌을 것이다." (2003년, SK사태가 나서 큰 부담을 안게 되었을 때 과거 IMF 시절을 돌이켜 보며)

"윤리에 어긋난 행위에 대하여 징계만 하고 그만두는 것이 아니라 그런 사람이 견딜 수 없게끔 하는 기업문화를 만들어가는 것이 중요하다." (2004년)

"자기자신을 드러내 놓고 다른 사람들로부터 질책받는 것을 두려워한다면 그 조직은 쇠망의 길로 접어드는 것이다. 질책을 겸허히 받아들이고 자기자신을 채찍질하여야 한다. 이것이 우리의 힘이다."(2004년)

"사람은 믿되 '사람이 하는 일'은 믿지 말라. 항상 점검하는 장치가 마련되어 있어야 하고, 일을 일임했을 경우에도 반드시 Compliance(준법감시)가 있어야 한다. 절대 자만하면 안 된다. 하루 아침에 모든 것이 바뀔 수 있다. 믿음과 감시는 같은 것이다. 서로 신뢰하면 감시를 부정적으로 생각하지 않고 오히려 도와주는 것으로 생각한다."(2004년, 인수한 코오롱캐피털㈜에서 숨겨진 부실이 발견되었을 때)

"영업 관련하여 캠페인(Campaign)이 많아서 직원들이 힘들다고 한다. 캠페인은 신상품이 나오거나 새로운 서비스를 시작할 때 고객과 시장에 알리기 위해서 하는 것이다. 실적 모자라는 것을 채우려는 것이 아니다. 목표달성을 위해 하는 것은 일반적인 영업행위에 불과하다. 의미를 분명히 알고 실시해야 한다."(2005)

백년 기업을
꿈꾸다

무릎을 맞대고
미래를 이야기하다

　1991년 7월 15일, '하나은행'이 본격적인 은행영업을 시작하였다. 많은 것들이 처음이라 준비할 것들도 많았고 혹시 실수할까 봐서 조마조마 그저 최선을 다해 일만 열심히 하던 시절이었다. 초기 멤버는 800여 명 정도였는데, 하나은행의 전신인 한국투자금융의 인원 100여 명과 20여 개의 다양한 금융기관에서 스카우트되어 온 직원 700명 정도의 인원이 함께 일을 하고 있었다.

　정말 열심히 일을 했다. 손님이 문을 열고 들어오면 모두가 큰 소리로 인사를 했고, 신규예금이 들어오면 너무 기뻐서 신이 났다. 그런데 서로 일하는 방식, 손님에 대한 생각 등이 다르다보니 가끔 직원들 간에 갈등이 일어나곤 했다. 예를 들면, 어떤 손님이 와서 "집을 팔고 계약금을 받았는데 한 달 내로 찾아 써야 하니 보통예금에 넣어 놓으라."라고 하자 어린 창구직원이 "아! 그러시면 실버신탁은 하루를 예금하셔도 높은 이자를 드리니 실버신탁에 넣으세요." 하고 권했다.

마침 지나가던 책임자가 그것을 보고 창구직원을 뒤로 불러서 꾸짖었다. "너는 손님이 1%짜리 보통예금을 하신다고 하면 감사합니다 하고 받을 것이지, 왜 3%나 하는 실버신탁을 권하느냐? 도대체 수익관념이 그래서 어떻게 영업을 하느냐?" 하지만 이미 손님께는 이야기를 해 둔 터라 어쩔 수 없이 실버신탁에 가입해 드리고 다음부터는 그렇게 하겠노라고 이야기하였다는 것이다. 이 이야기는 후일 은행장과의 대화 모임에서 그 책임자가 칭찬받으려고 자랑했다가 오히려 설득 같은 꾸중을 들었다.

"그렇게 해서는 안 된다. 당장은 이익이지만 손님이 나중에 그 사실을 알면 다시는 하나은행을 거래하지 않을 것이다. 우리가 추구하는 것은 손님들이 보다 나은 삶을 살 수 있도록 최대한 도와드리는 동행자로서의 역할이다. 두고 보라. 아마 그 손님은 그 직원의 행동에 감동해서 하나은행의 중요한 단골이 될 것이다. 돌아가서 그 직원을 칭찬해 주어라."

　초기 영업이 안정적인 상태로 접어들자 '왜 하나은행은 자기건물이 없이 지점들이 셋방살이를 하느냐? 좋은 은행이라고 하면서 부끄럽다. 큰 길가에 지점을 내지 않고 왜 아파트 안으로 들어가서 점포를 내느냐? 은행업무를 몰라서 이러는 것 아니냐? 왜 돈 안 되는 일을 이렇게 많이 하지?' 등 다양한 불만 섞인 이야기들이 나오기 시작했다. 그래서 회사에서는 이 은행을 왜 만들었으며, 미래에 어떤 은행이 되었으면 좋겠고, 또 우리는 어떤 사람이 되었으면 좋을지에 대해 좀 구체적으로 생각하고 토론해 보자는 공감대가 형성되었다.

　그래서 1992년에 접어들자, 창립 때부터 갖고 있던 생각과 희망들을 모아 B4용지 한 장으로 작성된 '하나인의 마음가짐'을 만들었다. '하나인의 마음가짐'은 하나은행의 미래상, 경영이념, 하나정신, 바람직한 하나인, 중기목표 등 5개 항목으로 구성되었으며, 은행장의 주도로 임직원들의 의견을 충분히 들은 후 요약한 것을 기업문화를 담당하는 홍보팀장이었던 내가 정리한 것이다. 어느 정도 정리가 되었다고 생각하고 은행장께 보여 드렸더니, 이것을 들고 모 신문사의 주필을 만나 검토를 받아보라고 하였다.

　신문사 주필에게까지 자문을 받게 한 이유는 하나은행의 이름으로 외부적으로 보여지는 글은 깔끔하고 명쾌해야 한다는 것이었고, 그것이 하나은행의 품격이 될 것이라는 생각에서 였다. 이런 일은 이후에 윤리강령을 만들 때나, 은행장의 공적서, 하나은행의 소개자료 등을 만들 때도 계속되었다. 이런 작은 부분까지도 최선을 다해 챙기는 철저한 일 처리는 하나문화의 강점 중의 하나였다.

　창립 이후 보람은행, 충청은행, 서울은행과 합병과 인수 등을 통해 한식구가 되었다. 그런데 그때마다 한식구가 된 직원들 중 상당수가 하나정신이라고 불려지던 '자주, 자율, 진취'에 대해 다소 불편한 감정을 보여왔다. 새로운 큰 조직이 되었으니 이제는 그에 걸맞은 새로운 기업문화를 이야기해야 하는데 과거의 하나은행의 기업문화를 그대로 자신들에게 세뇌시키려 한다고 생각하는 듯했다. 이런 용어사용 자체에 대해 거부감을 가진 직원들도 있었다.

　많은 사람들이 하나정신이라고 불려지던 '자주, 자율, 진취'라는 용어가 1971년 하나은행의 전신인 한국투자금융 때부터 쓰여진 말이라고 생각하는데 사실은 다르다. 한국투자금융 문화를 고수하고자 하는 몇몇 사람들이 정해서 사용한 것은 더더욱 아니다. 앞에서 이야기한 것처럼 은행전환을 준비하면서 기존에 있던 한국투자금융의 직원들과 1990년 전환을 준비하기 위해 스카우트되어 온 직원들, 1991년 은행 창립 전후하여 외부에서 일 잘한다고 소문나서 영입된 직원들이 바라는 하나은행의 미래상과 바람직한 하나인들의 모습에 대한 의견들을 모아서 1992년 초에 요약 정리한 것이다.

당시 임직원들의 의견을 정리한 내용을 보고 은행장이 며칠의 생각 후에 '자주, 자율, 진취'라는 말이 우리가 생각했던 가치를 잘 요약하고 있으니 이 세 가지로 정리해 보는 것이 어떨지 제안을 했고 더 이상 잘 요약하기가 어렵겠다는 중론에 따라 그렇게 명명되었던 것이다. '하나인의 마음가짐'이 만들어지자 은행장은 직원들과 설명 및 토론회를 시작하였다.

우리는 다른 회사에서 흔히 하는 발표대회나 선언처럼 많은 인원을 모아두고 하는 형식적인 행사는 의미가 없다고 생각했다. 그리고 다수를 앉혀놓고 이야기나 강의를 하는 것이 아니라, 조금 시간이 걸리더라도 소수인원들과의 모임을 통해 설명하고 질의 응답하는 방식을 택했다. 이런

풀뿌리 대화를 통해 마치 물에 떨어진 잉크방울이 동심원을 그리며 전체로 번져 가듯이 우리의 꿈이 하나가족 모두의 마음속에 선명하게 그려지기를 바랐던 것이다.

매주 수요일 저녁 직원 12명과 은행장, 홍보팀장인 나 이렇게 14명이 저녁을 먹으면서 '은행장과의 대화'의 시간을 가졌다. 중간 다리 역할을 해 주는 과장급들이 먼저 회사의 정신적 가치를 이해해 주면 좋겠다는 생각에서 '과장과의 대화'를 시작하였고 다음으로 '대리와의 대화'를 진행하였다.

대화모임은 을지로입구 하나은행 본점 옆 삼성화재 빌딩 지하에 있는 일식집 '만당'에서 이루어졌다. 만당의 서쪽 끝 제일 큰 방에는 14명이 들어갈 수 있었다. 그곳에서 서로 무릎을 맞대고 침이 튀길 만한 위치에 앉아서 '하나인의 마음가짐' 한 장씩을 들고 은행장과 저녁을 함께 하면서 격의 없는 토론을 전개하였다.

이렇게 총 40여 회가 실시되었다. 이것은 GE의 잭 웰치 회장이 재임 20년 동안 매달 두 번씩 조직의 리더들과 마주앉아 리더십을 토론했던 방식과 유사했다. '만당'의 그 방은 우리 하나가족들이 미래를 고민하고 생각을 공유하는 의미 있는 장소가 되었다. 나는 하나은행의 꿈같은 미래를 이야기했던 그 자리를 가칭 '하나재(齋)'라고 지칭하며, 나중에 '하나은행이 잘되면 이「하나재」에서 많은 하나인들이 식사하면서 두고두고 그 정신을 기리도록 해야겠다.' 라고 생각했다. 아쉽게도 삼성화재 건물이 재건축되면서 '만당'도 문을 닫아 결국 현판은 못 걸었지만, 우리 마음속의 '하나재'는 영원히 살아 있을 것이다. 당시 은행장과의 대화 모임에서 한 장의 표로 만들어 직원들과 공유했던 '하나인의 마음가짐'을 풀어서 게재한다.

하나인의 마음가짐

1. 하나은행의 미래상

[의 의] 하나인이 이상으로 생각하는 하나은행의 모습
[Motto] 좋은 은행 "하나"

- 경영이 건실한 은행
- 건전금융을 통하여 산업발전에 이바지하고, 정부시책에 부응하여 균형 있는 국민경제발전에 기여하는 은행(경제적 건전성)
- 건실한 성장을 뒷받침하기 위하여 안정적인 자산운용과 규모보다는 수익을 중시하는 은행 (재무적 건전성)
- 주주에게는 높은 배당, 고객에게는 최상의 서비스를 제공

하고 종업원에게는 자기실현의 장이 되는 은행 (사회적 건전성)

- ● 조직이 날렵한 은행
- • 인적, 물적인 면에서 군더더기가 없는 은행
- • 시장중심으로 조직이 경량화된 은행
- • 영업점 중심으로 경영 단위화된 은행
- • 민주적이고 유기체적인 사고가 충만한 생동하는 은행

- ● 영업이 신속한 은행
- • 변화하는 금융수요에 따라 언제나 적절한 서비스를 제공하는 은행
- • 빨리 결정하고 기다리지 않게 하는 은행
- • 고객이 원하는 바를 찾아서 만족시켜 주는 은행

2. 경영이념

[의 의] 하나은행의 미래상을 실현하기 위하여 하나인이 가져야 할 이념과 정신

[Motto] 기쁨 주는 하나은행

- ● 사람을 중시하는 젊은 은행
- • 사람을 귀하게 생각하는 인본주의 경영
- • 종업원의 개성 있는 자기계발 분위기 조성
- • 자율적 의사결정 과정의 존중

- ● 고객과 함께 번영하는 은행

- 고객의 번영은 하나은행 번영의 토대
- 다양한 고객서비스로 생활의 질을 높이고 참된 부가가치의 창출
- 항상 고객의 입장에서 먼저 생각하는 고객 제일 주의

● 신뢰받는 은행
- 건실하고 합리적인 경영과 철저한 예금자보호에 따른 고객으로부터의 신뢰
- 경제정책에 부응하는 효율적인 자금배분을 통한 사회로부터의 신뢰
- 앞서가는 금융기법으로 금융발전의 선도자가 됨에 따른 업계로부터의 신뢰

● 플러스 α를 추구하는 은행
- 창의력이 중시되고 끊임없이 보다 나은 것을 추구하는 창조적 은행
- 경쟁에서 최선을 다하고 그 위에 조금 더 노력함으로써 항상 최고가 되는 은행
- 주주, 고객, 종업원 그리고 사회에 대해 누구보다도 더 크게 기여하는 은행

● 공익에 봉사하는 은행
- 건전금융을 통해 국민경제 발전에 이바지하는 은행
- 산업과 사회의 일원으로서의 사회적 책무를 성실히 수행하는 은행

3. 하나정신

[의 의] 경영이념을 뒷받침하는 하나인의 정신적 지주

[Motto] '하나정신'의 계승

- 자주정신 [주인정신]
- 스스로 새로운 제도를 도입하고 창업한 정신
- 각자가 회사의 주인이라는 공동체적 의식
- 자신의 진로를 자주적으로 정하려는 개척의지

- 자율정신(책임정신)
- 자주와 주인의식에 상응하는 책임정신
- 엄격한 자기통제하의 책임경영
- 권한에 수반되는 확고한 책임의식

- 진취정신(발전의지)
- 자주와 자율정신을 영원히 유지, 발전시키려는 의지
- 언제나 타인보다 앞서가려는 의욕
- 항상 미래를 생각하고 준비하는 미래지향적 사고

4. 경영전략

[의 의] 하나정신과 경영이념에 따라 하나은행의 미래상을 구현하기
위한 전략

[Motto] 최고의 인재가 최선의 방법으로 최대의 결과를

- 경영일반
- 최고의 수익률과 최저의 배당성향을 유지

- 규모보다는 수익을 중시하는 영업
- BIS기준에 따른 자본 충실화
- 목표 수익률을 실천하는 건전한 자산운용
- 영업제일 주의
- 전산 투자확대를 통한 업무성력화와 자동화의 추진
- 국제화를 대비한 국제영업 부문 강화
- 경영진, 종업원과 가족 기타 관련인들 간의 일체감 형성

● 인사
- 소수정예주의
- 득점주의 인사정책
- 애사심보다 애직심 고취
- 전문지식을 갖춘 경영자 양성
- 합리적인 업적평가를 통한 성취동기유발 및 기회부여
- 능률적인 인력관리 (여성인력의 역할 증대)

● 조직
- 영업점 중심의 조직 조기정착
- 자원의 낭비가 없는 날렵한 조직
- 권한의 하부위임 확대
- 내부 커뮤니케이션 활성화를 통한 업무 협조체제 강화

● 영업
- 고객을 찾아다니는 적극적인 영업(발로 뛰는 영업)
- 고객 만족 중심의 영업 (Customer Service Management)

- 시장 중심의 특화된 영업 (시장차별화)
- 상황변화에 따른 신속한 상품개발(상품차별화)

5. 중기목표

[의 의] 1995년을 바라보는 하나인의 목표
- 전국은행으로서의 기초영업망의 확충
- 국내에서 중견은행으로서의 확고한 기반구축
- 해외거점확보 등 국제화에 대비한 기반구축
- 업무 및 사무자동화를 통한 성력화 은행의 실현
- 전 직원의 전문인력화 (General + one Expert)

여러 노력에도 불구하고 '자주, 자율, 진취'라는 용어 사용에 대한 거부감은 쉽게 사라지지 않았다. 2005년 하나금융그룹으로 발전적 전환을 한 그룹에서는 그해 대한투자신탁을 한식구로 맞이하면서 이제 규모의 안정성은 어느 정도 확보하였으니 기업문화의 정비가 필요하다고 판단하고, '새로운 기업문화의 창출'이라는 주제로 그룹임원워크숍을 개최하였다.

그룹은 '우리의 정신과 추구해야 할 가치를 툭 터놓고 이야기해 보자. 필요하면 자주, 자율, 진취라는 용어를 바꾸어도 좋다.' 라고 하면서 모두의 적극적 참여를 유도하였다. 토론

시간이 모자랄 정도로 격론이 오가고 다양한 제안이 있었는데, 우리가 추구해야 할 최고의 가치에 대해 차근차근 정리를 해 나갔더니 '주인정신', '권한에 따른 책임', '미래지향적 사고' 라는 세 가지로 정리가 되었다. 그런데 결국 주인정신이라는 것이 '자주' 이고, 권한에 따른 책임을 다한다 라는 것이 '자율'이었으며, 미래지향적 사고 라는 것이 바로 '진취'의 다른 말이었다.

상위 개념으로 정리를 해 나가니 결국 같은 이야기를 하고 있었던 것이었다. 워크숍의 종료를 앞두고 마지막으로 그룹 CEO들이 차례로 소감을 이야기하는 시간에 뜻밖의 사건이 벌어졌다. 당시 하나대투증권의 사장이 "제가 밖에서 온 제 3자 입장에서 보면 하나그룹은 가치체계가 정비되지 않아 뭐가 뭔지 모르겠다." 라고 말을 시작한 것이 화근이었다. 발언이 끝나자마자 마지막에 강평하기로 되어 있던 회장이 바로 마이크를 잡았다.

"우리는 굳이 말로 표현하지 않더라도 오랜 세월 이어 온 정신적 가치체계를 가지고 있다. 오늘의 워크숍은 그것을 더 발전적으로 논의해 보자는 것이었다. 사장이 그렇게 말하면 안 된다."

회장은 우리가 어떻게 이 회사를 만들었으며, 어떤 생각으로 일을 해 왔고, 어떻게 금융인으로서 엄격한 도덕률을 지켜 왔는지, 그리고 위기 때마다 어떤 정신으로 극복해서 오늘날의 메이저금융그룹이 되었는지를 역사적 사례를 들어가며 역설하였다.

통상의 경우처럼 힘든 워크숍을 끝내고 곧 집에 갈 기대에 부풀었던 임원들에게 30분 이상 이어진 회장의 격정토로는 한마디로 충격 그 자체였다.

워크숍의 결론은 '다만 용어를 어떻게 쓰느냐의 차이만 있을 뿐 우리가 추구하고자 하는 바는 동일했다. 용어를 쓰는 것에 너무 연연할 필요 없다. 용어를 어떻게 쓰느냐 보다는 어떠한 생각을 갖고 살아가느냐가 중요하다.'는 것에 대해 공감했다는 것이다.

꿈의 연수원
'한마음터'

은행이 되고 나서 제일 큰 고민은 직원들이 공부할 연수원을 마련하는 일이었다. 전에는 직원숫자가 적어서 본점 건물에서 거의 다 소화가 되었고 특별한 경우에만 외부 연수원을 빌려서 사용했었는데 이제 규모도 커지고 사람도 많아져서 자체 연수원이 꼭 필요하게 된 것이다. 당장은 급한 대로 분당 근처에 있는 ㈜경방 공장의 기숙사 건물을 빌려서 사용하기로 했다. 섬유공장이다 보니 항상 퀴퀴한 공장 냄새가 공부하는 곳까지 흘러들어와 견디기 힘들었는데, 그래도 직원들은 향기롭다고 하면서 견디고 공부했다.

당연히 회사에서는 연수원 마련을 서둘렀고 경영진과 총

무부 담당 직원은 시간이 날 때마다 휴일을 마다 않고 장소를 물색하러 다녔다. 서울 인근에는 연수원 허가가 나지 않는 탓에 경기도 먼 지역을 돌아다녔는데 가평, 안성, 김포, 오산 등 거의 전지역을 돌아보았지만 마땅한 장소를 찾지 못하고 있었다. 직원들은 열악한 환경 속에서도 열심히 공부했고, 영업 성과는 오히려 놀랄 정도로 빠른 성장을 거듭했다.

그러던 중 마침 우리를 주거래은행으로 하던 대농그룹이 어려움에 처하게 되었는데 대농의 재산상황을 점검하던 중 신갈호수 근처에 연구소 겸 연수원을 가지고 있다는 사실을 발견했다. 은행장을 필두로 실무진들이 바로 현장으로 달려갔고 나도 그 일원으로서 동행하였는데, 마침 때가 4월 벚꽃이 피는 계절이라 왕벚꽃나무가 많았던 그곳은 벚꽃으로 뒤덮여 있었다. 출입문에 들어서자마자 흐드러지게 핀 벚꽃을 보고 은행장이 동행한 직원들을 돌아보며 말했다.

"매년 이 나무 밑에서 벚꽃축제를 하면 너무 멋질 것 같지 않아?"

후에 벚꽃은 이곳의 상징이 되었고 매년 4월이면 우수직원과 그 가족을 초청하는 벚꽃축제가 열리곤 했었다. 실무진들은 구조조정을 위해 소유부동산을 매각해야 하는 대농의 실무자를 만나서 계약을 서둘렀고 마침내 1997년 6월 14

일, 꿈에 그리던 하나은행의 연구소 겸 교육센터인 "한마음터(Hanaville)"를 갖게 되었다. 이름도 직원들에게 공모하였는데 하나은행의 지식의 원천이요, 이곳에서 하나은행의 리더들이 공부하고 고민해서 GE처럼 세계적인 기업으로 키워가자는 뜻에서 한글로는 한마음이 되자는 의미로 '한마음터', 영어로는 'Hanaville'로 명명하였다.

대농이 새로 짓고 한 번도 사용하지 않은 새 건물이라서 직원들은 신갈호수가 바라보이는 조용하고 수려한 경관의 깨끗한 연수원에서 열심히 공부하였다. 그러나 이후 보람은행, 충청은행, 서울은행과 한식구가 되면서 직원 수가 엄청나게 늘어나 현재의 규모로는 수요를 감당하기 어려워졌다. 그래서 새로이 큰 연수원을 구입하느냐 아니면 현재의 하나빌을 증축하느냐로 고민하다가 증축하는 것으로 결론을 내고 2002년 증축공사를 시작하였고 2003년 6월 25일 증축을 완료하였다.

증축은 우리에게 '하나은행이 사람을 얼마나 중하게 생각하느냐' 하는 것을 보여줄 절호의 기회가 되었다. 임직원들은 각자의 기대를 이야기하기 시작했고 실무진들은 이런 이야기들을 최대한 반영하려고 노력했고 밤낮없이 일했다. 당연히 연수원을 책임지고 있던 나도 열심히 뛰었다.

우리는 우선 하나빌의 기본 컨셉을 하나은행 직원들이 공부해서 금융의 전문가가 되는 곳, 현실의 문제를 함께 고민하고 토론해서 해결책을 찾아나가는 곳으로 하고, 들어왔을 때 '최상의 환경 속에서 최고의 서비스를 받고 나가게 하자.'는 것으로 정했다. 그렇게 해서 직원들이 밖에 나가면 손님과 우리와 관계하는 모든 사람들에게 최상의 서비스를 제공할 수 있을 것이라고 생각한 것이다. 마치 리츠칼튼 호텔의 캐치프레이즈가 '우리는 신사숙녀를 서비스하는 신사숙녀들이다'라고 한 것처럼.

설계는 당시 예술의전당 오페라하우스를 설계하여 명성을 얻었던 김원 선생에게 맡겼다. 하나빌은 건물을 앞에서 보면 중세의 성처럼 벽에 창문이 별로 없는데 들어가 보면 반대편 창문으로 넓은 신갈호수의 아름다운 풍광이 잘 보이게 전체를 유리창으로 만들었다. 특히 맨 꼭대기 3층은 좋은 풍경은 직원들의 몫이라는 은행장의 제안에 따라 직원들을 위한 식당으로 만들고 유리는 통유리로 해서 파노라마식으로 아름다운 전경을 확실히 느낄 수 있게 하였다.

하나빌의 건축 컨셉은 '들어갈 때는 답답하고 뭔가 모르는 것이 많았는데, 들어와서 공부하고 토론을 하고 나니 답이 보이고 세상이 그렇게 밝고 환하게 보이더라.' 라는 것이었다. 그리고 연수나 토론을 마치고 집으로 가기 위해 본관 문을 나서면, 앞쪽으로 프랑스의 세계적인 조각가 세자르의 청동작품인 '엄지손가락' 조각(세계에 7개밖에 없음)이 보이도록 배치하여, 모두의 마음속에 '최고가 되자' 라는 마음을 저절로 갖게끔 하였다.

건물이나 숙소 주변은 세계적인 수준의 조각공원을 만들어서 이 부근의 랜드마크가 되도록 하자는 생각으로, 보유하고 있는 조각품과 새로 구입한 세계적인 작가의 조각품을 배치하였다. 그리고 소나무와 오죽(검은 대나무)을 직접 강원도에 가서 실물을 보고 구입해 옮겨 심었으며, 신갈호수를 따라 하나빌 주변에 산책로를 만들고 음악이 흘러나오게 음향시설을 해 놓아 직원들이 산책을 하며 사색을 할 수 있도록 배려하였다.

산책로의 바닥나무판은 오래도록 원형이 변치 않도록 하기 위해 돈은 좀 들었지만 독일산으로 구입하여 설치하였으며, 약 20년이 지난 지금까지도 그 원형을 유지하고 있어 멋진 산책로로서의 역할을 하고 있다. 산책로 주변에는 음악당을 만들어서 때마다 소규모 음악회와 옥외 강의가 가능하도록 하였는데, 한양대 장순각 교수에게 설계를 의뢰하여 그 자체가 조각품으로서의 가치를 갖도록 하였다. 이런 노력들은 '문화를 사랑하는 하나은행'의 이미지를 직원들에게 간접적으로 전해주고자 하는 뜻도 담고 있었다.

강의실도 큰 강의실은 하나만 만들고 나머지는 모두 토론 중심의 작은 방으로 만들었다. 일방적인 강의를 듣는 것이 아니라, 들어와서 각자의 의견을 교환하고 치열한 토론을 거쳐 좋은 결론을 얻어나가는 것이 여기 온 목적이라는 것을 보여주기 위해서였다. 작은 방들의 네 벽은 모두 화이트보드로 만들어져서 누구나 앉은 채로 돌아서면 화이트보드를 이용할 수 있게 하였다.

책상도 네모난 것이 아니라 업체에 주문하여 세모, 네모, 마름모 모양의 쪽 책상을 만들어 배치해서 용도와 사람 숫자에 맞게 다양한 형태의 책상을 만들어 이용할 수 있게 하였다. 강의자가 사용하는 화이트보드도 통상의 가로 형 화이트보드 외에 세로 형을 만들어 배치하여 강의실 환경에 맞게 사용하게끔 하였다.

그리고 강의실 뒤에는 업체에 주문해서 서서 강의를 듣는 입식책상을 배치하였다. 잠이 오는 사람들은 아무 말없이 책을 들고 뒤로 나가서 선 채로 강의를 들으면 되도록 배려한 것이다. 쪽 책상, 세로 형 화이트보드와 입식책상은 당시 만드는 업체가 하나도 없었던 것을 보면 아마도 하나은행이 최초로 주문, 사용한 것이 아닌가 생각된다.

준공 후에 전국연수원장 연합회의 원장들을 초청하여 세미나를 열었는데 모두가 '어쩌면 이렇게 잘 지었느냐? 이런 디테일들의 아이디어를 어떻게 생각해 냈느냐'라면서 찬사와 놀라움을 표시하였다. 나는 웃으면서 속으로 대답했다. '큰 그림은 우리 직원들의 마음을 표현한 것이고요, 세부적인 아이디어는 원장님들과 작년에 뉴욕의 IBM연수원을 갔을 때 보았던 좋은 것들을 보고 베낀 것들인데요. 좋은 것들은 보는 순간 재빠르게 배우고 실행하는 것이 하나은행의 특징이랍니다.'

하나빌의 관리와 식당은 삼성에버랜드에게 맡겼다. 처음 구입했을 때의 식당과 하나빌의 관리는 '두레물산'이라고 하는 직원들이 출자한 회사가 담당하고 있었다. 주변 동네에 사는 아주머니들이 식사를 준비하다 보니 인간적인 정이 듬뿍 담긴 식사였고 직원들의 만족도도 높았다. 두레물산에서는 증축 후에도 식당과 시설관리를 충분히 할 수 있는 역량이 있었고 맡고 싶어 했으나, 우리는 돈을 좀 더 주더라도 현대화되고 시스템적으로 관리하는 쪽에 맡기고자 했다.

에버랜드는 삼성그룹사의 시설물들을 관리하고 있으니 체계적이고 규모의 경제에 따른 이익도 볼 수 있을 것이고, 그들이 어떻게 관리하는지 잘 배워서 몇 년 후에는 우리가 직접 관리할 수 있도록 역량을 키울 수 있겠다 라는 판단아래 에버랜드에 관리를 맡겼다. 그 후 하나빌 관리팀장을 하고 있던 서강훈 팀장이 주기적으로 에버랜드에 가서 관리시스템 교육을 받고 실제 에버랜드의 관리실태를 지켜봄으로써 이제는 충분히 자체 관리할 수 있는 역량을 갖추게 되었다.

초기부터 하나빌을 관리해온 서 팀장의 일과 중 하나는 음악을 골라 트는 것이다. 하나빌에는 오전, 오후, 저녁, 밤, 맑은 날, 흐린 날, 비 오는 날, 휴식 시간, 식사 시간에 틀어 주는 음악이 따로 있다. 내가 예전부터 잘 알고 지내던 음악전문가인 임정빈 사장에게 부탁해서 상황에 맞는 음악을 선곡하여 제작한 것이다. 자신도 모르는 사이에 자연스럽게 직원들의 감성을 불러 일으키도록 하는 노력의 일환이었다. 이 CD집은 CS팀을 통해 전 영업점에도 제작 배포해서 날씨와 분위기에 맞게 객장에 틀도록 안내하였다.

이처럼 작은 것 하나에도 생각을 담아 남다르게 하는 것, 이것이 하나은행 사람들의 문화적 특성 중 하나라고 할 것이다. 신입직원이나 좋은 일로 연수원을 방문하는 사람들에게 기념이 될 나무를 심도록 했다. 묘목에는 신입직원 전원의 이름과 방문가족들의 이름이 새겨진 동판이 매달려 있어서 그들이 다음에 연수원을 올 때마다 얼마나 자랐는지를 확인하고 즐거워하는 모습을 자주 볼 수 있었다. 우리 직원들과 나무가 함께 쑥쑥 크는 것을 지켜 보는 일은 정말 가슴 뿌듯한 일이었다.

하나빌에는 반드시 지켜야 하는 규칙이 하나 있는데, 그것은 술을 마실 수 없다는 것이다. 하나은행 직원뿐 아니라 외부에 빌려주는 경우에도 술은 절대로 안 된다고 이야기했다. 하나빌을 빌려 쓰기로 한 삼성전자 직원들에게 "하나빌에서는 음주가 안 되고 절대 밤에 월담이 안 되므로 만약 그런 일이 있으면 모두 퇴소 시킵니다." 라고 하였더니 "잘되었습니다. 그게 오히려 우리가 원하는 것입니다." 라며 좋아했던 기억이 난다.

우스갯소리로 들릴지 모르겠지만 우리는 '멀리서 하나빌을 바라다 보면 공부하고 사색하는 사람들의 지식의 향기만이 솟아오른다' 라는 원칙을 고수해 왔고 따라서 술을 마셔야 하는 경우에는 다른 연수원을 이용하거나 모임을 다 마무리하고 난 후 집에 가는 길에 회식을 하게끔 하였다. 이 원칙은 초기에 무수한 반대에 부딪쳤다. 부장급인 나로서는 부행장 등 임원들이나 선배 부서장들을 이해시키기가 어려운 일이었지만, 이 원칙은 내가 그만둘 때까지 꿋꿋이 지켜왔고, 하나빌과 하나은행의 전통이 되어 왔다.

주말에 공부하는 직원,
비행기에서도 공부하는 임원

하나은행 직원들의 역량을 키우기 위한 교육프로그램은 크게 직무교육과 전문교육의 두 부분으로 구분된다. 직무교육은 담당부서에서 주도하여 현장에서 진행되도록 하였으며, 전문교육은 본점의 인재개발 파트가 주도하여 리더십프로그램, 핵심전략파트의 전문가육성프로그램, 글로벌전문가육성프로그램으로 나뉘어 진행되어 왔다.

이런 교육프로그램을 진행할 때도 우리는 남들이 만들어 놓은 프로그램에 들어가서 공부하는 것이 아니라 우리에게 꼭 필요한 프로그램을 만들고자 했다. 자체적으로 만들 뿐 아니라 외부 기관이나 대학에 적극적으로 우리의 뜻을 전달해서 공동으로 프로그램을 개발하였다. 그때 개발된 프로그램들은 대부분 그대로 그 대학의 정규 프로그램으로 자리잡아 한국의 전문금융인 육성에 크게 기여하였다.

첫 번째로 개발한 프로그램이 '서강대 금융전문가 과정'이었다. 당시 은행장은 해외에 유학 가기도 어렵고 선진금융에 대한 이해도 부족했던 1960년대에 미국 USC (University of Southern California)에서 MBA(금융전문대학원 석사 과정)를 한, 몇 안되는 글로벌금융전문가였다. 그는 우리 직원을 위해서 만이 아니라 한국 금융의 발전을 위해 금융전문가 프로그램이 필요하다고 생각하고, 가장 철저하게 학적 관리를 한다고 소문난 서강대와 접촉해서 공동으로 과정을 개발하였다.

한국 최초로 부장이나 지점장급을 대상으로 봄, 가을에 두 차례 열리는 6개월짜리 금융인 과정이 만들어진 것이다. 여기에는 당연히 하나은행 직원들이 제일 많이 참여하였으며 그 외에 다른 여러 금융기관 직원들도 꾸준히 오랜 기간 동안 참여하는 수준 높은 프로그램으로 자리잡게 되었다. 서강대의 금융전문가 과정은 대학의 MBA 과정을 축약한 단기 MBA과정이라 할 수 있는데, 공부를 시키다 보니 글로벌금융시대를 대비해서 직원들에게 정규 MBA교육 기회도 넓혔으면 하는 생각을 하게 되었다.

물론 은행에서는 매년 다수의 직원들을 선발하여 해외 유수대학 MBA과정에 보내고 있었다. 하지만 금융권에서는 가장 많이 보내고 있었음에도 예산상 욕심껏 보낼 수 없는 아쉬움이 있어서 국내에서 이런 과정을 개발한다면 많은 직원들이 혜택을 누릴 수 있지 않을까 생각한 것이다. 인재개발을 맡고 있던 나는 지시를 받고 글로벌대학으로 성장하기 위해 노력하고 있던 고려대학교와 접촉을 시작하였다. 그런데 당시의 MBA과정은 전부 2년 동안 일을 그만두고 학교를 다녀야 했다.

우리는 초창기부터 소수정예를 추구했기 때문에 해야 할 일이 너무 많아서 직원들이 회사 연수에 참가하는 것도 부담스러워 할 정도라 평일에 일을 그만두고 수업을 받는 프로그램에는 사람을 많이 보낼 수가 없었다. 그래서 주말(토, 일요일)에 수업을 진행하고 2년 반 후에 정규 MBA학위를 주는 프로그램을 구상하고 당시 남상구 고려대학교 경영대학장을 만났다. 남 학장을 만나 의도를 설명하고 긍정적인 판단을 얻은 후, 수십 차례를 오가며 커리큘럼과 컨텐츠를 협의하여 마침내 주말 과정과 연 1회 1달간의 해외 프로그램으로 구성된

고대 E-MBA 과정이 탄생하게 되었다.

2002년 8월 1일, 제1기 고대 E-MBA과정이 총 41명(하나은행이 21명, SK, 웅진, 삼성, 포스코, 증권거래소 등 대기업과 공기업에서 2~3명씩)의 학생으로 출범했다. 이것이 주말 MBA과정의 시초로서 그 이후부터 다른 대학들도 주말 과정을 운영하기 시작하였고, 국내 기업인들이 이제는 국내에서도 해외에 못지 않는 충실한 교육을 받을 수 있는 기회가 마련되었다.

특기할 만한 것은 학비가 2년 반 과정에 총 3천만 원 정도였는데, 회사가 다 지원하는 것이 아니라 본인 부담을 30% 하게 한 것이다. 처음에는 본인부담이 커서 직원들의 지원이 없을 것이라고 걱정하고 불만을 토로하는 직원들도 있었는데, 막상 공모가 시작되자 3배수의 인원이 지원하였다. 이를 통해 하나은행 직원들의 강한 학구열과 자기계발에 회사에만 전적으로 의존하는 것이 아니라 자신도 학비를 부담해서 좀 더 적극적으로 공부에 몰입하겠다는 의지를 확인할 수 있었다.

글로벌 리더의 육성을 위해 개발한 프로그램으로, 국내의 대학교와 해외 유명 MBA스쿨과 제휴해서 진행하는 'Global Leaders Program'이 있다. 이것은 하나금융그룹 리더들로

하여금 세계경제의 흐름을 직시하고 금융의 글로벌화에 따른 우리의 대응책을 생각해 보게 하는 리더십 프로그램의 일환으로 기획된 것이다.

임원과 부장급들 중에서 선발하여 국내대학교에서 3개월 동안 저녁과 주말에 수업을 한 다음, 미국 펜실베이니아 대학의 와튼스쿨에서 일주일간 세계적인 석학들의 강의를 듣는 프로그램이었다. 1인당 2천만 원의 예산이 소요되는 과정이라 처음에는 이 과정을 왜 하느냐는 말이 많았다. 하지만 우리는 다음과 같이 설득했다.

"공부를 하려면 제대로 해야 한다. 적당히 형식만 갖추는 연수가 아니라 세계적인 석학들과의 질의 응답을 통해 앞으로 우리가 어떻게 해야 하는지에 대한 답을 찾을 수 있다면 그것은 없어지는 비용이 아니라 가치창출을 위한 투자가 될 것이다. 와튼스쿨의 세계적인 석학들로부터 수업을 듣는데 그 돈을 아까워해서는 안 된다. 그렇게 해야 하나금융그룹의 리더들이 세계적인 금융기관들과도 경쟁할 수 있을 것이다."

이 프로그램은 2년에 한 번씩 지금까지 진행되고 있으며,

해외 학교는 유럽 금융위기를 겪을 때는 프랑스의 인시아드, 중국경제가 중요시될 때는 홍콩 과학기술대와 제휴하는 등 시의에 맞게 다양하게 변화하고 있다. 처음에 미국으로 갈 때에는 원활한 의사소통을 위해 동시통역사 두 명과 함께 갔다. 미국 MBA과정에서 진행되는 만큼 현지 학생들처럼 강의를 이해하고 즉시 질의와 응답이 가능할 수 있도록 한 것이다. 통역 비용만 통역사 1인당 일주일에 1,500만 원이라는 거금을 지불하고 한 치의 시간도 낭비하지 않도록 하였다.

강의가 시작되자 아침 9시부터 저녁 6시까지 끊임없이 질의응답이 오가고 진지한 수업이 계속되었다. 과정이 끝나고 돌아오는 길에 내가 "고생 많았다. 다음에도 잘 부탁한다."고 인사를 하자 그들은 "돈을 많이 줘서 좋긴 하지만 너무 말이 많아서 힘들어서 다시는 안 오겠다"고 할 정도였다.

미국으로 가는 비행기 안에서의 일이다. 비즈니스 클래스를 탔다. '임원들은 만약의 경우에 대비해서 한 비행기에 태우면 안 된다.' 는 원칙에 따라 10명씩 오전 오후 2대의 비행기로 출발하였다. 승객들은 장시간의 여행에 맞게 와인을 마시기도 하고 영화를 보는 등 편하게 휴식을 즐기고 있었다.

그런데 진행을 맡은 나는 갑자기 걱정이 밀려들어서 불을

켰다. '미국교수들이 영문자료를 미리 잔뜩 보내 주었는데 우리가 질문에 대답하지 못 하면 어떻게 하나? 나라도 준비해서 하나금융그룹이 망신은 안 당해야지.' 라는 생각이 든 때문이었다. 자료집을 꺼내서 열심히 읽기 시작했는데 옆에 있던 임원도 주섬주섬 자료집을 꺼내 읽기 시작해서 급기야 10명 전원이 불을 켜고 자료들을 읽기 시작했다. 잠을 자는 시간에도 안자고 뉴욕에 도착할 때까지 비행 내내 모두가 공부하는 모습을 보고 스튜어디스들 사이에서 하나금융그룹의 이 이야기가 한때 유명한 일화로 전해졌다고 한다.

이렇게 10시간 넘게 망신 안 당하려고 열심히 공부했던 것, 이것이 지기 싫어하는 오기이자 우리의 힘이었다. 우리는 뭐든지 하면 적당히 하는 법이 없었다. 보통 해외에 가면 적당히 관광을 하고 오는데 우리는 공부하러 갔다는 생각을 잊은 적이 없었다. 수업시간에도 우리가 먼저 질문을 하고 학교 측에도 이런 강의를 해달라고 요구했다. '이런 것을 알고 싶다, 중국진출 전략 등을 알려달라, 어떻게 해서 스탠다드차타드 뱅크가 중국시장에서 성공할 수 있었는지 알려다오, 글로벌 금융기관의 성공 요소를 알려다오.' 이런 식으로 적극적으로 요구하였기에 실제 업무에 도움이 될만한 것들을 얻을 수가 있었다. 이것이 우리가 일하고 공부하는 방식이었다.

'사람이 중요하다, 사람을 키우자.'라는 마음가짐으로 MBA교육에 있어서도 일반 MBA과정에 단순히 직원을 보내는 것이 아니라 프로그램 기획 단계에서부터 학교와 함께하여 우리가 원하는 것을 요구하고 필요한 것들을 배울 수 있도록 했다. 그렇게 우리에게 필요한 효과적이고 성공적인 프로그램을 통해 직원들도 금융의 전문가로 성장해 왔다.

은행시민으로서의
존재가치를 보이다

하나은행은 설립 때부터 은행이 사회의 구성원으로서 사회로부터 요구되는 역할을 충실히 수행함으로써 존재가치를 인정받아야 한다는 '은행시민주의'의 캐치프레이즈 아래 '경제를 생각하는 은행', '환경을 중시하는 은행', '문화와 함께 하는 은행'을 추구해 왔다. 그중에서 직원들의 문화에 대한 이해와 사랑은 한국의 기업들 중에서는 손꼽을 정도로 두드러졌다. 그런 탓에 그때까지 일반의 관심을 얻지 못했던 음악, 미술, 발레 등 문화산업이 일상 생활 속에서 예술로서 뿌리내릴 수 있도록 꾸준히 지원해 왔다.

우리는 일찍이 미술의 발전을 '인간의 보다 나은 문화적 삶의 가능성'이라는 측면에서 보아 왔다. 미술계의 발전에 일조한다는 생각으로 초기부터 미술품을 활발하게 구입했고 직원들도 많은 관심을 보여 왔다. 더불어 서양의 유니버설 뱅크가 그랬던 것처럼 미술품의 구입을 투자의 한 방법으로 생각했다.

요즘에는 투자의 개념으로 미술품을 바라보기도 하며 미술품 구매에 대한 시각도 많이 바뀌었으나 그때만 해도 미술품의 구매는 일부 돈 많은 계층의 투기라고 생각하는 경우가 많았다. 은행으로 전환되고 은행감독원에서 첫 번째 정기감사가 나왔을 때, 하나은행에서 일 년에 상당한 금액의 그림을 구입한 것을 보고 '금융기관은 준 공공기관인데 어떻게 투기적 성향이 강한 미술품을 이렇게 많이 사느냐?'라며 상세한 자료를 요청했다.

그러나 어디에도 금융기관의 미술품 구매에 제한을 두는 법령이나 감독원 예규는 없었다. 우리는 미술품을 사는 것은 투자의 개념일 뿐 아니라, 미술계를 활성화 시켜 우리 국민들이 보다 나은 문화적 삶을 사는데 도움을 주는 좋은 방법이라며 감사관을 이해시켰다.

실제로 우리는 지점의 일부 공간들을 '하나갤러리'라고 부르면서 구입한 그림들을 전시하여 찾아오는 손님들이 자연스럽게 그림을 관람할 수 있도록 하였다. 또 몇 년 전 300만 원 주고 산 그림이 지금 4,000만 원 하는 것도 있어서 전체 가격만 비교해 보아도 은행에 큰 이익을 주었을 뿐 아니라, 그림을 사게 되면서 거래가 활성화 되었고 이를 통해 예술가, 미술계, 투자자가 모두 Win-Win할 수 있었으니 일석삼조였다. 위법 여부를 검토해 보겠다고 했던 그 감사관은 오히려 끝날 무렵 하나은행의 문화계 지원내용을 정리해 달라고 하면서 다른 곳에 감사 나갔을 때 그 기관도 함께 할 수 있도록 지도하겠노라고 하였다.

지금도 그렇지만 당시 우리 임직원들의 그림과 미술계에 대한 열정은 대단했다. 직원들은 점심을 짜장면 등 간단한 종류로 10분 만에 먹고, 택시를 타고 청담동에 달려가 화랑 몇 곳을 돌아본 후 급하게 복귀하곤 했었다. 그래서 견문을 넓히고 그림을 사서 집에 걸기도 하였으니 대체로 한두 점의 그림은 집에 소장하고 있었다. 이처럼 직원들이 문화예술, 특히 미술에 관심이 많았기에 그림에 대한 투자와 미술계에 대한 지원을 자연스럽게 생각해 내고 실행에 옮길 수 있었던 것이다.

1986년 9월, 한국 기업 최초로 영업홍보용이 아닌 순수 문화예술 계간지인 '한국투자금융'(은행전환 후에는 '하나은행')을 발간하기 시작했다. 문화를 추구하는 은행으로서 손님들에게 문화적 지식과 정보를 드리자는 디자인하우스 이영혜 사장의 제안으로 출발한 이 계간지는 아쉽게도 2016년 9월 '부정청탁 및 금품 등 수수의 금지에 관한 법률'에 의해 폐간될 때까지 독보적인 문화예술지로 자리잡아 왔다.

한 기업이 자신들의 홍보를 하는 것이 아니라 한국 문화계의 발전을 위해 순수문예지를 발간해서 사회 각계각층에 무료로 배포하는데 적지 않은 돈을 투자한다는 것은 업계에 신선한 충격을 불러 일으켰다.

그동안 이 계간지는 세계 3대 간행물 협회로부터 최고의 간행물로 대상을 수상했다. 이렇게 명성을 쌓아왔기에 세계적인 작가, 화가, 조각가, 문화예술인들이 우리가 인터뷰를 요청하면 거절하지 않았고, 오히려 적극적으로 자신들의 작품을 싣는 것에 대해 흔쾌히 허락해 주어서 시간이 갈수록 내용이 충실해졌다. 이는 그분들이 우리 계간지가 한국의 문화 발전에 기여한 바가 크다는 것을 높이 평가한 때문이라 할 것이다.

은행업을 열심히 하고 있는 것 이외에 이 사회가 필요로 하는 일들을 조언 받기 위해서 '하나문화자문위원회'를 만들었다. 통상은 브랜드 가치를 높이기 위해 광고홍보 전문가들로 구성하는 것이 일반적이었는데, 우리는 그렇게 하지 않고 각계의 유명인사들을 초빙하여 이야기를 듣기로 했다. 서울대 국문과 박동규 교수, 서울대 소비자아동학과 유안진 교수, SBS 이계진 아나운서, 중앙대 광고홍보학과 리대룡 교수, 서울대 경영대 곽수일 교수, 아주대 경영학과 조영호 교수, 디자인하우스 이영혜 사장, 웰콤 문애란 부사장을 위원으로 초빙하였다.

이분들이 분기에 한 번씩 모여 이 사회가 우리에게 무엇을 요구하고 그래서 우리가 무엇을 하면 좋을지를 토론하고 제안하였다. 그때 제안되었던 것들 중에 가장 인상적이었던 것은 한국 최초의 야외 클래식음악회 '하나자연사랑푸른음악회'와 주부백일장 '하나여성글마을잔치' 였다.

첫 모임에서 위원들은 "유럽에 가보니 주말마다 공원에서 작은 음악회가 열리는데 참 보기가 좋았다. 우리도 공연을 꼭 예술의전당이나 세종문화회관에 가야만 보는 것이 아니라 일반인들의 접근이 쉬운 곳으로 찾아가는 음악회를 하면 어떨까?"라고 제안하였다. 아직까지는 클래식 음악에 대중들이 접근하기가 어려운데, 클래식을 대중화하는 작업을 해보면 어떻겠느냐는 의견이었다.

우리는 구체적인 준비를 시작하였다. 핵심컨셉은 '찾아가는 클래식 음악회'였다. 마침 당시 분당 하나은행의 김상완 지점장으로부터 '분당에 주민들이 쉴 수 있는 넓은 분당중앙공원이 생겼는데 박인수, 김원경 교수를 잘 아니 그분들과 함께 첫 음악회를 열고 싶다.'는 제안이 와서, 준비 끝에 1993년 9월의 밤에 제1회 '하나 자연사랑 푸른 음악회'가 분당중앙공원에서 열렸다.

기획단계에서 우리가 생각했던 컨셉은 첫째가 '클래식과 팝의 결합을 통한 클래식의 대중화'였고, 둘째가 '고객 속으로 찾아가는 음악회', 그리고 셋째로 '지역주민 참여를 통해 지역주민과 함께 호흡하는 음악회'였다.

클래식과 팝의 결합이라는 컨셉에 맞게 테너 박인수, 바리톤 김원경 교수와 가수 신효범 씨가 출연하였고, 지역주민들로는 분당어린이합창단과 분당어머니합창단이 초청되었다. 당시 직접 찾아가는 야외 클래식 음악회는 처음이었기 때문에 직원들의 걱정이 컸다.

총 비용이 당시로는 거금인 8천만 원 정도가 드는데 손님들이 적게 오면 어떡하지? 인기가수 공연이 아니라 클래식

공연인데 반응이 괜찮을까? 또 일부에서 따지듯이 몇 명이 올지 모르겠지만 8천 원짜리 선물 만 개를 뿌리는 것이 고객 유치에 더 나은 것 아니냐? 등의 걱정 때문에 직원들은 정말 열심히 홍보하였다.

홍보팀에서는 걱정하는 직원들에게 '이 음악회는 돈을 벌기 위한 것이 아니라 문화를 생각하는 하나은행의 이미지를 알리기 위한 것이니 음악회를 열심히 알리는 것이 중요하지 몇 명이 오느냐는 중요하지 않다' 라고 설득하면서 적극적으로 지원하였다. 공연의 결과는 대성공이었다. 엄청난 관객이 몰려 공원 잔디밭이 초만원을 이루어서 준비한 돗자리로는 감당할 수 없을 정도였다.

공연 후의 분당 지역 주민들의 반응도 폭발적이었다. 그 이유로 나중에 분당에서 한 번 더 음악회가 열리기도 했다. 우리가 기대했던 3가지 컨셉은 훌륭히 달성되었다. 문화적인 접근도 했지만 '환경을 생각하는 은행'에 걸맞게 쓰레기 줍기 캠페인도 함께 진행하였다. 음악회가 끝나고 나서 모든 참석자들이 일어나서 주변의 쓰레기를 줍는 캠페인을 한 것이다. 쓰레기를 많이 주워오면 환경관련 상품을 줌으로써 많은 인원의 참여를 적극적으로 유도했다. '환경을 생각하는 은행', 문화와 함께하는 은행', '이웃과 함께하는 은행'이 모두 이루어지는 순간이었다.

음악회를 성공적으로 마친 후 며칠이 지나 KBS의 모 PD로부터 전화가 왔다. 분당에 10,000명 이상 모이는 성공적인 야외 음악회를 개최했다는 기사를 보았는데 프로그램의 기획서를 보내줄 수 있겠느냐 하는 것이었다. 찬반 의견이 있었지만 방송국과는 협조할 일이 많을 것이니 야외 클래식 음악회는 하나은행이 최초라는 것을 분명히 해 달라는 조건으로 보내 주었다.

1993년 11월에 KBS에서는 '열린 음악회'라는 이름으로 야외에서 우리와 거의 동일한 컨셉으로 음악회를 열었다. 그러고는 우리와의 약속을 어기고 그것이 한국 최초의 야외 클래식음악회라고 홍보하였다. '하나자연사랑푸른음악회'는 이후 전국을 돌며 지금도 계속되고 있다. 물론 열린음악회도 계속 열리고 있다.

하나문화자문위원회의 제안에 따라 실행된 두 번째 프로그램은 '하나여성글마을잔치'였다. 가정 주부들을 대상으로 잊혀 가는 문학소녀의 감성을 불러 일으켜 그들이 문화적 삶을 사는데 도움이 되도록 하기 위한 프로그램이었다. 이 대회를 통해 일 년에 2명의 주부가 시인으로 정식 등단하게 되는 기쁨을 누렸다. 10년 이상 지속되었으니 적어도 20여 명의 하나여성글마을잔치 출신의 시인이 탄생하게 된 것이다.

이외에도 '심상'이 주최하는 '안면도해변시인학교'를 오랫동안 후원하였다. 우리 직원들도 매년 2명씩 참여시켜 문화적 감성을 높이도록 하였다. 마지막 날 밤 해변에서 펼쳐지는 '자정백일장'에서의 장원은 하나은행장상이었고 매년 내가 은행장 대신 내려가서 시상을 하였는데, 백일장의 수상자 역시 심상 추천으로 정식 시인으로 등단하였다.

하나은행은 국내 최초로 은행 객장에 화랑을 접목시키는 새로운 시도를 하였다. 청담동 하나은행 객장의 반을 분리해서 '하나사랑'이라는 80여 평의 화랑을 만들었다. 그곳에서 돈이 없어서 전시회를 못하는 화가들에게 무료로 공간을 빌려주고 작품들을 사 주기도 하였다.

지점은 좁아졌지만 문화적 지원과 함께 예술가들과 호흡하고자 하는 은행의 노력에 지역주민과 예술가들 모두에게 큰 호응을 얻었으며 '하나사랑'은 큰 인기를 끌었다. '하나사랑'의 성공으로 제2호 '하나사랑'을 평창동에 냈다. 50평 정도의 독립공간과 영업점 공간을 활용하여 운영하였는데 특히 평창동 일대의 예술인들에게 많은 사랑을 받았다.

하나은행이 문화행사를 후원할 때에는 우선적으로 생각하는 원칙이 있다. 첫째로 우리가 지속적으로 지원할 수 있는 사업인지를 보고, 둘째로 한 번에 거금을 지원하는 것이 아니라 우리가 부담이 안 되는 범위 내에서 꾸준히 지원한다는 것이다.

대표적인 사례가 한국발레 수준을 세계 수준으로 끌어올린 국립발레단후원회 결성을 들 수 있다. 1993년 뉴욕대학 김혜식 교수가 국립발레단의 단장을 맡아 귀국하였는데, 당시 한국 발레계의 현실이 어려움을 보고는 평소 알고 지내던 윤병철 은행장에게 도움을 요청하였다. 마침내 하나은행 주도로 1993년 1월 국립 문화단체로는 처음으로 국립발레단후원회가 발족하였다. 내가 발레단을 오가며 후원회의 실무를 맡게 되었는데, 당시 은행장이 다른 금융기관이나 기업들의 대표를 설득할 때 했던 말이 너무나 인상적이어서 지금도 생생하다.

"저는 이것을 우리 문화계 발전을 위한 '품앗이'라고 생각합니다. 하나은행이 발레단을 후원하듯이 여러분들이 다른 문화단체를 후원할 때는 우리 모두 참여할 테니 그렇게

되면 우리 숫자만큼의 많은 단체가 후원을 받아 전체 문화
계가 발전하는 것 아니겠습니까?"

발레단의 후원은 정기후원회원 모집과 함께 팜플렛과 뉴
스레터를 발간할 때 광고후원을 통해 상당한 후원금을 확보
하여 발레단의 필요 장비 구입, 우수 발레단원 확보, 발레단
원의 해외연수 지원 등으로 이루어졌다. 국립발레단은 7년간
의 후원을 통해 세계 최상위는 아니지만 세계 수준의 발레단
으로 성장했다는 평가를 받게 되었다.

후원하는 덕분에 우리 직원들도 발레를 무료로 관람할 수
있는 기회를 가졌다. 당시 매주 수요일을 가정의 날로 지정하
고 일찍 퇴근해서 가족들과 시간을 보내도록 하였는데, 발레
공연이 있는 날이면 발레단과 협의하여 우리 직원과 가족들
이 창구에 가서 하나은행 직원가족이라고 하면 무료티켓을
받아 공연관람을 할 수 있게 한 것이다.

2006년 서울시는 시립교향악단을 세계적인 교향악단으로
키워야겠다고 생각하고 파리의 정명훈 씨를 모셔 오기로 했
다. 그런데 당시 서울시의 예산으로는 역부족이었다. 그래서
문화 쪽에 관심이 많던 하나은행에 후원의사를 타진했고 한

국에도 세계적인 교향악단이 필요하다고 생각한 하나은행은 후원을 결정했다.

후원은 주 후원사인 하나은행 외에 여러 기업에서도 이루어졌다. 하나은행은 큰 부담이 안 되는 금액을 꾸준히 지원한다는 원칙에 맞게 후원하였고 지금까지 계속하고 있다. 서울시립교향악단은 자체 노력과 각계의 후원에 힘입어 7년 만에 세계적인 교향악단으로 우뚝 섰다. 세계적 수준의 악단 연주만을 녹음하는 독일의 도이치그라마폰에서도 여러 장의 CD를 내었다.

또한 하나은행은 페스티벌 앙상블을 10여 년 동안 후원해 왔다. 대규모의 오케스트라 연주만 대중들에게 인기를 끌고 후원을 많이 받는 분위기 속에서 클래식의 진수라고 할 수 있는 소규모의 앙상블은 열심히 노력하는 것에 비해 후원이 적어 운영에 상당한 어려움을 겪고 있었다.

그래서 우리는 당시 서울대 박은희 교수와 서로 이익이 될 수 있는 방법을 연구하였다. 후원을 하는데 그냥 돈으로 후원하는 것이 아니라, 페스티벌앙상블이 하나은행을 위한 프로그램을 운영하게 하고 이 프로그램을 후원하는 방식을 택했다. 첫 번째가 '하나 클래식 아카데미' 운영이었다.

매 반기마다 150명의 하나은행 고객의 신청을 받아 클래식 음악에 대한 강좌를 만들어 운영한 것이다. 박은희 감독이 음악을 강의하고 페스티벌앙상블이 연주하거나, 작곡가와 음악가의 생애를 간단한 연극으로 보여 주고 연주와 해설을 하는 등 다양한 방법으로 클래스를 운영하였다.

　이 강좌는 고객들에게 큰 인기를 끌어 다음번에 꼭 입학시켜 달라고 1년을 기다리는 고객이 있을 정도였다. 또 같이 배운 사람들끼리 커뮤니티를 만들어 꾸준히 만나고 같이 공연을 보러 가기도 하였다. 두 번째는 페스티발 앙상블이 연주하는 '여의도 클래식' 정기공연이었다. 1년에 네 차례 여의도에 있는 하나대투증권(현 하나금융투자) 3층 강당에서 저녁 시간에 열리는 이 음악회는 하나은행 고객이 아니더라도 누구나 인터넷으로 신청하면 관람할 수 있었다. 오시는 분들께는 간단한 빵과 음료를 대접하기도 해서 많은 관객들의 호응을 받았고, 앙상블의 대중화에 크게 기여하였다.

플러스 알파를
추구하다

하나은행은 창의력이 중시되고 끊임없이 보다 나은 것을 추구하는 창조적 은행이 되자는 의미로 '플러스 알파를 추구하는 은행'을 경영이념의 하나로 채택하였다. 경쟁에서 최선을 다하고 그 위에 조금 더 노력함으로써 항상 최고가 되자. 주주, 고객, 종업원 그리고 사회에 대해 누구보다 더 크게 기여하는 은행이 되자는 의미를 담고 있었다.

은행 출범 전, 홍보를 담당할 홍보대행사를 정할 때의 일이다. 제일기획, 코래드, 대홍기획 등 대형기획사들이 경험도 많고 맨파워가 강하니 그중에서 정하는 것이 통상의 관행이었지만, 그때 우리의 생각은 달랐다. '플러스 알파를 추구하는 은행이 되려면 남과 같은 생각으로는 안 된다. 막내 은행으로 출범해서 큰 은행을 이기기 위해서는 그들과는 다른 생각과 다른 방식으로 일하지 않으면 안 된다.'라고 생각하고, 은행권의 광고를 한 번도 해 본 적이 없는 회사 중에서 정하기로 결정하였다.

그래서 박우덕 사장, 문애란 부사장 등 당대의 최고 맨파워를 보유하고 있었으며 크리에이티브가 뛰어나다고 소문난 창립 2년째였던 '웰컴'을 선정하였다. 당시 규모는 작았지만 하나은행과 성장을 함께 하겠다는 진심으로 가득 찬 회사였다.

이후 웰컴은 하나은행의 발전과 함께 그룹을 끼고 있지 않은 독립 광고회사로서는 대한민국 최고의 회사가 되었다. 1986년 금융기관 최초로 계간지 《하나은행》의 발간을 제안하고 30년 동안 제작해 온 이영혜 사장의 디자인하우스도 하나은행의 성장과 함께 동 업계 최고의 회사로 성장하였으며, CI를 제작하였던 '인피니트', 30년사를 제작하였던 사사회사, 행사를 담당했던 이벤트회사 등 하나은행과 인연을 맺은 회사들은 모두 관련업계에서 최고의 회사로 성장하였으니, '늘 하던 대로 하기는 어색하다. 조금이라도 달리 할 수 있는 좋은 방법이 없을까' 를 함께 고민했던 파트너십이 얼마나 중요한가를 보여준 사례라 할 것이다.

심볼, 로고 작업과 더불어 또 다른 CI(기업이미지통합)작업으로 점포디자인과 여직원들의 유니폼디자인도 서둘러야 했다. 당시의 대부분의 금융회사의 영업점 카운터는 일(一)자 형태로 되어 있었는데 우리는 '너무 재미없다. 그리고 네모나게 각진 것은 날카로워 보여서 우리가 추구하는 부드럽고 친근한 이미지와는 어울리지 않는다.' 라면서 새로운 디자인을 생각했다.

즉 둥근 형태로 카운터를 만들되 손님들의 공간을 넓게 하기 위해 직원 쪽으로 볼록하게 만들기로 하였다. 기존 은행과 달리 영업점의 면적을 최소한으로 효율적으로 쓰기로 한 영업전략을 고수하면서도 손님들의 공간을 최대화시키자는 생각을 담은 것이다.

이 변화는 SI(기업의 매장이미지 통합)업계에 센세이션을 불러 일으켰으며, 여러 해외 디자인단체로부터 상을 받았다. 이후 일부 은행과 동사무소 등 공공기관에서도 서비스카운터를 둥글게 디자인하기 시작했는데 재미있는 것은 둥글게 하긴 했으나 자기들 공간을 넓게, 손님 공간은 좁게 하는 바깥쪽으로 볼록하게 디자인하였다는 것이다. 단순히 디자인만 생각했지, 손님의 입장에서 넓은 공간을 쓸 수 있게 하는 배려라는 점을 미처 생각하지 못했던 것이다.

유니폼을 제작할 때도 우리는 국내뿐 아니라 해외의 업체에게도 디자인을 요청했다. 기존의 획일화된 디자인과는 다른 새로운 것을 원했기 때문이었다. 우리의 주문사항은 단 한 가지 '사복 같은 유니폼'을 만들어 달라는 것이었다. 유일하게 틀을 벗어나 우리의 요구에 맞춘 캐나다 회사인 '샐리포미'의 디자인이 채택되었다. 화려한 꽃무늬의 원피스였다.

그러나 샘플을 본 직원의 반발도 만만찮았다. 다양한 금융기관에서 왔으니 생각이 다양한 것은 당연한 일이었다. 반발의 주 이유는 유니폼은 일하기에 편해야 하는데 얇은 원피스는 입고 행동하기에 조심스러울 뿐 아니라, 일반적인 투피스 형태에 비해 직원들의 체형을 숨기기가 어려워 맵시가 나기 어렵다는 것과 너무 사복 같아서 객장에서 손님들이 누가 직원이고 손님인지 헷갈릴 가능성이 많아 사고의 가능성이 높다라는 것이었다. 충분히 일리가 있는 말이었지만,

"창구가 밖에서 오는 손님이 우리를 들여다 보는 창인 것처럼 유니폼도 마찬가지로 손님의 입장에서 봐서 밝고 즐

거운 느낌을 주고 전체 영업점 디자인과 조화를 이루어야 한다. 이를 위해 우리가 조금 불편하더라도 행동을 정중하게 하고 체형과 최대한 잘 어울리게 제작하면 정말 멋있는 옷이 될 것이고 손님들로부터도 칭찬을 많이 들을 것이다. 새로움을 추구하는 하나은행이라는 이미지에도 딱 부합하는 일이다."

라고 설득하였다. 단추 등 세부 디테일에 대해서는 수십 차례의 직원 의견 수렴과 품평회, 패션쇼를 통해 확정하였고 실무팀은 천이 제 색깔이 나도록 염색공장을 직접 가 보고 7번이나 반품을 시키는 등 집요한 노력을 통해 이제까지 보지 못했던 유니폼을 탄생시켰다.

여직원들이 이 유니폼을 입고 명동에 식사하러 나가면 여러 사람들이 어디서 샀느냐고 물어보고, 하나은행의 유니폼이라고 이야기하면 모두들 놀라고 신기해했다. 이 유니폼은 전 신문에 기사화가 되고 TV에도 여러 번 방영되었다.

달력을 만들 때도 비슷한 일이 있었다. 당시는 날짜만 크게 인쇄한 달력이 주류를 이룰 때였다. 그러나 우리는 또 생각을 달리했다. 달력의 기능에는 날짜를 보고 메모하고 기억하기 위한 것이라는 '기능성'과 시대의 흐름에 맞게 디자인이 중시되어야 한다고 하는 '예술성'이라는 두 가지 측면이 있다고 보고, 우리는 '예술성'을 중시한 달력을 만들기로 했다.

1990년 대 초기에는 아파트와 디자인을 중시한 건물들이 많이 지어지기 시작하던 때라 달력을 걸어 놓았을 때 달력이 그 건물이나 방의 디자인의 하나로서 역할을 하게 하는 것이 중요하다고 생각했다. 그래서 한국의 세계적인 화가인 최영림, 김환기 선생의 작품들을 2/3 면을 할애하여 싣고 날짜는 하단에 작게 표시하였다.

제작 시에도 반발이 있었지만 지점으로 배포되자 항의 전화가 빗발쳤다. 손님들이 와서 '달력이 이게 뭐냐? 숫자가 작아서 보기도 어렵고 약속을 적을 칸도 없으니 쓸모가 없다. 하나은행만 거래하는데 다른 은행에 가서 달라 하기도 어려운데 어떡할 거냐?' 면서 달력을 다시 만들어 달라고 한다는 것이었다.

"그런 면이 있다는 것을 잘 알고 있습니다. 달력에는 두 가지 용도가 있는데 우리는 시대적 흐름에 맞게 예술적인 면을 강조한 것이라고 설명을 드리고, 벽에 하나은행 달력을 걸어 놓으면 세계적 작가의 실물을 걸어 놓은 것처럼 방의 디자인과 어울려 분위기가 예술적으로 바뀔 것이니 일단 걸어 보시라고 잘 말씀드려 주세요."

홍보팀 직원들이 입이 아프게 설득하였으나 초기 몇 년 동안은 계속 이런 불만을 들어 왔다. 그러나 그 이후 다른 많은 금융기관이나 회사에서 우리와 같이 작가들의 작품이나 사진들을 크게 인쇄하고 그 밑에 날짜를 작게 인쇄하는 방식이 일반화되었던 점을 보면 '앞서 가는 젊은 은행' '+ 알파를 추구하는 은행' 으로서의 이미지를 만드는데 크게 기여하였음은 분명하였다.

마음먹은 일은
해내고야 만다

지금의 하나은행을 있게 한 정신적 DNA 중 하나만 꼽으라면 '오기' 또는 '집요함'이라고 말할 수 있을 것이다. '오기'라는 단어를 사전에서 찾아보면 '능력은 부족하면서도 남에게 지기 싫어하는 마음'이라고 나온다. 하지만 우리는 사전적 의미나 사회적으로 쓰이는 의미와는 다르게,

'일을 하려면 제대로 한다. 시작했으면 절대 포기하지 않는다.'라는 의미와 '남에게 지고는 못 산다. 일하다 보면 한 번은 질 수 있지만 다음에는 꼭 이긴다.'라는 뜻으로 풀어 사용했다.

하나은행의 일하는 스타일에 대해서 주변에서는 '억세다, 독하다.' 라는 평이 많았다. 합병이나 인수를 통해 한식구가 될 직원들이 퇴근하면서 늦게까지 불 켜진 본점건물을 보거나, 업무 협의차 서로 만나고 난 후에 '독한 사람들이네. 한식구가 되면 일을 하기 조금 어렵겠어 ……' 라는 걱정스러운 이야기를 하곤 했었다. 아마 서론 본론도 없이 단도직입적으로 일과 그 결과에 대해서 이야기하는 직접적이고 거친 태도와 '왜 안 되느냐'라고 되묻는 '일에 대한 집착'이 다소 낯설게 느껴진 때문이었을 것이다.

홍보팀장 시절, '아름다운 숲 찾아가기' 행사를 진행하고 있던 산림학과 교수들의 이야기가 계간지 '하나은행'에 게재되었다. 참 좋은 프로그램이라고 생각한 나는 회장을 맡고 있던 국민대 전영우 교수를 바로 찾아가서 '환경을 생각하는 은행'으로서 우리가 할 수 있는 일에 대해 상의하였다.

그래서 하나은행 주관으로 기존의 프로그램에 가족의 소중함을 일깨워주고, 자연과 함께 부모와 자식 간 대화의 장도 마련해 줄 수 있는 내용을 추가하여 '자녀와 함께 아름다운 숲 찾아가기' 라는 이름으로 프로그램을 진행하기로 했다.

'자녀와 함께 아름다운 숲 찾아가기'는 하나은행이 일반인들을 대상으로 참가비 없이 차량과 식사 등을 제공하고, 참가자들은 반드시 자녀를 동반하고 청태산, 중미산 등 자연휴양림으로 가서 산림학과 교수님들의 설명으로 숲의 소중함을 느끼게 해 주는 프로그램이었다.

참가자들은 숲과 관련된 퀴즈도 풀고, 나무를 심으며 본인과 아이들의 이름을 팻말에 새겨서 나무와 함께 아이들이 커가는 모습들을 지켜볼 수 있게 할 뿐만 아니라, 소규모 음악회도 열어서 함께 노래하는 시간도 마련하였다. 사회적 가치 창출이라는 측면을 고려해서 하나은행 고객이 아니더라도 신청하면 누구나 참여가 가능 하도록 하였다. 이런 프로그램이 전무했던 당시로서는 여러모로 참신했고 의도도 좋았다.

행사를 앞두고 일반인들에게 알려서 신청을 받아야 했으므로 일간지 기자들에게 프로그램에 대한 보도기사를 만들어서 전달했다. 지금은 조간을 미리 보는 가판시스템이 없어졌지만 당시에 신문사들은 오후 3시에 기사마감을 하고 6시경에 초판을 찍은 후 새벽까지 계속 수정 판을 찍는 시스템을 운영하고 있었다.

그래서 기업의 홍보담당자들은 자기 기사가 실렸는지를 사전에 확인하느라 밤늦게까지 퇴근을 안 하고 신문을 열람

하고 기사 중에 빠졌거나 정정할 것이 있으면 신문사에 수정 요청을 하곤 했다.

그날도 당연히 초판을 초조하게 기다리고 있었는데, 6시에 나온 초판들을 보니 우리가 보낸 보도자료가 하나도 안 실렸다. 혹시 못 보았나 하여 보도자료를 다시 보냈다. 2판에도 안 실렸다. 3판에도, 4판에도 …… 나는 퇴근 하지 않고 밤 11시가 될 때까지 보도자료를 계속 보냈다. 그때 전화벨이 울렸다. D일보사의 당직기자였다.

"도대체 누가 자꾸 같은 보도자료를 보내는 겁니까?"

"저는 하나은행의 홍보팀장입니다. 진작에 자료를 보내드렸는데, 지면에 실리지 않아서 혹시 못 보셨나 하고 계속 보내 드리고 있습니다."

"아니? 이미 편집국에서 판단이 끝나서 기사가 안 실린 것인데 기자도 퇴근한 늦은 시간까지 자꾸 보내시면 어떡하자는 겁니까?"

나는 바로 되물었다.

"가족관계와 자연이 파괴되는 오늘날 우리 사회에 꼭 필요한 좋은 프로그램이라는 생각에서 만든 프로그램이라 일반인들이 많이 참가했으면 좋겠는데 큰 신문사에서 이 좋은 걸 알리지 않으면 어떻게 합니까?"

"그러면 계속 보내실 겁니까?"

"예, 실릴 때까지 보낼 겁니다." 조금 지나서 다시 전화가 왔다.

"제가 다시 읽어 보니 정말 좋은 프로그램이네요. 저는 당직이라 권한이 없고 담당기자에게 연락해서 싣도록 해 볼 테니 이제 그만 퇴근하시지요."

"실리는 것을 확인하고 퇴근하겠습니다."

"아이고!, 믿고 퇴근하세요." 다음 날 조간 D 일보와 H 일보에 '자녀와 함께 아름다운 숲 찾아가기' 기사가 크게 실렸다. 아침부터 전화가 빗발쳤고 신청은 바로 매진되었으며 행사도 잘 진행되어서 참가자들 모두 즐거워 하고 고마워 하면서 돌아갔다.

이후 이 프로그램은 10년 이상 지속되었다. 다시 바쁘게 지내던 어느 날, 은행장실에서 잠깐 오라는 전화가 왔다.

"D 일보의 L 기자를 아나?"

"알지는 못하고 기사 관련하여 통화만 했습니다."

당시 당직 기자였던 L 기자가 은행장을 만나는 자리에서 내가 어떤 사람인지 만나 보고 싶어 하더라는 것이었다. 그때 나는 자리에 없어서 직접 보지는 못했지만 L 기자는 은행장에게 "하나은행 정말 독하네요. 밤새도록 제가 혼났습니다."

라며 칭찬을 해서 은행장이 기분이 너무 좋았다는 것이었다.

그때의 인연으로 L 기자와 친해 질 수 있었고 이후에도 그는 하나은행의 정신적 가치를 높게 인정해 주었다.

고객만족이 화두로 등장하면서 기업체의 서비스수준을 평가하여 등위를 매겨 발표하는 기관이 여러 곳 생겼다. 이미 시행하고 있던 한국능률협회에서 발표하는 순위에서는 하나은행이 은행 중 계속 1위를 하고 있어서 비록 후발은행이라서 규모는 작지만 실질은 우리가 최고은행이라는 자부심을 갖고 있었다. 이후 한국생산성본부에서도 조선일보와 함께 NCSI(국가고객만족도)라는 이름으로 서비스지수를 발표하기 시작했다. 초기에는 당연히 하나은행이 공동이기는 하지만 1위를 기록했다.

그런데 어느 해 발표에서 하나은행이 2등으로 발표되었다. 발표가 있자마자 CS(Customer Service: 고객서비스) 팀장이 내 방으로 달려 왔다. 이번에도 철저한 준비를 통해 1등을 예상했었는데 2등으로 밀린 것이 이해가 안 된다는 것이었다. CS 팀장은 전화를 붙들고 생산성 본부 책임자와 1시간이 넘도록 눈물, 콧물 흘리면서 왜 2등인지, 기준이 무엇인지를 꼬치꼬치 따졌다.

담당 임원이었던 나도 생산성 본부의 본부장과 담당 직원들을 초빙해서 조언을 듣는 자리를 만들었다. 끈질긴 노력 끝에 무엇이 문제인지를 찾아냈고, 문제점에 대한 우수사례와 조언을 받아 노력한 결과, 다음 해에는 다시 1위를 기록하였다. 이러한 행동들은 어떤 강요에 의한 것이 아니다. '일을 하려면 제대로 한다'는 강한 의지는 직원들 사이에 자연스럽게 형성된 하나은행의 문화라 할 수 있을 것이다.

사람을 키우는 일에 있어서도 마찬가지였다. 글로벌 인재를 키우기 위해 우수한 직원을 선발하여 전략지역으로 해외 MBA를 보내기로 하고, 가능한 많은 직원들을 선발하여 준비시켰다. 각 학교의 입학 허가 절차만 남겨놓은 시점에서 무엇이 잘못되었는지는 몰라도 중국 칭화대에서 입학이 어렵겠다는 연락이 왔다. 인사위원회까지 열어 우수한 직원을 선발해서 보냈는데 입학이 안 된다니 다시 뽑을 시간도 없을 뿐 아니라 하나은행의 자존심이 무너지는 일이라 그냥 둘 수는 없는 일이었다.

그 당시 인재개발부를 맡고 있던 이창근 부장에게 칭화대 교수를 만나서 무엇이 문제인지를 들어 보고 입학을 꼭 성사시키고 오라고 비싸지는 않지만 판촉물을 잔뜩 안겨서 중국으로 보냈다. 이 부장이 칭화대에 다녀와서는 '어학실력이 부족해서 학습능력이 떨어진다.' 라는 것이 떨어뜨리는 이유이고 변경하기가 어렵다는 이야기를 했다. 나는 펄쩍 뛰었다. 이 부장이 다시 중국을 가서 교수 위의 책임자를 만나 설득에 설득을 거듭하였다.

"무슨 소리를 하십니까? 뛰어난 역량을 가진 친구가 일을 열심히 하다 보니 어학이 조금 모자라는 것인데 입학 때까지 열심히 공부시킬 테니 믿고 허가를 내 주세요. 앞으로 인재들을 계속 보낼 예정인데 한중 간의 경제활성화에 큰 기여를 할 수 있는 인재를 놓치지 말기를 바랍니다."

결국 대학원장을 만나 설득한 후에 입학허가를 받아냈다. 입학한 직원이 MBA를 성공적으로 마치고 왔고, 열심히 공부한 덕에 하나은행은 좋은 이미지로 각인되어 그 이후에도 계속 칭화대에 어려움 없이 직원을 보낼 수 있게 되었다.

또 한번은 전략지역인 남미공략을 위해 스페인어를 잘하는 직원을 뽑아 칠레국립대 MBA과정에 보내려고 했더니, 칠레국립대에서 자격요건이 안되어서 받을 수 없다고 한 적이 있었다. 인재개발부에서는 선발된 직원에게 직접 칠레로 가서 교수, 대학원장을 만나서 '네가 왜 거기를 가려고 하는지, 앞으로 칠레에서 어떤 역할을 할 것인지, 그리고 하나은행이 칠레 경제에 어떤 역할을 할 것인지를 충분히 설명해서 입학 허가를 받아오라.'고 연수 명령을 냈다. 칠레로 간 그 직원은 결국 입학허가를 받아냈다.

보통 '준비 중에 있습니다' '하려고 했는데 잘 안 됩니다' '현재 여건이 안 되어서 안됩니다' 라고 이야기 하는 것이 일반적인 모습이라면, 해야 하는 것이 있다면 반드시 지금 해 내고야 마는 것이 하나은행의 모습이었다. 분명한 이유로 사람을 선발해서 보내야 한다면 어떤 일이 있더라도 보내는, 몇 번이고 쫓아가서 설득하고 이야기하는 모습은 하나인들의 일의 성취에 대한 집요함을 잘 보여준 사례였다.

끊임없이 미래의 '업(業)'을 생각하다

'로열더치쉘그룹(Royal Dutch Shell Group)이나 존슨앤존슨(Johnson & Johnson) 처럼 100년 이상 존속하는 장수기업이 되기 위해서 가장 중요한 것은 무엇일까?' 하버드비즈니스스쿨에서 발행된 '살아있는 기업(The Living Company)'에 실린 연구에 의하면 장수기업들은 다른 기업보다 먼저 '강요에 의해서가 아니라 스스로 변화의 필요성을 미리 예상하고 행한 기업들' 이라고 한다. 그리고 그 기업들의 구성원들은 '공동체' 라는 생각을 중심으로 강한 결속력과 일체감을 지니고 있었다고 한다.

짐 콜린스(Jim Collins)도 그의 저서 ≪위대한 기업은 어디로 갔나?≫ (How The Mighty Fall)에서 '기업이 영속적으로 성장하기 위해서는 우리가 왜 이 회사를 세우게 되었는지, 이 회사를 통해 사회에 무엇을 기여하고자 하였는지에 대한 생각을 가벼이 여기거나 무시해서는 안 된다.' 라고 경고하고 있다.

1886년 설립된 미국 뉴저지의 존슨앤존슨 본사 로비에는 아직도 1943년 창립 2세인 로버트 우드 존슨이 제정한 'Our Credo(우리의 신조)'가 새겨진 돌조각이 직원들과 방문객을 맞이하고 있다.

세계금융 역사상 하나은행처럼 단기간에 4개의 은행을 인수 합병해서 대형은행으로 성공한 사례는 찾아 보기 어렵다고들 한다. 국제통화기금(IMF)의 산하기관 중 하나인 국제금융공사(IFC)가 자신이 개발도상국에 투자한 회사 중 가장 성공한 사례라면서 그 성공과정을 정리해서 보내 달라고 요청할 정도로 해외에서도 높은 평가를 받고 있다.

나는 후계구도의 안정성을 바탕으로 한 경영의 일관성과 전 구성원들의 최고의 은행을 만들어 보자고 하는 동일 목표를 향한 강한 결속이 이러한 성공의 중요요소(Success

Factor)였다고 생각하며 앞으로도 이러한 정신을 잊지 않고 살려 나가는 것이 무엇보다 중요하다고 생각한다.

1987년 가을, 하나은행의 전신인 한국투자금융의 임직원들은 '회사의 미래발전방향'이라는 주제로 1박 2일간의 워크숍을 열었다. 이 자리에서 직원들은 4개의 팀으로 나뉘어서 회사의 바람직한 미래 발전방향을 논의하고, 자신들의 논리를 상대 팀과의 대결 형식으로 토론하였다.

4개 팀은 투자금융으로 존속, 종합금융으로의 전환, 증권회사로의 전환, 은행으로의 전환으로 구성되었다.

밤을 세운 토론 다음날 아침, 각 팀들은 자신들의 방향의 논리와 타당성을 발표한 후 다른 팀들과의 치열한 질의응답을 시작하였다. 토론 후 결론적으로 우리가 채택한 길은 '은행으로의 전환'이었다. '이제 단기금융업은 한계에 도달했다. 앞으로는 은행이 금융의 중심이 될 것이다. 우리가 돈을 잘 벌고 있는 지금 미래를 준비하여야 한다.'라고 생각한 것이다.

이후 회사에서는 직원들을 은행원 교육기관인 '금융연수원'에 보내 은행업무를 배우게 하였고, 일본의 노무라, 이찌요시 증권 등에 파견하여 자본시장을 경험하게 했다. 이러한 준비를 하고 있었던 중, 정부가 1990년 '합병과 전환에 관한 법률'을 제정하면서 투자금융회사들의 업종전환을 유도하자 미래에 대한 두려움 없이 가장 먼저 은행으로의 전환을 신청하였다.

원래 이 법의 취지는 난립한 투자금융회사들에 대해 은행으로의 전환을 하려면 둘 이상의 회사가 합병을 해서 전환하라는 것이었으나, 한국투자금융의 경우 다른 동업사들을 다 합친 것보다도 많은 내부유보금, 잘 분산된 지배구조, 경영의 건전성, 수년 전부터 진행된 은행업에 대한 준비 등을 고려하여 단독으로 전환이 허가되었다.

수년 전 노동조합에서 급여와 퇴직금을 올려 달라고 투쟁하였을 때 경영진이 우리에게 했던 '이익은 우리가 다 가지는 것이 아니라 미래 발전을 위한 종자돈(Seed Money)' 이라는 그 말이 현실로 나타난 것이다.

은행 초기에 부서장회의를 할 때의 일이다. 영업을 담당하는 부장이 "경쟁은행의 수신동향을 말씀 드리겠습니다." 라고 말을 시작하자 은행장이 말을 끊었다. "이제부터는 우리를 은행이라고 부르지 말고 '금융회사' 라고 이야기합시다. 은행뿐 아니라 증권회사, 보험회사, 투자신탁회사, 리스회사 등 시장에서 우리의 고객을 대상으로 영업을 하는 금융기관들 모두가 우리의 경쟁자들이라고 생각합시다. 다음부터는 그들의 영업 동향을 함께 발표하도록 해 주세요."

이후 회의에서는 그 회사들의 수신동향과 고객들의 움직임이 보고되었음은 물론이다. 직원들로 하여금 우리의 '업'에 대한 이해와 경쟁자가 누구인지를 다시 생각하게 한 것이다. 은행경험이 많았던 직원들은 은행을 증권이나 투신과 비교하는 것은 실정을 모르는 소리라고 불만에 찬 목소리를 내기도 하였다.

사실 투신과 은행은 금리가 3% 이상 차이가 났고 금리만으로는 경쟁하기 힘든 여건이었다. 하지만 은행과 증권, 보험의 경계가 무너지는 오늘날의 현실을 볼 때 일찍이 모든 '금융기관'을 경쟁자로 정의하고 힘을 길러온 것이 발전의 큰 밑거름이 되었다고 생각한다.

창립 30주년이 되던 2001년의 금융시장은 세계화의 움직임 속에 빠른 변화와 혼란을 겪고 있었다. 하나은행은 우리의 '업(業)'을 다시 생각하고 장기적 발전을 위한 새로운 비전을 만들기 시작했다. 금융시장을 면밀히 분석하고, 많은 임직원들의 생각을 취합한 후 우리가 도출한 비전은 '21세기 초 우량 금융 정보 서비스 네트워크가 되자.'는 것이었다.

이 생각을 공유하기 위해 전 직원이 원주에 있는 오크밸리에 들어 가서 1박 2일의 워크숍을 가졌다. 토론 후 저녁에는 유럽풍의 넓은 발코니에서 원주시립교향악단의 연주를 들으며 멋진 저녁을 먹었다. 시립교향악단이 어떤 회사의 직원들이 저녁 먹는 동안에 연주를 한다는 것은 있을 수 없는 일이었지만, 최고의 은행이라는 자부심으로 가득했던 우리 진행 팀의 읍소와 '자리를 같이 해서 함께 최고가 되어 보자.'는 진심어린 설득에 흔쾌히 응해 주었다.

우리는 '금융기관'이 아니라 '서비스 네트워크'로 거듭나고자 했다. 우리의 경쟁자는 금융회사뿐 아니라, 통신회사, 홈쇼핑회사, 신용카드를 발급하는 백화점, 할부 영업을 하는 자동차회사 등 우리의 고객들에게 넓은 의미의 금융을 제공하는 모든 기업이라고 생각했다.

그래서 우리가 잘하는 금융업을 바탕으로 다른 분야의 다양한 서비스와 결합된 '남들과 차별화된 서비스'를 고객에게 제공하고, 이를 통해 차별화된 수익을 얻어야만 시장에서 이길 수 있다고 생각하고, 예대 마진 중심의 영업에서 벗어나 빠르게 수수료 중심으로 가는 전략을 수립했다.

특기할 만한 점은 '미래의 금융은 돈을 다루는 것이 아니라 정보를 다루는 것이며 사람과 시스템을 합친 산업이 될 것'이라고 전망했다는 점이다. 시스템에는 규모의 경제가 필요하지만 사람에 대해서는 '같은 생각을 가진 집단'만이 시장에서 승리할 수 있다.

기술개발에는 시간과 돈이 많이 들기 때문에 우리는 영업의 생태계를 만드는 방법을 다시 고민했으며, 각종 첨단 기술을 가진 기업들이 시중의 많은 금융기관들을 제치고 하나은행과 제일 먼저 제휴해야 할 이유가 무엇인가를 만들어내기 위해 고민했다.

우리는 시장에서의 '신뢰'와 '정직'이 그 답이라고 생각했다. 믿음이 가고 거짓말하지 않으며 서로의 성공을 위해 노력하는 회사라는 이미지를 심어주어야 하나은행을 선택할 것이기 때문이다. 그래서 '신뢰경영', '네트워크경영'이라는 주제로 직원들과 토론하고 이를 실현할 전략적 방안들을 함께 고민하기 시작했다.

뿐만 아니라 직원들에게 금융업뿐 아니라 다양한 분야에 관심을 가지고 지식을 쌓아 나갈 것을 권유하고, 관계되는 프로그램을 제공하기 위해 노력하였다. 보석강좌, 그림강좌, 클래식강좌, 와인강좌, IT강좌 등 다양한 프로그램들이 직원들과 고객들에게 제공되기 시작했다. 금융권 최초로 출시한 '그린펀드', '와인펀드', '시네마펀드' 등 다양한 상품들도 선보이기 시작했다. 소위 '메디치 효과(Medicci Effect)'의 결과물이었다.

이와 더불어 '팀워크'의 정의도 다시 정하였다. 기존의 팀워크는 우리 팀끼리, 혹은 우리 본부끼리 잘 해보자는 '내부 중심의 팀워크(Inward Teamwork)' 이었다면, 앞으로의 팀워크는 '바깥쪽으로의 팀워크(Outward Teamwork)'가 되어야 한다고 강조하였다.

'팀원'이란 '우리의 손님을 위해서 봉사하는 대내외 모든 회사나 사람들'이라고 정의하였다. 그래서 우리와 제휴하는 모든 회사와 그 직원들도 모두 우리 팀원이라고 생각하자고 했다.

그리고 실제로 우리 비즈니스 생태계에 얽힌 모든 회사들, 거래처 등을 같은 팀원이라고 생각하고 일했다. 그들과 독점적이고 배타적인 네트워크를 만들어 가기 위해 두터운 신뢰를 쌓았다.

신기하게도 하나은행은 10년 단위로 '업'에 대해 고민하고, 미래를 대비한 새로운 비전을 제시해 왔다. 2011년 금융그룹이 된 하나금융그룹은 세계시장을 겨냥한 'Global Top 50가 되자'라는 비전을 제시하였다. 이제는 국내 시장을 벗어나 세계 시장에서 영업을 하여야 하니 이에 대비하여야 한다는 것이다.

'적어도 2020년에는 세계 50대 금융그룹이 되도록 하자. 그러기 위해서는 우리보다 앞서 있는 세계 50대 금융그룹들은 무엇을 생각하고, 어떻게 일을 하고 있는지를 알아 보고 그들과 어깨를 함께 하면서 경쟁할 수 있도록 우리의 생각과 시스템과 일하는 방식을 바꾸어야 한다.'라는 것이 주된 내용이었다. 이를 위해 '개방(Openness)', '협력(Teamwork)', '융합(Convergence)', '세계화(Globalization)'를 핵심가치로 제시하였다.

이러한 노력의 결과, 하나은행은 다른 은행과 비교하여 인력이나 지점 수가 비교가 되지 않게 적었고, 시장점유율이 절대적으로 부족했음에도 출범 후 불과 20년 만에 자산기준 한국 1, 2위를 다투는 선두기업이 되었다.

창립 이래 단 한 번의 적자도 기록하지 않았고 배당을 거른 적도 없었다. 이런 기록은 세계적으로도 드문 사례인데, 좋은 실적을 내고 있음에도 불구하고 끊임없이 존재가치를 고민하고 미래를 생각하고 준비해 온 우리의 진취적인 힘에서 비롯된 것이 아닌가 생각한다. 시장을 보는 눈, 손님을 보는 눈, 조직을 보는 눈을 항상 열어 놓고, 업에 대한 생각, 시장에 대한 생각을 시대에 맞춰 발 빠르게 변화시켜온 결과라고 할 것이다.

훌륭한 리더십은
지속성장으로 완성된다

하나금융그룹의 미래를 생각해 보기 위해 2001년부터 조찬모임 '드림 소사이어티'를 2달에 한 번씩 개최해 왔음은 앞에서 이미 언급한 바 있다. 이 조찬모임의 이름은 2000년 출간되어 베스트셀러를 기록했던 롤프 옌센의 책 '드림 소사이어티'에서 따 왔는데, 부제로 달린 '꿈과 감성을 파는 사회'가 우리가 추구하던 미래 하나은행의 모습과 너무나 닮아 있었다.

첫 번째 모임의 강사로는 저자인 옌센을 초청하려 했으나 일정과 비용이 맞지 않아 그 책을 번역했던 서정환 박사를 초청하였으며 이후 이나모리 가즈오 회장을 비롯한 많은 국내외 석학들이 초대되었다. 특히 이나모리 회장의 경우는 국내 최초로 이 모임에서 강의를 하게 되었는데 많은 기업의 회장과 대표들이 참석 요청을 하여 호텔의 2개 층을 빌려서 개최할 정도로 관심을 끌었다.

세종대왕의 리더십이 리더십의 모범으로서 회자되던 어느 날, 세종대왕의 리더십을 책으로 펴내어 인기를 끌던 교수님이 강사로 초청되었다. 1시간 동안의 강의를 통해 한국 최고의 임금이었던 세종대왕으로부터 많은 것을 배울 수 있었다.

강의가 끝나고 질문시간이 되었는데 교수님은 질문을 하는 사람에게 자신의 책 2권을 사인해서 주겠다고 하였는데, 한 사람의 질문이 있고 난 다음 한동안 질문이 없어 어색한 분위기가 만들어졌다. 그래서 책에 욕심이 난 내가 질문을 했다.

"세종대왕은 훌륭한 명군이요, 리더십의 표상인 것은 분명합니다. 그런데 대왕 사후의 조선을 살펴보면 문종, 단종, 세조, 연산군, 선조 등 후손들이 잘하지 못해 결국 임진왜란을 맞게 되고 나라가 많이 흔들려 백성들이 힘들었습니다. 교수님도 잘 아시겠지만 중국의 역사를 보더라도 명군이었던 한무제 후의 한나라와 당태종 사후의 당나라가 약해져서 얼마

가지 않아 왕망과 측천무후에게 나라를 빼았겼습니다. 제 생각에는 리더십의 완성은 훌륭한 후계자를 키워서 그에게 나라를 물려주고 그 후계자들이 나라를 더욱 융성하게 함으로써 완성된다고 보는데 그런 측면에서 세종대왕의 리더십을 어떻게 평가할 수 있을까요?"

교수님은 답을 하기보다는 그냥 웃으면서 강의를 끝냈다. 재미있었던 일은 조찬모임이 끝나고 참석자 중 일부가 내게 "예민한 시기에 어떻게 그런 질문을 던지느냐?"고 하면서 알 수 없는 눈빛을 보냈던 것이다. 나는 리더십과 관련해서 당시 중국의 제왕들을 다룬 역사 드라마에 심취해 밤을 새우던 때라 문득 그런 생각이 들어서 질문한 것일 뿐이었는데 일부 참석자들에게는 달리 느껴졌던 모양이었다.

내가 이야기했던 중국의 사례는 이런 내용이었다.

진의 멸망 후 유방이 한나라를 세웠지만 골칫거리였던 북쪽의 흉노를 정복하고 강대국을 건설한 것은 무제였다. 평생 전쟁터를 누벼 왔던 강골 무인 한무제의 눈에는 인자하고 후덕한 성품의 태자가 마음에 들지 않았다. 그 불만 때문에 무제는 간신들의 모함에 귀를 기울이게 되고, 반대파로부터 역모로 무고를 당해 죽게 된 태자는 반란을 일으켜 저항하다가

자결하게 된다. 다음 태자였던 창읍애왕은 약해서 병사한다. 결국 한무제는 겨우 8살 어린애인 소제에게 황위를 물려 주고 78세에 죽는데, 죽기 전 한무제는 곽거병 등 4명의 대신을 불러 훗일을 부탁한다. 이후 곽거병과 그의 동생 곽광이 실권을 쥐고 국정을 농단하게 되고, 곽광의 실각 후에는 외척들이 권세를 잡게 되는데 결국은 외척인 왕망에게 나라를 잃게 된다.

당태종은 불세출의 영웅으로 칭송 받고 있고, 그와 위징과의 대화를 기록한 '정관정요'는 오늘날 리더들의 필독서로 자리잡은 지 오래이다.

그런 그도 14명의 아들을 두었으나 피살 3명, 자살 3명, 요절 3명, 유배 2명, 유폐 1명 등 평탄치가 않았다. 특히 태자 이승건은 태종이 대학자들을 스승으로 모시는 등 교육에 심혈을 기울였으나, 기대와 달리 방탕한 생활을 하고 반대파들의 모함에 의해 폐위될 지경에 이르자 모반을 꾀하다가 유배지에서 죽게 된다. 이승건을 대신하여 태종의 사랑을 받던 이태도 그 와중에 태종의 관심이 멀어지자 모반을 꾀하다가 죽게된다. 결국 똑똑했던 왕자들은 다 죽게 되고 유약한 성품의 아홉째 이치가 등극하여 고종이 된다.

그 후는 우리가 잘 알다시피 아버지의 후궁이었던 측천무

후를 황후로 맞이하게 되고 측천무후는 병약했던 고종을 대신하여 국정을 좌지우지하다가 고종 사후 자신의 아들들로 등극과 폐위를 거듭하다가 마침내 당나라를 무너뜨리고 주나라를 세워 자신이 황제로 등극하게 된다.

왜 이런 일들이 일어날까에 대해서는 여러 이유가 있겠으나, 대체로는 당대 최고의 군주로 칭송 받던 군주들은 후계자들도 자신과 같이 되어 주었으면 하는 과잉기대를 하게 되는 때문이 아닌가 라고 분석한다. 그러다 보니 아버지의 기대를 한몸에 받게 되는 왕자는 훌륭한 능력을 가지고 있음에도 불구하고 엄청난 부담감을 느끼게 되고, 그러한 중압감에서 벗어나기 위해 일탈된 행위를 보이게 된다.

군주는 태자가 조금만 마음에 안들어도 '아! 안 되겠구나' 하고 다른 왕자에게 관심을 기울이게 되고, 그것을 눈치챈 관리들은 태자를 모함하고 군주는 이 모함에 쉽게 귀를 기울이게 되는 것이다. 비단 나라뿐 아니라 기업도 마찬가지일 것이다. 훌륭한 기업을 만든 존경받고 능력 있는 기업가들은 후계자를 생각할 때 자신을 기준으로 보게 되는 경향이 있다. 자신이 열심히 가르치고 키워 주었으니 나만큼 잘할거야 라고 생각했는데, 어느 날 보니 '내가 그렇게 가르쳤는데 저 정도

밖에 못 하나? 내가 사람을 잘못 보았나 봐. 안 되겠어. 회사를 맡겼다가는 잘못될 것 같아. 아무래도 다른 사람을 찾아봐야 되겠어.' 라고 스스로 생각하기 쉽다. 그때쯤 반대쪽의 어떤 사람이 그럴듯한 말로 후계자를 비난하면 귀가 솔깃해지고 '맞아, 다시 생각해 봐야겠어.' 라며 생각을 굳히게 된다.

그때부터 후계자로 생각했던 사람의 행동 하나하나가 다 마음에 들지 않는다. 그래서 '왜 저 친구는 자꾸 어긋나게 행동하지? 왜 시키는 대로 하지 않지?' 최고 경영진들 간에 이런 과정이 반복되면 결국 그 회사는 옛날의 영화를 멀리하고 쇠락의 길을 걷게 될 것이라는 점을 위에서 예를 든 중국의 역사를 통해 짐작해 볼 수 있는 것이다. 과연 그 황제들이 훌륭한 리더십을 가졌다고 말할 수 있을까? 후계자가 그 나라를 훌륭하게 잘 이끌어 더 크게 융성하게 만들어야 그의 리더십이 완성되었다고 말할 수 있지 않을까? 나는 그 점을 묻고 싶었던 것이다.

하나은행은 창립 때부터 지금까지 주인이 없으면서도 경영진들이 외부의 영향을 받지 않고 경영의 독립성을 유지해 온 유일한 금융기관이다. 전신인 한국투자금융의 창업자였던 김진형 사장이 한국은행 총재를 그만 두고 한국경제발전을 위해 외자를 도입하여 국내기업들에게 운전자금을 공급하기 위한 국내 최초의 민간금융기관으로 한국투자금융주식회사를 설립하자 이에 감동한 당시 김학렬 부총리가 물었다고 한다.

"제가 도와 드릴 일이 있으면 말씀해 주시지요."

"아! 고맙습니다. 내가 일을 할 수 있도록 가만히 놓아 두는 것이 우리를 도와 주는 것입니다."

은행이 출범한 지 얼마 되지 않아 모 그룹에서 주식을 9.99%(한 회사가 5% 이상 소유하지 못하던 때라 두 회사가 4.99%씩 나누어 매입)를 매입함으로써 최대 주주가 된 적이 있었다. 그리고는 은행에 1명의 이사를 받아줄 것을 요구하였다. 은행의 대주주가 되면 영향력을 행사할 수 있게 되고 이를 통해서 그 그룹의 자금 조달에도 도움이 될 것이라고 생각했던 것 같았다. 대주주들이 이사회 멤버로 참여하고 있었던 은행은 당연히 수락하였다.

그런데 이사회가 열리자 약간의 논란이 있었다. 그 그룹에서 파견된 이사가 이사회 의안을 지나칠 정도로 꼬치꼬치 따지고, 관계자들에게 많은 자료를 요청한 것이었다. 이사로서 당연히 할 수 있는 일이었지만 당시 이사였던 모 그룹의 K 회장께서 한말씀하셨다.

"이 보세요. 이사님. 우리 이사들은 잘잘못을 찾아내고 따지기 위해서 이 자리에 있는 것이 아니라, 어떻게 하면 경영진들이 일을 잘할 수 있도록 도와줄 수 있을까를 논의하기 위해서 있는 것입니다. 경영진들이 도덕적으로 훌륭하고 모든 일을 자신의 일처럼 열심히 해서 부실을 거의 '0' 수준으로 줄이고 최고의 이익을 내고 있으니 우리 이사들이 특별히 따져 보고 할 일이 없다는 것을 곧 알게 될 것이오."

얼마 후 그 그룹의 자금사정이 어렵게 되자 은행에 자금지원을 요청하였고, 실무진의 심사 결과 어렵다고 통보하자 그룹 회장이 직접 은행장을 찾아와서 대주주에게 어떻게 그렇게 할 수 있느냐고 따지는 일이 벌어졌다. 그날 나는 결재를 받기 위해 은행장실 앞에 서 있었는데, 문이 덜컥 열리면서 회장이 흥분된 모습으로 뛰쳐나갔다.

"응. 최대 주주가 자금사정이 어려운데 어떻게 은행에서 모른 척 할 수가 있습니까? 하길래 내가 그랬어. 보소 회장. 당신이 은행장이라면 그룹에 자금을 빌려줄 수 있겠습니까? 했더니 얼굴이 붉어지면서 나가더군."

내 궁금함에 대한 은행장의 답이었다. 그 후 그 그룹은 우리 주식을 모두 팔았고 얼마 후 경제적 위기를 맞았다. 하나은행이 외부의 영향을 받지 않고 경영의 독립성을 유지할 수 있었던 이유를 단적으로 보여준 사건이었다. 그러다 보니 은행장이나 회장의 선임도 철저하게 내부 승진으로 이루어졌다. 당연히 이사회에서 선임되지만 달리 외부의 누구의 간섭도 받지 않고 오로지 가장 뛰어난 능력을 갖고 있고 돈을 많이 벌어 회사를 잘 키워갈 수 있다고 판단되는 후계자에게 경영권이 승계되는 훌륭한 전통을 유지해 온 것이다.

훌륭한 리더가 후계자를 믿고 잘 키워서 오랜 세월에도 흔들림 없을 탄탄한 회사를 물려주고, 물려받은 후계자는 그 바탕 위에서 혼신의 힘을 다해 변화와 혁신을 거듭하여 더 좋은 회사로 성장시킨다. 하나금융그룹은 이제까지 이러한 선순환이 잘 이루어져 왔다. 나는 이러한 전통이 이어지는 한 백년 기업으로서의 하나은행의 미래는 무궁무진하다고 생각한다.

'우리가 선배들로부터 이렇게 좋은 회사를 물려 받았듯이 우리도 후배들에게 더 좋은 회사를 물려주어야 하는 것은 우리의 소명이다.' 어릴 때부터 선배들로부터 귀가 닳도록 들어온 말이다.

회의록 말! 말! 말!

"큰 은행이 되기 보다는 '좋은 은행'이 되자. 좋은 은행이 되면 고객들이 많이 찾게 되고 그러다 보면 큰 은행이 될 것이다. 그러기 위해서는 '신뢰받는 은행', '재무적으로 건전한 은행', '튼튼하면서 날렵한 은행'이 되어야 한다." (1991년 은행 출범 시)

"농사군으로서의 머슴과 품팔이군으로서의 머슴은 농사짓는 것은 같지만 그 정신은 다르다. 똑같은 업무를 하더라도 우리는 주인으로서 한다." (1991년)

"우리가 열심히 하는 것은 사실이지만 우리가 쉬고 있을 때 잠자지 않고 열심히 움직이는 사람이 있다는 것을 잊지 말아야 한다. 항상 혁신적(Innovative)이어야 한다." (1993년)

"무한경쟁 시대에 경쟁력을 높일 수 있는 방법은 '생산성 향상+부가가치 상승'을 추구하는 것이다. '가치기준의 경쟁'을 해야 한다. 그래야 글로벌 금융기관과의 경쟁에서 이길 수 있다. 고객의 개별적인 Needs를 빨리 파악하고 적용할 수 있는 능력을 키워야 한다." (1993년)

"새로운 생각을 하자. 어떤 프로그램을 완성하고 나서도 새로운 생각이 떠오를 수 있다. 이것이 기계와 인간의 차이점이다. 완성하였다고 끝이 아니라 끝날 때까지 지속적으로 새로운 부가가치를 창출해야 한다." (1994년)

"훌륭한 것보다 '멋있는 것'을 추구하자. 남이 하지 않는 것을 하자. 실익을 떠나 효과가 있을 것이다." (1994년)

"소유가 있다고 능력이 있는 것은 아니다. 소유가 있으면 자연스럽게 주인의식이 생기기는 하지만 소유가 없으면서도 내가 주인이라는 생각을 가지면 더 강한 주인의식을 가질 수 있다. '프로정신'을 가져야 한다. 과거의 경험은 강하고 미래의 상상은 약하다. 이것을 극복해야 한다. 과거 경험했던 이야기에 초점을 두기보다는 현상을 바탕으로 미래를 상상하고 일을 해야 한다." (1995년)

"경영은 '구멍 뚫린 배'와 같다. 한 때라도 물을 퍼 내지 않으면 가라앉는다." (1995년)

"외부로부터 경영의 간섭을 안 받는 것은 우리가 잘해서 안 받는 것이다. 간섭을 안 하는 것이다. 자유는 우리가 잘할 때만 존재한다." (1995년)

"이제까지는 우리 스스로가 외부에서 간섭할 수 없을 정도로 일을 잘해 왔으니 주주들이 영향력을 행사하지 못했던 것이다. 앞으로도 우리의 자세나 역할이 중요하다." (1995년)

"합병에 대한 이야기는 하지 마라. 자신감을 가져라. 어떤 변화가 있더라도 우리가 능력만 있다면 합병의 주역이 될 것이다. 각자가 맡은 일을 열심히 하면 된다. 우리에게는 지금 좀 어렵다고 실망하고 불안해 할 시간이 없다. 작은 성취를 계속 이루다 보면 큰 성공이 이루어진다." (1995년)

"팔씨름에서 손목이 꺾이면 진다. 절대 꺾이지 말아야 한다. 한 번 꺾이면 다시 일으켜 세우기 어렵다. 중요한 전환점이다. 심기일전하여 달려가자." (2004년)

"하나문화의 장점을 꼽으라면 '집요함'이라고 할 수 있을 것이다. 즉, 한 번 하기로 마음먹은 일은 끝까지 포기하지 않는다는 것이다." (2007년)

"금융위기를 극복하기 위하여 예산을 3개월 단위로 책정할 것이므로 업무를 매주 단위로 계획하고 실행하여야 한다. 생각 자체를 바꾸어야 한다. 그냥 예산을 분기별로 나눈다는 것이 아니라 '분기를 1년으로 보자'는 의미이다. 그런 의미에서 1주일은 긴 기간이다. 무서운 세월이 흘러가고 있다. 신속하게 일 처리를 하여야 한다. 그만큼 환경이 무섭게 빨리 바뀌고 있다." (2009년)

"소설에서 배운다"

이 글들은 필자가 홍보팀장으로 있는 동안 홍보팀에서 매월 발간하던 사보 '뉴스레터' 맨 마지막 페이지인 표4에 '소설평석'이란 제목으로 게재되었던 글이다. 은행 초기부터 그때그때 시의적절하게 전달하고 싶었던 메시지를 소설의 한 구절을 인용한 후 나의 생각을 '평석'이란 이름으로 달았던 것이었는데, 의외로 반응이 좋아 지점장으로 나갈 때까지 상당기간 게재되었다.

현실을 보는
눈과 해법

1968년 어느 날, 공화당 정부가 3선 개헌을 획책하고 있을 즈음, 몇 명의 학생들이 평소 존경하던 교수를 찾아와서 3선 개헌 저지에 적극적으로 나서지 않는 그를 질타했다.

"세상 사람들은 어떻게 생각하던가?"

"개헌할 것이라고 생각하고 있습니다."

"그러면 개헌이 되겠구먼."

"그러니깐 반대를 해야 합니다."

"자네 말대로라면 세상 사람들은 개헌을 받아들인 것이나 마찬가지네. 국민들이 지레 개헌할 것이라고 믿고 있다면 그건 사전 양해가 되네. 히틀러가 독재정치를 하자 독일 사람들은 아무도 놀라지 않았으며 '역시 그랬구나'하고 체념하고 말았네."

"그러니 우리 학생들이 나라를 위해 그런 사태를 막아야 합니다."

"나라를 위한다는 것이 어떤 건가. 자기 직업에 충실하면 그만 아닌가? 그런 점에서 나는 나라를 위하지 않는 사람은 없다고 보는데. 꼭 반체제운동을 해야 나라를 위하는 것인가?"〈이병주 저『장군의 시대』〉

평석(評釋) 현실을 보는 눈은 누구나 같을 것이나 그 해법은 사람마다 다를 것이다. 은행은 이래야 한다고 미리 정해놓고 우리 은행이 쉽게 극복할 수 없는 문제들을 탓하며 이를 먼저 바꾸어야 한다고 외치는데 시간을 허비하기 보다는 우리의 현실을 있는 그대로 받아들이면서 이 상태에서 우리가 어떻게 하는 것이 최선인가를 논의하는 것이 효율적 방법론이 아닐까.

또한 아무리 상황이 다급하더라도 임원은 임원대로, 직원은 직원대로 맡은 위치에서 각자의 자리에서 해야 할 역할만이라도 충실히 한다면 이겨낼 수 있지 않을까? 누구를 탓할 수 있으랴. 회사를 위하지 않는 사람은 아무도 없을 터인데.

지혜로운 일처리와
삶의 여유

어느 수행자가 갠지즈 강가에서 10여 년간의 수도 끝에 맨발로 강을 건너는 법을 터득하였다. 마침 싯다르타가 강을 지나치게 되자 그는 외쳤다.

"세존이시여, 제가 물에 빠지지 않고 강을 건너는 법을 터득하였습니다"

그는 정말 강물 위를 달려 강을 왕복하였다.

"세존이시여, 어떠합니까?"

의기양양하게 외치는 수행자에게 싯다르타는 조용히 말했다.

"중생이여, 너는 서 푼이면 쉽게 할 수 있는 일에 너무 많은 시간을 허비하였구나." 『불교성전』

평석(評釋) 지식과 지혜는 다르다. 서 푼을 주면 나룻배를 타고 쉽게 갔다 올 수 있는 일에 그는 무려 10여 년의 세월을 투자하였다. 정말 각고의 뼈를 깎는 수행이 있었을 것이다. 그러나 그 일의 가치는? 우리는 이제까지 열심히 일해 왔고 앞으로도 그러할 것이다.

하지만 다른 쉬운 방법이 있었음을 나중에 알게 된다면 얼마나 억울할까? 일을 시작하기 전에 다른 좋은 방법은 없는지 다시 한 번 생각해 보자. 일은 행복하게 살기 위한 내 삶의 또다른 모습이다. '지혜로운 일 처리를 통해 삶의 여유를 가지는 것'이 우리의 생활철학이 되어야 할 것이다.

핵심을 꿰뚫어 보고
똑바로 달려가라

어느 여름날 수박이 먹고 싶어진 만공 스님이 여러 스님들에게 말했다.

"누구든지 매미를 잡아오는 사람에게는 돈을 안 받고, 못 잡아 오는 사람에게는 서 푼씩 받을 테니 한마디씩 해보아라."

그러자 누구는 일어나서 매미 잡는 시늉을 하고 또 다른 스님은 나무에 올라가 매미를 잡아오기도 하였다.

"매미를 못 잡아 왔으니 서 푼을 내시게."

하는 만공의 말에 당황한 스님들은 별의별 수단을 쓰기 시작했다. 매미 소리를 내는 사람, 느닷없이 '할!'을 외치는 사람, 주먹을 허공에 흔드는 사람, 만공의 등을 때리는 사람 등. 모두 서 푼씩 내야 했다. 그때 마침 외출에서 돌아온 만공의 수제자 보월이 그 이야기를 듣고는 말없이 주머니 끈을 풀고 돈 서 푼을 만공에게 올렸다.

"매미를 잡은 사람은 자네뿐이네!"

만공이 말했다. 〈최인호 저 『길 없는 길』〉

평석(評釋) 일을 할 때에는 그 일을 왜 하는가를 먼저 생각하여야 한다. 그러면 해답은 의외로 쉽게 나올 수 있다. 만공이 원했던 것은 수박을 먹자는 것이지 매미를 잡자는 것이 아니었다. 제자들은 매미라는 말에 걸려 들어 만공의 속마음을 꿰뚫어보지 못했던 것이다.

혹자는 '어떻게 하든 결과만 같으면 될 것 아니냐'라고 할지 모른다. 그러나 이 시대는 우리에게 그런 시간을 주지 않는다. 제한된 여건 속에서 항상 더 나은 결과를 얻기 위해서는 일의 핵심을 꿰뚫어보고 똑바로 나아가야 한다.

알면 알수록
무섭고 두렵다

백제의 고승 석충 스님의 제자 목만치는 검의 명수가 되었으니 하산하라는 스승의 말에 "저는 겁이 많습니다. 검을 들면 우선 겁부터 나고 두려움에 몸이 떨립니다. 상대와 마주서서 눈을 보면 도망치고 싶습니다."라면서 명을 거두어 주기를 간청하였다.

"무엇이 용기라는 것인가? 두려움을 모르는 것, 겁을 느끼지 않는 것, 그것이 용기라는 말인가. 그것은 용기가 아니라 어리석음이다. 진정한 용기는 두려움에서 비롯 되는 것이다. 네가 두려움을 알기 때문에 나는 너를 어리석지 않은 사람, 즉 현자라고 부른다. 또한 현명한 사람은 물러설 줄 안다. 물러설 줄 아는 사람이야 말로 어진 사람이다. 네가 물러설 줄을 알기 때문에 나는 너를 인자라고 부른다."

석충이 빙그레 웃으며 말하였다. 〈최인호 저『길 없는 길』〉

평석(評釋) 무서움과 두려움을 아는 사람은 진실을 아는 사람이다. 목만치는 검에 대해서 알면 알수록 검의 무서움 또한 알게 된 것이다. 일견 대수롭지 않게 여겨지는 일이라도 그 일에 대해 깊이 알면 알수록 우리는 그 일이 내포하고 있는 무서움의 깊이 또한 느끼게 될 것이다.

어떤 일이든지 제대로 알아야 한다. 그래서 그 일에서 일어날 수 있는 문제들에 대해서 충분히 알고 대비하고 있을 때만이 그 일을 제대로 하고 있다고 말할 수 있을 것이다. 무릇 매사를 다룸에 있어 만용을 버리고 겸허한 마음으로 접근해야 할 것이다.

잘못을 벌할 때에도
사람이 중하다

군주가 생각해야 할 치국의 원리를 적은 한비자의 죽간을 읽은 진의 대신 이사는 진왕이 왜 그토록 한비자를 원하는지 그 이유를 알게 된다.

죽간의 내용 중 하나. '죄를 범하고 그에 상응하는 벌을 받는다면 그 사람은 윗사람을 원망하지 않습니다. 공을 세우고 그에 상당한 상을 받는 것이라면 신하는 이를 군주의 은덕이라고 생각하지 않습니다. 또 위에 있는 군주가 공평하게 관직을 임명하면 신하는 자기의 재능을 속여 겉을 꾸미는 일을 못하게 됩니다.'

공자의 제자인 자로가 옥리로 있을 때 어느 죄인의 발목을 자른 일이 있었는데 그 죄인은 그후 성문의 문지기가 되었다. 그 무렵 공자와 그 제자들은 모함을 받아 도망을 치게 되었는데 자로가 뒤늦게 성문에 도착하자 예전의 발목을 잘린 문지기가 자로를 숨겨주어 목숨을 구하게 되었다.

"복수의 기회가 왔는데 어찌 나를 살려 주었는가?"라고 묻는 자로에게 문지기가 말했다.

"제가 발을 잘린 것은 그에 상응하는 죄를 저질렀기 때문입니다. 그러나 당신은 나를 벌할 때 여러 차례 법령을 살피고 죄를 면하게 해주려고 애썼다는 것을 잘 알고 있습니다. 판결이 나자 당신은 슬퍼하며 안타까워했습니다. 이것은 저에 대한 사사로운 인정 때문이 아니라 당신의 천성이 인자했기 때문이었습니다. 이것이 제가 당신을 도와 조금이라도 이에 보답하려던 까닭입니다."〈홍두표 저『한비자』〉

평석(評釋) 죄가 밉지 사람이 미운 것은 아니다. 잘못을 저지른 사람을 벌할 때 왜 그 사람이 그렇게 할 수밖에 없었던가를 먼저 살펴 보고 가능한 범위 내에서 그 사정을 들어주기 위해 애를 써야 하는 것은 인지상정일 것이다. 그리고 어쩔 수 없이 벌을 주더라도 가슴 아파하고 같이 슬퍼함은 윗사람이라면 꼭 새겨보아야 할 덕목이 될 것이다.

지금까지도 그랬지만 앞으로도 크고 작은 잘못을 하게 되는 일이 우리 주변에서 많이 일어날 것이다. 그렇더라도 그 사람을 미워하고 멀리 할 것이 아니라, 그에 상응하는 벌을 내리되 다시 일어나 새로운 일을 할 수 있게 따뜻한 시선으로 그를 계속 지켜보는 마음을 가져야 하지 않을까. 고마움을 원수로 갚는 악한은 적어도 우리 은행에는 없을 것이므로.

삶의
주인이 되자

    이제 그녀는 외톨이가 되고 말았다. 그러나 그녀에게 무엇보다도 가장 큰 불행은 아무 일에도 자기 의견을 가질 수 없게 되었다는 것이었다. 물론 자기 주위의 사물이 눈에 띄었고 주위에서 일어나는 일을 알고 있기는 했지만, 그런 일에 대해 아무런 자기 의견을 세울 수 없었을 뿐 아니라 무슨 이야기를 해야 할지 갈피를 잡을 수 없었다. 자기 의견을 가질 수 없다는 그것이 그녀에게 얼마나 무서운 일이었는지 모른다.

    꾸우낀이나 뿌스또발로프나 그다음 수의관과 함께 지낼 때는 모든 일에 대해 설명할 수 있었고 그럴싸한 자기 의견을 말할 수 있었다. 그러나 지금 그녀의 머리 속과 가슴 속은 자기 집 뜰안처럼 공허하였다. 그것은 소름이 끼치도록 무섭고 괴로운 일이 아닐 수 없었다. 〈안톤 체홉 저『귀여운 여인』〉

평석(評釋) 귀여운 여인 올렌까는 극장 지배인인 꾸우낀과의 결혼 생활 때는 연극이, 목재상과 결혼해서는 목재가 삶에 있어서 얼마나 중요한가를 곧잘 이야기했고, 수의관과 사랑을 나눌 때는 페스트와 가축병이 얼마나 심각한가에 대해서 떠들곤 했지만 수의관이 떠나고 난 후 그녀는 삶의 의미를 잃고 말았다.

과연 우리는 얼마나 자신의 삶을 주도적으로 살아가고 있는가를 생각해 보자. 자신의 삶에 대해 뚜렷한 주관이 없이 그저 주위에서 말하는 대로, 하는 대로, 남들이 그리하니까, 회사가 시키는 일이니까 하면서 단지 주어지는 삶을 살아가는 경우는 없는가. 그러다가 상황이 변하여 자신이 생각했던 것과는 다른 결과나 보상이 주어졌을 때의 허망함과 미래에 대한 두려움을 느껴 본 일은 없는지. 또 그러리라고 느껴지지는 않는지. 불확실성의 시대를 맞아 귀여운 여인이 불행한 여인이 되듯 자신의 삶을 잃어버리는 우를 범하는 일이 없어야하겠다. 자신의 미래는 결국 자신이 만들어 가는 것이다.

끊임없이
행하다

    춘추 전국시대 제나라 경공을 성심껏 모셔 온 양구거는 평소 적대시 해오던 재상 안영이 은퇴한다는 것을 알게 되자, 그동안 자기의 사적과 안영의 사적을 비교해 보고, 장탄식을 하면서 안영에게 말했다.

    "나는 죽을 때까지 당신을 이길 수 있을 것 같지 않소."

    이 말을 들은 안영은 이렇게 양구거에게 충고하며 그를 위로하였다.

    "계속 행하는 사람은 성공하고, 계속 걷는 사람은 목적지에 도착한다고 하오. 나는 남과 다른 점은 없으나 하기 시작한 일은 던져 버리지 않고 계속 걸으며 쉬지 않았던 사람이오. 당신이 내게 이기지 못한다면 그것뿐일 것이오."

    말을 마친 안영의 눈매에서는 말할 수 없는 따스함과 부드러움이 배어나와서 그것이 양구거에게 통했다.

    〈미야기타니 마사미쓰 저『소설 안자』〉

평석(評釋) 3대에 걸쳐 제나라에 봉사해 온 안자 중, 2대 안영은 작은 체구임에도 불구하고 참으로 모나지 않고 지혜로웠으며 인간적인 미덕을 갖춘 사람이었다. 그의 생각은 물 흐르듯 막힘이 없었고 직언을 아끼지 않는 꼿꼿한 신하였다. 나름대로 충성을 다해 재상의 자리에 올랐음에도 무엇인가 모자라는 듯한 열등감에 사로잡혔던 양구거에게 들려준 안영의 말은 의외로 단순하다. 단지 계속 행하고 멈추지 말라는 평범한 진리일 따름이었다.

어려울 때일수록 기본으로 돌아가라는 말처럼 쉽게 생각되면서도 막상 일을 할 때는 곧잘 잊어버리는 평범한 삶 속의 진리이다. 생각 끝에 목표를 정했으면 꾸준히 하여야 한다.

우리 은행에서 초창기에 제안되고, 또 채택되었던 괜찮은 일들이 참 많았다. 그중에 지금까지 지속되고 있는 것이 과연 몇 가지나 될까? 변함없이 유용한 것들을 다 버리고 같은 머리로 또 새로운 것들을 생각해 내자니 얼마나 힘들까?

한 번 정한 일은 끝을 보는 치열함이 절실히 요구되는 때이다.

사자도 토끼를 잡을 때
발톱을 세운다

진시황이 초나라와의 일전을 앞두고 젊은 장수 이신에게 얼마의 군사가 있으면 족하냐고 물었다.

"20만 명이면 충분합니다."

다시 노장수 왕전에게 물었다.

"60만 명은 필요합니다"

"장군은 늙었군. 겁이 많아"

진시황은 이신에게 20만 명을 주어 초나라를 치게 했다. 그러나 이신은 패하였다. 진시황은 다시 왕전에게 60만 명을 주어 치게 했다. 왕전은 전선에 도착하자 지키기만 할 뿐 싸우려 하지 않았다. 아무리 도전하여도 싸우지 않는 진군을 보다 지친 초군이 퇴각하려 하자 왕전은 출격명령을 내려 일거에 초군을 섬멸하여 진은 천하통일을 이루었다. 〈정비석 저 『손자병법』〉

평석(評釋) 늙은 역전의 노장 왕전은 욱일 승천하던 용맹한 군사를 가지고도 조심스럽고 신중하게, 큰 문제를 마치 사소한 일처럼 세밀하게 대비하였기 때문에 승리하였으며, 젊은 장군 이신은 초나라의 형세가 약함을 우습게 여겨 허술하게 대비하였기 때문에 패배한 장수가 되었다. 사자가 토끼 한 마리를 잡을 때도 발톱을 세우고 전력을 다한다는 말이 있다. 우리 은행이 이제까지 잘해 왔으니 이대로 계속 밀어 붙이면 잘 되리라는 생각을 갖는 것은 위험하다. 우리의 상대가 비록 허술해 보이더라도 그들의 강점이 무엇인지, 어떤 준비를 하고 있는지를 잘 살펴보고 작은 부분 하나에 이르기까지 치밀한 준비를 하는 겸허한 마음을 가지는 것이 진정 승리자가 되는 길일 것이다.

문제 해결은 겉모습이 아닌 근본을 다루어야

때는 조선조 선조대왕 시절의 이야기이다. 선조가 사랑하던 인빈 김씨의 동생 김병조가 '구안와사' 라는 입과 눈이 돌아가는 병에 걸리자, 이를 상심하는 인빈을 보다 못해 선조가 궁중으로 오게 하여 어의에게 치료 받게 했다. 그러나 어의인 양예수에게 치료를 받게 했음에도 차도가 없어, 찬바람만 쐬면 고쳐졌던 입과 눈이 돌아가버리자, 보다 못한 인빈은 혜민서에서 일하던 허준을 추천 받아 그에게 치료를 받게 하였다.

어의로서 자존심을 짓밟힌 양예수는 허준이 어떻게 하고 있나를 살펴보던 중, 보지도 못한 특이한 자세로 환자를 지압하는 것을 보고 노기가 탱천하여 외쳤다.

"무얼 하는 것이냐?"

"병이 위에 머물고 있어 이 수법으로 대처하고자 합니다."

"이 병에는 침밖에 방법이 없다. 네가 일천하여 아직 못 깨닫는 모양이다만 병명이 같다 하여 처방 또한 같은 것이 아니다."

"알고 있습니다. 소인의 생각에는 병의 원인이 위의 무력함에서 왔다고 생각되어 먼저 위병부터 낫게 하려 합니다."〈이은성 저 『소설 동의보감』〉

평석(評釋) 허준은 돌아간 입과 눈은 가만히 두고 위만 치료하는 것을 의아하게 생각하는 병자에게 말한다.

"가시에 찔린 상처가 아닌 이상 드러난 병증은 반드시 연관된 작은 병이나 그 원인을 거느리고 있기 마련이므로 본 병을 낫게 하기 위해서는 미리 작은 병을 달래는 것이 순서올시다."

과연 그렇다. 무릇 어떤 문제를 해결하려 할 때 겉으로 나타난 현상만 보고 그 문제 발생에 직접적인 영향을 끼친 요소들을 찾아내어 치유하려 하는 것이 우리의 일반적인 해결방법이다. 그러나 그 문제는 직접적 요인뿐 아니라 주변의 다른 여러 요인들이 복합적으로 작용하여 발생한 것이다. 따라서 그 문제에 영향을 주었던 크고 작은 주변 요인들을 찾아내어 이를 먼저 치유하는 것이 문제의 근본적인 해결책임을 허준은 말하고 있는 것이다.

양예수가 침으로 고쳐 놓았던 눈과 입이 찬바람을 쐬자 원래대로 돌아가 버린 이유도 얼굴에 대한 처방만 생각한 때문이었다. 그러나 허준은 그 원인 중 하나가 위병에 있음을 알고 위를 먼저 치료함으로써 마침내 환자를 완치시켜 궁중의 영웅으로 등장하게 되는 것이다. 과연 지금 우리의 문제점은 무엇이라고 생각하는가? 그 문제의 해결 방법은?

인간다운
삶과 사랑

세민의 아버지는 세민이 가졌던 여러 꿈들이 다리를 다침으로써 좌절되자 그를 숨어사는 그림쟁이 유당 선생에게 보내어 그림을 배우게 했다. 유당은 몇 년 동안 그에게 농사일만 시켰다. 세민의 모습에서 그림에 대한 욕망이 차오르고 있음을 느낀 어느 날 유당이 말했다.

"오늘은 저 하늘에다 새 한 마리를 띄워 올려 보아라. 눈여겨 보았거나 맘에 품어 둔 새가 있으면 무슨 새든지."

그것이 산수풍경의 시작이었다. 몇 년 동안 세민은 많은 것을 그렸다. 그러던 어느 날, 세민의 그림을 보던 유당이 준엄하게 꾸짖었다.

"네 그림들엔 어찌 사람의 마음이나 정이라는 것이 안 보이는 것이냐? 마음의 눈을 뜨지 않고 법식에만 매달리다 보니 산하가 이렇게 저 혼자 화창할 뿐 숨결이 없는 죽은 그림이 되고 말지 않았느냐? 도대체 너는 이날 이때까지 흙을 파

342 **일은 삶이다**
20년 만에 최고은행이 된 하나은행 사람들 이야기

고 밭을 갈고, 무엇 하러 이 산골에 귀한 땀을 쏟아왔더냐. 곡식을 얻기 위해서더냐. 알량한 손재간을 사기 위해서더냐. 네가 그 흙과 땅에서 배운 것, 그 흙과 땅, 힘겨운 농사일과 우리의 사람살이에 대한 사랑으로 그리거라." 〈이청준 저『날개의 집』〉

평석(評釋) 우리가 힘들게 일하고 치열하게 살아가는 것 그 자체가 삶이다. 이를 통해 삶의 아픔을 배우고 그 아픔으로 다시 삶을 껴안는 것, 그것이 다름아닌 사랑이요, 사람살이에 대한 배움이요, 진정한 사랑이라는 것을 유당은 말하고 있다. 진정 그것을 느낌으로써 인간다운 삶을 살게 되는 것은 아닐까. 우리 주변의 모든 사람들을 따뜻한 눈으로 지켜 볼 수 있는 마음을 갖자. 동료를, 손님을, 우리 사회를.

서로 가르치고 배우려면
예의의 끈을 놓지 말아야

해방 직후 어수선하던 시절, 진주의 한 고교 교사로 부임한 유태림은 소위 좌익학생들이 중심이 되어있는 학급의 담임을 자청하고, 부임을 거부하는 학생들을 교묘한 방법으로 설득하여 학급담임을 맡게 되었다. 학생들로부터 학급담임으로의 취임을 요청 받은 유태림은 다음과 같은 말을 했다.

"나는 너희들을 감화하고 교육시킬 수 있는 덕망과 인격이 있다고 생각하지 않는다. 다만 학문의 길을 조금 앞서서 걷기 시작했다는 경력이 있을 뿐이다. 그 경력을 미끼로 해서 서툴긴 하나 길잡이는 될 수 있으리라 믿는다. (중략) 나는 인간으로서는 모든 종합적 인격체로서 너희들을 대하겠지만 학교 안에서 대할 때에는 학생이라는 신분을 우선시켜 학생으로만 대할 것이다. 내가 품고 있는 사상이 마땅치 않을 때도 있을 것이다. 우리는 꼭 같은 환경, 꼭 같은 주장과 사상을 가진 사람들끼리만 살아갈 수는 없다. 교사라는 것은 꼭 자기와 같은 사상의 사람이라야 된다는 것도 아니다. 그렇다고 해서 우리의 생각을 엇갈린 대로 방치해 두자는 것은 아니다. 서로 설득하고 이해해서 일치시키는 데까진 노력해 볼 필요도 있는 것이다. 문제는 같이 배우자는 것이다. 너희들은 나를 통해서, 나는 여러분을 통해서 배운다. 교사와 학생은 가르치고 배우고 하는 관계를 통해 다같이 보다 옳고 착하고 아름다운 것을 배워 나가자는 신분인 것이다. (중략) 다만 공부할 수 있는 환경을 서로 만들어 나가고 서로 배우고 가르치고 하기 위하여 편리한 사제 간의 예의만은 서로 지켜 나가기로 하자." 〈이병주 저 『관부연락선』〉

평석(評釋) 좌우익의 소용돌이 속에서 선생으로서의 정도를 걷고자 했던 유태림의 태도는 좌우익 양쪽으로부터 우유부단하고 생각 없는 부잣집 아들로 비판을 받았으며, 이때의 경험이 이후 유태림의 삶을 결정하게 된다. 견강부회라고 할지 모르겠지만 필자는 다음의 등식을 만들어 보았으면 한다. 해방 후 혼란 = 오늘의 상황, 학교 = 회사, 학문 = 영업, 선생 = 경영진 또는 상급자, 학생 = 직원 또는 하급자. 이렇게 놓고 보면 우리는 과연 유태림의 말을 어떻게 바꾸어 쓸 수 있을 것인가?

사람의 잘못을
긍정적인 면에서 바라본다는 것

장얼레가 이이를 쇠몽둥이로 쳐죽이려 했을 때 옥진의 두 하인이 이이의 목숨을 구하고 장얼레의 머리를 치려 하였다.

"선생님, 장얼레는 속 깊이까지 악독한 인간입니다. 그러니 은혜를 원수로 갚으려 하지요. 이제 이 사람을 처리해도 되겠지요?"

"장얼레를 살려주기 바라오. 이 세상의 선과 악은 상대적으로 존재하는 것이오. 이것은 천도자연이 가르치는 바이오.

관중은 임종 때 환공에게

'포숙아는 선과 악이 분명합니다만 그렇게 남의 한 가지 나쁜 점을 두고두고 외우고 있다니 그것은 오히려 그 사람의 약점입니다.' 라고 말했소.

이것은 결코 악한 사람을 벌하지 말라는 뜻이 아니며, 선량한 것을 사랑하지 말라는 뜻도 아니오. 이 말은 악을 증오해도 지나치지 말라는 뜻이오. 결코 한칼에 악한 자를 다 베어

버릴 수는 없소. 선을 바탕으로 하여 악한 자가 선으로 돌아가도록 권해야 하며, 그에게 변할 수 있는 기회를 마련해 줘야 하오." 이이가 말했다. 〈진신성, 유승원 저 『소설 노자』〉

평석(評釋) 이이(=노자)의 간청으로 목숨은 구한 장얼레는 후에 이이와 옥진의 결혼을 성사시킨 후 선량한 농민으로 돌아가 일생을 마감한다.

어떤 사람의 잘못을 논할 때 긍정적인 면에서 바라본다는 것은 꼭 필요하면서도 참으로 어려운 일이다. 인간의 삶에 있어서, 작게는 회사생활에 있어서 용서할 수 없는 죄란 과연 무엇일까? 최근 대내외적으로 일어나고 있는 여러 사례들을 보면서 떠올리게 되는 화두이다.

행복은 내 마음
속에 있는 것

마드라스를 떠나는 날 아침, 마지막으로 차루를 만났다. 작별인사도 할 겸, 그동안 타고 다닌 릭샤(바퀴가 셋 달린 인도의 택시) 값을 지불하기 위해서였다. 그러자 차루는 또 손을 흔들며 허풍을 떨었다. "돈은 주고 싶은 대로 주세요. 전 아무 문제가 없습니다."

내가 일부러 정색을 하면서, 그럼 1루피(30원)만 줘도 되겠느냐고 묻자 차루는 외쳤다. '노 프라블럼!' 그러면서 차루는 당당하게 덧붙였다. 1루피만 줘서 내가 행복하면 그렇게 하라는 것이었다. 나는 이미 자기의 친구이니까, 자기한테 중요한 것은 돈이 아니라 내 행복이라는 것이었다. 그리고 잠시만의 행복이 아니라 돈을 준 내 자신이 오래도록 행복할 수 있을 만큼 돈을 달라고 했다.

(중략) 아무것도 가진 것 없는 생을 살면서도 '노 프라블럼!'을 외치며, 푸웅푸웅 고무나팔을 울리며 세상 속으로 달

려 가는 차루! 많은 걸 갖고 있으면서도 여전히 집착과 소유를 벗어 던지지 못하는 내게 그는 잊지 못할 스승이었다. 〈류시화 저 『하늘 호수로 떠난 여행』〉

평석(評釋) 무릇 삶의 행복과 기쁨은 나의 마음속에 있는 것이다. 또한 그것은 받는 것이 아니라 주는 것이다. 당신이 오랫동안 행복할 수 있을 만큼 달라는 차루의 한마디 말은 조급한 세태를 살아가는 우리를 잠시나마 여유롭게 한다.

누구에게 무엇을 베풀었는데도 대답이 바로 돌아오지 않음을 아쉬워하지 말자. 아니 기다리지도 말자. 베푼다는 것 그 자체가 나의 기쁨이므로.

사랑은 받는 것이 아니라
주는 것

미영과의 사랑에 대한 하소연을 하기 위해 무심선생을 찾았던 나의 의도는 선생과의 대화가 계속되는 동안 엉뚱한 방향으로 흘러가고 있었다.

"평범한 사람과 결혼하여 평범하게 산다는 것은 정말 따분할 것 같습니다."

"세상에는 완전하게 훌륭한 인격도 드문 대신 전혀 쓸모가 없고 보잘것없는 사람도 흔하지는 않은 것 같아. 도대체 인격이라는 것이 고정불변한 실체가 아니라 주위의 사정 여하에 따라서 반응을 달리하는 행동방식 및 사고방식이라고 보아야 하지 않을까? 인간이란 상당히 풍부한 가능성을 가진 존재이며 그가 실제로 어떤 사람으로 나타나느냐 하는 것은 그가 받은 자극 여하에 따라서 결정된다고 말할 수 있겠지. 그렇다면 우리는 상대방에게 좋은 자극을 제공함으로써 그 사람의 여러 가지 가능성 가운데서 보다 나은 것이 실현되도록 유도할 수 있다는 이야기가 되겠군."

"확실히 그런 면이 있는 것 같습니다. 내가 거칠게 굴면 다른 사람도 나에게 거칠게 대하고, 내가 친절하게 대하면 다른 사람들도 나에게 친절하게 대하는 경향이 있다는 것은 사실입니다. 그렇지만 은혜를 원수로 갚는 경우도 있지 않습니까?"

"물론. 그러나 은혜를 원수로 갚는 따위의 극악무도한 인간이 선천적으로 결정되어서 이세상에 나온다고는 보기 어려워. 오랜 사회생활을 통해서 그런 나쁜 버릇이 생긴 것이라고 보는 것이 일반적이겠지."〈김태길 저『흐르지 않는 세월』〉

평석(評釋) '타인은 나의 마음의 창이요, 그를 통해 보는 나의 모습이 진실한 나의 모습이다.' 라고 한 원효의 말을 덧붙이고 싶다. 극악무도한 경우도 없지 않겠으나 (성악설의 입장에서 본다면) 나의 사랑과 나의 베품은 시차는 있을지라도 상대방에게 좋은 감정을 불러 일으켜 다시 나에게 기쁨으로 되돌아오게 마련이다. 단지 너무 바라고 있었기 때문에 보이지 않았을 뿐이다. 고객들에게 그냥 아낌없는 사랑을 주자. 사랑은 받는것이 아니라 주는 것이라니까.

교만한 마음을
경계하라

I. 때는 중국의 전국시대. 위나라 위문후의 아들 격은 민심을 수습하라는 부왕의 명을 받아 중산국 태수로 부임하던 길에 아버지가 존경하는 전자방을 만나게 되자 수레를 내려서서 정중하게 인사를 올렸다. 그러나 전자방은 고개를 든 채 인사도 없이 표표히 지나가는 것이 아닌가? 자존심이 상한 격은 전자방을 따라가 따졌다.

"나는 정성껏 인사를 하였는데 왜 당신은 예를 표하지 않소?"

"몸만으로 예를 표하는 것이 아니라 마음이 함께 움직여야 참다운 예라 할 수 있지요. 세자가 억지로 절을 하기에 받지 않은 것일 뿐."

"다른 백성들의 눈도 있는데 너무 교만하지 않소?"

"부귀한 사람은 교만하면 안되지만 빈천한 소생 같은 사람이 교만하면 좀 어떻소? 제후가 교만하면 나라를 잃고, 가장이 교만하면 그 가정을 잃는 파국을 맞겠지만, 비천한 자의 경우에는 교만해 보았자 하등 염려할 것이 없습니다"

분노한 격은 나중에 위문후에게 전자방의 무례를 고해 바쳤다. 그러자 위문후는 '관자(管子)'를 꺼내어 '소청편'을 펼쳐 보였다. 『백성에게 이해받지 못한다 하여 염려하기 보다는 자신의 부족함을 한탄할 일이다 (중략) 군주가 과오를 범하면 백성들은 그것을 놓치는 법이 없다. 군주가 선정을 베풀면 백성은 그 즉시 칭찬하고 과오를 범하면 그 즉시 그것을 비난한다. 그것은 물어 볼 필요 없이 명명백백한 일이다.』

'군주가 죄를 지었을 때는 스스로 어떻게 하여야 합니까?' 는 물음에 다음 구절을 펼쳐 보였다. 『자신에게 죄를 돌리는 군주에게 백성들은 죄를 덮어 씌우는 법이 없다. 그러나 남에게 죄를 돌리고자 하는 군주에게 백성들은 가차없이 죄를 씌우고 만다. 현명한 군주는 악정의 책임은 자기가 지고 선정의 공적은 백성들에게 돌린다.

(중략) 백성을 즐겁게 해 주고 들어와서는 긴장하는 것. 이것이야말로 현명한 군주가 백성의 지지를 얻게 되는 연유가 된다. 』

Ⅱ. 조나라는 막강 진나라의 침공을 받게 되자 위나라에게 구원을 요청하였다. 그러나 위의 지원이 없자 실망한 조의 평원군은 처남인 위나라의 신릉군에게 친서를 보내어 그의 신의 없음을 책망하였다.

편지를 읽은 신릉군은 마음이 분격하여 온갖 방법으로 위왕에게 조의 구원을 간청하였으나 받아들여지지 않았다. 할 수 없이 신릉군은 자기가 대접했던 빈객들과 함께 죽음을 각오하고 진나라를 향해 진격해 가고자 하였다. 그러나 아무도 따라 나서지 않았으며 그가 상객으로 대접해 준 후영 조차도 문안에서 배웅만 해 주는 것이 아닌가. 출정 길에 나선 신릉군은 내내 그것이 마음에 걸려 마침내 다시 집으로 돌아와 후영에게 따졌다.

"내가 선생에게 무례한 일이 있었습니까? 어찌 따뜻한 송별의 말 한마디 없는 것입니까?"

후영이 말했다.

"공자께서 천하에 이름을 얻게 된 것은 선비를 존경하고 대접한 때문이었는데 어찌하여 선비들과는 전혀 다른 행동을 하는 것입니까? 진나라와 싸우러 가면서 어찌 아무런 계략도 없이 맹목적으로 달려 가는 것입니까? 평소 빈객들과 식객들을 대접하고 기른 목적이 무엇입니까? 바로 이러한 때 계책을 얻고자 함이 아니었습니까? 은혜를 갚을 기회를 주지도 않고 죽을 길로 달려가기만 하니 어찌 따뜻한 송별의 말이 나올 리 있겠습니까?"

신릉군은 무릎을 꿇어 두 번 절하며 외쳤다.

"나에게 계책을 주십시오."〈조성기 저『난세지략』〉

평석(評釋) 따르는 자들은 지도자가 마음에 안 들면 다른 곳으로 가버리거나 모른 척하면 된다. 그것이 자연스러운 일이다. 그러나 그런 사람을 거느리는 지도자의 조직은 결코 성공할 수 없다. 어려울 때일수록 지도자는 교만해지려는 마음을 경계해야 한다. 일이 잘되지 않을 때에 다른 사람을 탓하기 보다는 스스로 책망하고 긴장하는 겸손함과 혼자 결정하고 행하기 보다는 주변의 지혜로운 사람들의 생각을 취하여 함께 하려고 하는 사고의 여유와 포용력이 난세를 이기려는 우리 하나가족들에게 필요한 때이다.

창업이냐 수성이냐

정관(貞觀) 10년에 당태종(唐太宗)이 신하들에게 물었다.

"제왕(帝王)의 사업 중 창업(創業)과 수성(守城) 중에서 어느 쪽이 더 어려운가?"

상서 방현령이 나서서 아뢰었다.

"국가창업 당시에는 천하가 어지러워 군웅이 여러 곳에서 할거합니다. 그들은 강적을 공격하여 쳐부수고 그들을 항복시킵니다. 이러한 목숨을 거는 고통으로 말씀드린다면 창업 쪽이 더 어렵다고 생각합니다."

그러자 옆에 있던 위징이 아뢰었다.

"새로운 제왕이 일어날 때에는 반드시 극도로 쇠퇴하고 어지러웠던 전 시대의 뒤를 이어받게 됩니다. 그리하여 어리석고 부패한 자들을 숙청합니다. 그러면 백성은 그러한 난세를 평정해 준 사람을 진심으로 즐겨 천자로 추대하고, 천하의 만백성이 따르며 복종하게 될 것입니다. 그러므로 창업은 그리 어려운 일이 아닙니다. 그러나 일단 제왕의 지위를 얻은 뒤에는 무엇이나 자기 뜻대로 이루어지기 때문에 교만해지고 방자해집니다. 백성들 또한 오랜 전란으로 시달리다가 겨우 평화로운 세상을 만났으므로 편안하고 조용한 생활을 바라고 나태해집니다. 나라가 쇠퇴하고 파멸의 길을 밟게 되는 것은 언제나 이러한 것이 원인이 되게 마련입니다. 따라서 창업을 유지해 가는 것이 훨씬 어려운 일입니다."

듣고 있던 태종이 말했다.

"방현령은 지난날 전장에서 많은 죽을 고비를 넘겼다. 그의 말은 창업의 어려움을 실제로 경험한 데에서 나온 말일 것이다. 또한 위징은 나의 마음이 교만, 방자해지고 자만심이 생긴다면 나라가 위태로워지고 마침내 멸망의 길을 밟지 않을까 걱정이 되어서 하는 말일 것이다. 이제 창업의 어려움은 지난 일이다. 수성의 어려움은 마땅히 그대들과 함께 신중하게 대처해 나아갈 것이다."〈오긍 저 『정관정요』〉

평석(評釋) 616년 6월 중국 땅 태원, 이세민(후에 당태종)은 도탄에 빠진 백성을 구하고 새 나라를 건설하겠다는 대의명분 아래 아버지 이연(후에 당고조)을 설득해 군사를 일으켰다. 당시 수나라의 부패한 사회실상이야 말해 무엇 하랴.

백성들은 이세민이 하는 말, 하는 일들이 무조건 좋았다.

항상 백성을 생각하는 그들의 엄정한 군기에 찬사를 보냈다. 군사들도 백성이 기뻐하고, 가는 곳마다 환영해 주니 용기백배 하였다. 다양한 생각의 영웅호걸들이 모였음에도 그들의 목표는 '부패한 수나라 타도' 였으므로 서로 다툴 일들도 다 제쳐놓고 일치단결하여 싸웠다. 마침내 수는 멸망하였고 이세민은 아버지의 뒤를 이어 왕에 오르니 그가 당태종이다. 그의 치세는 '정관(貞觀)의 치(治)'라 하여 개혁정치의 표본인 것처럼 기록되고 있다. 그러나 문제는 통일 이후 통치논리를 만들어 내는 일이었다.

친하통일에 공을 세웠던 이들이 창업을 이루어낸데 대한 공을 내세우며 그때의 생각을 그대로 고집하면서 통일시대의 수성의 논리를 펴는 사람들을 억눌렀고, 이틈을 타고 권력을 얻기 위해서는 물불을 가리지 않는 시류파(정치꾼)들이 득세 하게 되었다. 급기야 그들에 의해 창업공신들이 제거되고 말았다. 당나라는 겨우 3대째에 이르러 무씨집안의 여자 측천무후에게 나라를 빼앗겼다.

1991년 7월 서울, 한국투자금융은 권위주의와 무사안일로 침체된 은행권에 새 바람을 일으키고 국제 경쟁력을 갖추게 하겠다는 이념 아래 하나은행으로 전환하였다.

당시 은행권의 실상은 말해서 무엇 하랴. 고객들은 하나은행이 하는 말, 하는 일이라면 모든 것이 새롭고 좋았다. 항상 나보다 손님을 먼저 생각하는 하나은행의 고객만족에 찬사를 보냈다. 직원들도 만나는 사람마다 칭찬해 주고 반겨주니 마냥 좋았다. 고객들이 기뻐하는 것을 보고 용기백배 하였다. 무조건 열심히 하면 되었다. 중요한 것은 정직과 열의였다. 여러 은행에서 다양한 문화를 가진 사람들이 모였음에도 목표는 오직 '좋은 은행 하나'를 만드는 것이었으므로 다툴 일이 없었고 모두가 하나가 될 수 있었다.

마침내 하나은행은 창업을 훌륭히 이루어내었고 짧은 기간에 높은 성과를 이루어내어 내외의 찬사를 받았다. 그러나 문제는 앞으로의 영업방향이다. 초창기의 영업방식에 향수(?)를 느끼며 아직도 그러한 방식이 최고이며 단지 열의가 없는 것이 문제일 뿐이라고 주장하면서 위기의식과 변화를 외치는 사람들에 대해 분해하는 사람들과 이제는 과거의 방식을 과감히 바꾸어 새롭게 출발해야 하며 이러한 시대적 흐름에 따르지 않으면 도태될 수밖에 없음을 주장하는 사람들이 갈등하기 시작한 것이다. 그사이 내 몫만 챙기면 된다는 사람들이 하나 둘씩 늘어가고 있다.

이후 하나은행의 장래 여하(如何)?

필자는 생각한다. 당이 천하통일의 대업을 이루고도 곧 쇠퇴의 길에 접어든 것은 그들의 기반이 되고 있는 백성들의 마음의 변화를 바로 읽지 못한 때문이라고. 창업에 이르는 혼돈기에는 과거의 잘못을 지적하는 것만으로도, 바꾸겠다는 말만으로도, 나아가 조그만 제도의 변화만으로도 도탄에 빠진 백성들에게는 희망이요, 신앙이 되었다. 그러나 통일 후 백성들은 그럴듯한 말이나 명분보다는 실질적으로 그들에게 도움이 되는 것을 원했고, 당의 조정이 나라 이름만 바뀌었을 뿐 과거와 별로 다르지 않음을 느끼자 즉시 등을 돌려버린 것이다.

오늘 우리가 느끼는 시장과 백성 아니 손님들의 요구사항(needs)은 무엇인가? 혹시 우리는 지금도 창업 때의 시각으로 오늘의 시장과 손님을 보고 있는 것은 아닌가? 아직도 무조건 열심히 뛰기만 하면 된다고 생각하는 사람은 없는가? 상품이 없어서, 금리가 낮아서 영업이 안 된다고 말하는 사람은 없는가?

이제는 모든 행동을 정확한 정보수집과 분석 아래 전략적으로 행하여야 한다. 시장과 손님들은 지금 무서울 정도로 빨리 바뀌고 있다. '과거에는 이러했는데'하는 생각에서 벗어나 처음부터 다시 시작한다는 마음으로 시장의 변화와 고객의 마음을 읽지 않으면 백전백패 할 수밖에 없음을 몸서리치면서 느껴야 할 때가 아닌가라고 생각해 보는 것이다.